Amanda Frost

Secret Circle

Geheime Sehnsucht

Teil 1: Eric & Ava

Buch:

Diese Männer sind reich, mächtig und haben sich zusammengetan, um die Welt zu beherrschen. Kein Außenstehender darf jemals von ihrer Existenz erfahren. Aber was, wenn man sich plötzlich zwischen Liebe und Pflichterfüllung entscheiden muss?

Eric Carpenter ist der Vorsitzende des Secret Circle und Inhaber eines Weltkonzerns. Als Ava Turner, die frühere Assistentin seines Vaters, eines Tages hinter sein dunkles Geheimnis kommt, ist er ratlos. Denn im Grunde genommen müsste er sie jetzt bei Nacht und Nebel verschwinden lassen. Doch es gäbe eine Alternative, die Ava ewiges Stillschweigen auferlegen würde. Aber ist diese kratzbürstige Frau es wirklich wert, ein solches Risiko einzugehen?

Autorin:

Anfang 2013 startete Amanda Frost die erfolgreiche Sternen-Trilogie, die es prompt in die Bestsellerlisten schaffte. Zuvor war Amanda viele Jahre international im Marketing und der Logistik großer Unternehmen tätig und lebte lange in der Schweiz, bevor es sie nach München zog. Als Tochter eines Rennfahrers liebt sie schnelle Autos und Motorräder genauso sehr wie Reisen in ferne Länder.

Mit „Secret Circle – Geheime Sehnsucht" erschien im Juni 2019 ihr siebzehntes Buch. In ihren Geschichten geht es grundsätzlich um die große Liebe, gewürzt mit einem guten Schuss Erotik.

Secret Circle

Geheime Sehnsucht

von

Amanda Frost

Roman

Kapitel 1

Eric

Das sanfte Knirschen des Pulverschnees unter meinen Skiern versetzt mich in einen Zustand höchster Zufriedenheit. Tief sauge ich die kristallklare Bergluft in meine Lungen ein und genieße den Ausblick über die unendlichen Weiten der Rocky Mountains. Majestätisch, doch gleichzeitig bedrohlich, erheben sich die schneebedeckten Bergspitzen vor dem tiefblauen Himmel. Die Strahlen der Nachmittagssonne sorgen für eine angenehme Temperatur und lassen die weiße Pracht glitzern, als wäre sie mit Edelsteinen besetzt.

Während ich in rasantem Tempo den Berg hinabwedle, jagt das Adrenalin in Schüben durch meine Venen. Ungeachtet der Tatsache, dass ich ein exzellenter Skifahrer bin, birgt Heliskiing fernab der gesicherten Pisten gewisse Risiken. Abgehende Lawinen oder Schneebretter sind nichts Außergewöhnliches. Folglich sind die Wintersportler angehalten, in Gruppen unterwegs zu sein. Doch ich verabscheue es, mich dem Tempo anderer Menschen anpassen zu müssen. Außerdem benötige ich hin und wieder einen Kick, um abschalten zu können.

Als Vorstandsvorsitzender einer der mächtigsten IT-Firmen der Welt ist mein Tagesablauf lückenlos durchgeplant und besteht häufig aus Strapazen und Stress. Allerdings stellt das kein Problem für mich dar, denn ich bin ein wahrer Workaholic. Freizeit ist ein Luxus, den ich mir sehr selten leiste. Manchmal muss ich mich sogar richtiggehend zu einer Auszeit zwingen, in der ich dann Ski fahre oder tauche, denn körperliche Betätigung ist mein einziges weiteres Steckenpferd.

In diesem Moment schiebt sich eine Wolke vor die Sonne, was die Luft augenblicklich ein paar Grad abkühlt. Ich denke, ich sollte abbrechen, meine Kraftreserven sind erschöpft. Völlig ausgepowert aber zufrieden nähere ich mich dem Helikopter, der auf einer kleinen Plattform im Schnee auf mich wartet.

„Genug für heute?", erkundigt sich der Pilot, nachdem ich die Skier abgeschnallt habe und in den Hubschrauber geklettert bin. „Absolut. Morgen ist schließlich auch noch ein Tag. Zurück zum Heliport, bitte!"

Als ich kurze Zeit später in meinem gemütlichen Chalet in Banff ankomme, werfe ich die Skijacke beiseite und schalte postwendend mein Handy ein. Wie so üblich haben sich Unmengen von SMS und Sprachnachrichten angesammelt.

Ich sinke auf das Sofa im Wohnzimmer und greife nach Block und Kugelschreiber. Während ich die Mailbox abhöre, mache ich mir Notizen. Einige meiner Bereichsleiter berichten über Probleme, andere informieren mich über neue Märkte, die sie erschlossen oder Deals, die sie gewonnen haben.

Das übliche Prozedere. Ich will rund um die Uhr über die wichtigsten Vorgänge auf dem Laufenden sein. Kontrollfreak nennen mich manche meiner Mitarbeiter hinter vorgehaltener Hand, und das ist keine Übertreibung.

Meine Firma trägt den Namen Secur. Und wie die

Bezeichnung schon sagt, vertreibt sie Überwachungs- und Sicherheitssoftware, was in Zeiten von Hackern und Terroristen eine wahre Goldader ist. Bereits als Kind faszinierten mich Computer und Datenverarbeitung, daher setzte ich alles dran, um mein Hobby zum Beruf zu machen. Heute haben die größten Konzerne, Geheimdienste sowie Regierungen unsere Programme im Einsatz und sind zu treuen Kunden geworden.

In letzter Zeit ist Secur obendrein in den rasant anwachsenden Markt der Drohnen eingestiegen. Bestückt mit der unterschiedlichsten Software entwickeln sich diese fliegenden Augen langsam, aber sicher zu Alleskönnern. Ein Geschäftszweig, der mir große Freude bereitet, daher habe ich ihn zur Chefsache erklärt.

Plötzlich dringt eine unbekannte Frauenstimme aus dem Telefon an mein Ohr. Seltsam, denn nur meine engsten Mitarbeiter kennen diese Nummer. „Mr. Carpenter, hier spricht Ava Turner. Ich bin die Assistentin Ihres Vaters. Ich weiß, Sie haben nicht das beste Verhältnis zu ihm, aber rufen Sie mich bitte trotzdem zurück. Es ist wichtig. Er hatte einen schweren Unfall. Vielen Dank schon im Voraus."

Während sie mir noch ihre Telefonnummer diktiert, lasse ich das Handy sinken und lehne mich gedankenverloren zurück.

Mein Vater und ich: Zwei Welten treffen aufeinander. Seit jeher ist dieser Mann für mich ein rotes Tuch. Nie hat er sich Zeit für seine Familie genommen. Vielmehr hat er sich in seinem New Yorker Büro verschanzt und die Geschicke seines Imperiums geleitet.

Neben der einflussreichen Carpenter-Privatbank gibt es unzählige weitere Firmen, in denen er die Fäden zieht. Was meine Mutter letztendlich zum Alkohol und in den Tod getrieben hat. Sie hat mir ein stattliches Vermögen vererbt, mit dem ich nach abgeschlossenem IT-Studium meine Softwarefirma in der Nähe von San Francisco gegründet habe, die durch unermüdlichen Einsatz recht schnell zu einem führenden Unternehmen geworden ist.

Zu meinem Vater habe ich seit Mums Beerdigung keinen Kontakt mehr. Das ist jetzt ziemlich genau zehn Jahre her. Und seitdem hasse ich diesen Mann wie die Pest.

Unschlüssig starre ich die Decke an.

Will ich wissen, was ihm passiert ist oder soll ich den Anruf doch lieber ignorieren?

Schließlich gebe ich mir einen Ruck und rufe zurück.

„Ava Turner“, meldet sich seine Assistentin bereits nach dem ersten Läuten.

„Eric Carpenter hier. Sie baten um Rückruf.“ Mit voller Absicht schlage ich einen kühlen Tonfall an. Sie soll nicht denken, die Ereignisse würden mich belasten.

Meine Gesprächspartnerin holt vernehmlich Luft. „Oh, Mr. Carpenter, wie schön, von Ihnen zu hören. Vielen Dank. Ihr Vater hatte einen fürchterlichen Autounfall. Sein innigster Wunsch ist es, Sie noch einmal zu Gesicht zu bekommen.“

Ihre Stimme klingt plötzlich brüchig, was mir verdeutlicht, dass mein Dad ihr etwas bedeutet. In Gedanken verdrehe ich die Augen. Vermutlich eine seiner Geliebten. Häufig habe ich in den vergangenen

Jahren Fotos von ihm mit hübschen jungen Frauen an seiner Seite in der Regenbogenpresse entdeckt, was meinen Zorn um ein Weiteres gesteigert hat.

„Hat er gesagt, warum?“, erkundige ich mich nach kurzer Bedenkzeit.

„Was ist denn das für eine Frage!“, fährt mich Dads Vorzimmerdrachen in einem Ton an, den ich nicht gewohnt bin. Für gewöhnlich legen andere Menschen Respekt vor mir an den Tag. Bei Ava Turner scheint das jedoch nicht der Fall zu sein. „Immerhin ist er Ihr Vater. Sie sind sein einziger Angehöriger. Also tun Sie ihm bitte den Gefallen und respektieren seinen wahrscheinlich letzten Wunsch.“

Kurz bin ich versucht, wortlos aufzulegen, doch es liegt so viel Herzblut in Avas Stimme, dass ich es nicht fertigbringe.

Ich räuspere mich. „Was genau ist geschehen? Und wo hält er sich momentan auf?“

„Ein Geisterfahrer hat seinen Wagen frontal gerammt. Ihr Vater trug schwere innere Verletzungen davon und hat aller Voraussicht nach nur noch wenige Tage zu leben. Er liegt im Mount Sinai Hospital in Manhattan. Das Krankenhaus befindet sich in der Nähe des Central Parks, in der Madison Avenue. Wenn Sie möchten, bringe ich Sie gerne zu ihm.“

„Ich muss darüber nachdenken und werde mich bei Ihnen melden, sobald …“

„Nein, Eric!“, fällt Ava mir resolut ins Wort. „Bitte, stoßen Sie ihn nicht erneut von sich. Ihr Vater ist ein guter Mensch. Geben Sie ihm eine letzte Chance!“

„Also gut“, murmle ich, selbst über meine Antwort überrascht. Der offensichtliche Schmerz in ihren Worten hat mich tatsächlich umgestimmt.

Intuitiv stelle ich mir die Frage, wie diese energische Lady wohl aussehen mag. Eine graue Maus mit strengem Pferdeschwanz, in einen unförmigen Hosenanzug gesteckt, entscheide ich schlussendlich. Diesen Typ Frau hat Dad immer als Mitarbeiterin bevorzugt.

„Ich mache mich morgen in aller Frühe auf den Weg, aber ich finde das Hospital alleine“, knurre ich ins Telefon. Avas gemurmeltes Dankeschön nehme ich nur am Rande wahr, denn ich habe das Gespräch bereits weggedrückt.

Warum tue ich mir das hier eigentlich an?, ist mein erster Gedanke, als ich das riesige Krankenhaus in Manhattan betrete. Habe ich mir doch mehrfach geschworen, meinem Vater niemals wieder unter die Augen zu treten.

Ist es einzig das schlechte Gewissen, das mich leitet, oder besteht da doch noch eine unterschwellige Verbindung zwischen uns, die ich einfach nicht ignorieren kann? Für den Moment habe ich keine Antwort auf diese Frage.

Zielsicher steuere ich einen der Fahrstühle an. Vaters Assistentin scheint absolut dienstbeflissen zu sein, denn sie konnte es nicht unterlassen, mir per SMS seine Zimmernummer und das Stockwerk mitzuteilen. Immerhin spart mir das lästige Sucherei.

Als ich Minuten später vor einer unpersönlichen weißen Tür stehe, atme ich tief durch und versuche, mich zu sammeln. Der typische Krankenhausgeruch steigt mir in die Nase und steigert mein Unwohlsein. Schlagartig macht sich ein Fluchtreflex in mir breit, doch ich kämpfe ihn nieder und klopfe an. Jetzt will ich zumindest in Erfahrung bringen, was er mir so Bedeutungsvolles anzuvertrauen hat.

Als ich eintrete und den ersten Blick auf meinen Vater erhasche, trifft mich sein Aussehen wie ein Schlag in die Magengrube. Dieser einst so machtvolle, stattliche Mann wirkt gebrochen, hilflos und alt. Falten umspielen seine Mundwinkel und Augen, und mit den vielen Verbänden, die seinen Körper zieren, erscheint er mir unsagbar verletzlich.

Während ich auf ihn zuschreite, huscht mein Blick über die Kanülen und Schläuche, die aus seinem Leib ragen und mit Infusionen oder Überwachungsgeräten verbunden sind.

„Eric“, krächzt er mit heiserer Stimme. „Mein Junge, wie schön, dich zu sehen.“

Auch wenn seine Worte mir ein schmerzliches Ziehen in der Brust bereiten, lasse ich mir das nicht anmerken. „Du wolltest mich sprechen, Dad“, äußere ich lapidar.

Er nickt. „Setz dich doch zu mir.“ Sein Blick wandert in Richtung eines Stuhles.

Widerwillig ziehe ich diesen neben sein Bett und sinke darauf. Ich habe nicht vor, allzu viel Zeit hier zu verbringen. „Ich höre.“

Er wendet sich mir zu. „Eric, ich weiß, du hasst mich. Und ich kann das bis zu einem gewissen Grad sogar nachvollziehen, aber ich konnte nicht anders. Alles, was ich in meinem Leben getan habe, ergibt einen Sinn.“ Seine Stimme ist von einem Zittern unterlegt. Es fällt ihm sichtlich schwer, sich zu artikulieren.

„Dann verrat mir doch bitte, wer dich gezwungen

hat, dein Unternehmen vor die Familie zu stellen und somit das Leben deiner Frau und deines Sohnes zu ruinieren? Ich arbeite ebenfalls rund um die Uhr, weil es mir Freude bereitet, und weil ich es von dir nicht anders kenne. Aber genau aus diesem Grund habe ich keine Angehörigen, denn ich will niemandem Schmerz zufügen."

Er nickt. „Du hast ja recht. Aber es ging doch gar nicht um die Bank. Ich ließ mich auf etwas Großes, ausgesprochen Wichtiges ein, bevor ich deine Mum kennenlernte. Leider gab es keinen Ausweg. Ich habe alles Menschenmögliche versucht, beides unter einen Hut zu bekommen, bin jedoch fürchterlich gescheitert." Er bricht ab und leckt sich mit der Zunge über die ausgetrockneten Lippen. „Du musst mir glauben, ich habe dich und deine Mutter immer geliebt. Es gab niemals eine andere Frau in meinem Leben."

Entnervt fahre ich mir mit den Händen übers Gesicht.

Wo soll dieses oberflächliche Gerede hinführen?

„Was, Dad? Was konnte wichtiger sein, als deine Familie? Sag es mir!"

Er schweigt sekundenlang. „Die Vereinigten Staaten von Amerika", murmelt er schließlich kaum hörbar.

Fassungslos starre ich ihn an. „Ich verstehe nicht. Mir war nie bewusst, dass du unter die Patrioten gegangen bist."

„Ich darf dir leider nicht mehr darüber verraten. Aber ich habe einen letzten Wunsch: Mein Testament liegt einem meiner ältesten Vertrauten vor, Dr. George Catwick. Du kennst ihn. Solltest du dein Erbe antreten, worum ich dich von ganzem Herzen bitten möchte, wirst du alles erfahren."

Er sucht nach meinem Blick. Der Schmerz in seinen blaugrauen Augen, die meinen ähneln, tritt Gewissensbisse in meinem Inneren los. „Eric, bevor ich diese Welt verlassen werde, habe ich nur noch zwei Anliegen: Erstens bitte verzeih mir. Und zweitens führe das weiter, was ich begonnen habe. Ich versichere dir, die Sache ist es wert."

Noch ehe ich etwas erwidern kann, betritt die blond gelockte Schwester den Raum, bei der ich mich zuvor angemeldet habe, denn im Grunde genommen hat niemand Zugang zu diesem Krankenzimmer. Sie wirft mir einen auffordernden Blick zu. „Sie sollten demnächst gehen, Ihr Vater benötigt Ruhe."

Ich nicke gedankenverloren und fühle mich gerade ein wenig hilflos. Tausend Fragezeichen flitzen durch meinen Kopf, denn Dads Worte ergeben für mich keinen Sinn.

War er ein Geheimagent? Arbeitete er für die Regierung? Die Mafia? Wurde er erpresst?

Ich komme zu keiner Lösung.

„Noch eine Minute", fordere ich die Schwester auf, die daraufhin zögerlich den Raum verlässt.

Ich wende mich erneut meinem alten Herrn zu. „Dad, sag mir, um was genau es geht! Gib mir einen Beweis dafür, dass du das nicht alles erfunden hast, einzig um dein Gewissen reinzuwaschen."

Er verzieht gequält das Gesicht. „Das kann ich nicht, denn ich habe ein Gelübde des Schweigens abgelegt. Mein Sohn, bitte vertrau mir, nur dieses eine Mal."

Kopfschüttelnd erhebe ich mich. „Tut mir leid,

aber du hast mich zu oft enttäuscht. Ich wünsche dir alles erdenklich Gute.“ Meine Schritte klackern auf dem nüchternen Fliesenboden, als ich die Ausgangstür ansteuere.

„Eric, vergiss niemals: Du und deine Mutter, ihr wart das Wichtigste in meinem Leben“, vernehme ich hinter meinem Rücken noch das schwache Flüstern meines Dads.

Schmerzhaft wie eine Armada kleiner Pfeilspitzen bohrt sich diese Aussage in mein Herz.

Das sollten auch schon die letzten Worte sein, die ich vor seinem Tod von ihm zu hören bekam.

Kapitel 2

Eric

Nachdem ich die massive Holztür zu Dr. Catwicks Büro geöffnet habe, mustere ich erstaunt die brünette Frau im dunkelblauen Kostüm, die ihm gegenübersitzt. Die Kanzlei befindet sich in bester New Yorker Lage, nahe des Central Parks. Catwick ist einer der ältesten Freunde meines Vaters und schwimmt im Geld. Mir ist bekannt, dass er nicht bloß Notar, sondern obendrein Anwalt ist und früher für die Regierung arbeitete. Doch detailliert bin ich nicht darüber im Bilde, was dem grauhaarigen Mann mit Brille und Bart einen derartigen Wohlstand beschert hat.

Er ist sichtlich gealtert, seit ich ihm zum letzten Mal begegnet bin, und wirkt in dem altbackenen karierten Jackett wie ein netter Opa. Neugierig schweift mein Blick zwischen ihm und der Frau hin und her, während ich mich dem protzigen Mahagoni-Schreibtisch nähere.

Ob sie seine Sekretärin ist?

In dieser Sekunde erheben sich die beiden fast zeitgleich.

„Eric“, begrüßt mich Dr. Catwick mit Handschlag. „Wir haben uns ja seit einer Ewigkeit nicht gesehen.“

„Wohl wahr. Wie geht es Ihnen?“

Er lächelt ein wenig gezwungen. „Danke der Nachfrage, ich kann nicht klagen. Mein Beileid zu Ihrem Verlust. Ihr Vater war ein außergewöhnlicher Mensch.“ Sein Blick wandert zu der Frau. „Sie kennen sich?“

„Ich hatte bislang nicht das Vergnügen“, verneine

ich.

Sie streckt mir eine Hand entgegen. „Ava Turner, wir haben bereits miteinander telefoniert. Auch mein herzliches Beileid.“

„Danke“, antworte ich gedankenverloren.

Was zur Hölle hat die frühere Assistentin meines Vaters hier zu suchen? Das kann ja heiter werden!

Sie hält meinem prüfenden Blick überraschenderweise stand. Diese Frau ist das genaue Gegenteil von dem, was ich erwartet habe. Ihre wilden dunklen Locken, die ein ausdrucksvolles Gesicht umrahmen, sind exakt die Haare, in die jeder Mann seine Hände vergraben will, wenn er eine Frau küsst. Wozu übrigens auch Avas volle Lippen auffordern. In ihren großen kastanienbraunen Augen entdecke ich goldene Sprenkel, die mich auf Anhieb faszinieren. Sie trägt kaum Make-up, was ihrem Aussehen jedoch keinerlei Abbruch tut, da sie durch Natürlichkeit besticht.

Das ist dann aber auch schon alles, was an dieser Frau anziehend wirkt. Das businessmäßige Kostüm unterstreicht ihre frostige Aura, die eindeutig signalisiert, dass sie mich am liebsten auf den Mond schießen würde.

Allerdings habe ich keinen blassen Schimmer, worauf diese Abneigung zurückzuführen ist. Bei genauerer Betrachtung kann einzig mein alter Herr der Auslöser hierfür sein.

Ich greife nach ihrer Hand und kann nicht leugnen, dass ihr fester Händedruck mir imponiert. „Schön, Sie kennenzulernen, Ava“, äußere ich, bevor ich mich wieder Catwick zuwende. „Gestatten Sie mir die Frage, was die Assistentin meines Vaters hier zu suchen hat?“

Catwick räuspert sich und weicht meinem Blick aus. „Wie Sie ja bereits wissen, hat Paul Carpenter mich als Treuhänder seines Nachlasses eingesetzt. Ava und Sie sind die einzigen Erben“, brummt er in seinen grauen Bart. „Können wir dann mit der Testamentseröffnung beginnen?“

Aha! Sie war also doch Vaters Geliebte.

Dem Herrn Notar bereitet das Thema sichtlich Unbehagen. Sein Glück, dass ich kein Interesse daran hege, es zu vertiefen. Wenn Dad seinem Betthäschen einen Notgroschen zukommen lassen wollte, soll mir das recht sein. Ich benötige sein Geld ohnehin nicht. Einzig die Neugier hat mich dazu getrieben, das Erbe überhaupt anzutreten. Denn seine dubiosen Worte im Krankenhaus gehen mir nicht mehr aus dem Kopf. Nun will ich zumindest in Erfahrung bringen, was dahintersteckt.

Während Catwick das Testament verliest, höre ich lediglich mit halbem Ohr zu. Mein Vater besaß derart viele Vermögensgegenstände, Immobilien und Firmen, dass ich mich unentwegt frage, was ich damit anfangen soll. Ich habe weder die Zeit noch die Lust, mich mit diesem Erbe zu beschäftigen. Am besten werde ich einen Vermögensverwalter einsetzen, der sich fürs Erste darum kümmert. Vielleicht kann ich Catwick ja für diese Aufgabe gewinnen.

Doch dann kommt ein Punkt, der mich aufhorchen lässt. „Entschuldigen Sie bitte, Dr. Catwick, habe ich das gerade richtig verstanden?“, melde ich mich zu Wort. „Sollte ich nicht allen Wünschen meines Vaters nachkommen, geht das komplette Erbe, den Pflichtteil einmal ausgenommen, an Ava Turner?“

Er fixiert mit Blicken das Schriftstück vor sich und nickt. „Korrekt. Und selbst wenn Sie alles akzeptieren sollten, stehen Ava Turner eine Immobilie in der 5th Avenue, zwei Fahrzeuge und ein Wertpapierfonds zu. Obendrein ein gleichwertiger Job in der Carpenter-Bank auf Lebenszeit."

Zischend lasse ich die Atemluft entweichen und mustere die Frau neben mir erneut, die nun ebenfalls einen imaginären Punkt auf dem riesigen Mahagoni-Schreibtisch vor uns in Augenschein nimmt.

Meine Herren, die Kleine muss es im Bett echt draufgehabt haben!

Kurz bin ich versucht, aufzustehen und den Raum zu verlassen. Soll sie doch mit all der Kohle glücklich werden, was kümmert es mich. Aber dann siegt wiederum die Neugier. Ich will zumindest herausfinden, warum mein Vater seine Familie derart vernachlässigt hat. Und das werde ich aller Voraussicht nach bloß, wenn ich auf seine Bedingungen eingehe.

„Einverstanden", äußere ich daher. „Ich nehme das Erbe an."

Aus dem Augenwinkel heraus mustere ich Ava. Falls sie enttäuscht ist, lässt sie es sich mit keiner Miene anmerken.

Nachdem auch sie ihr Einverständnis bekundet hat, unterschreiben wir unzählige Papiere.

Daraufhin händigt Catwick ihr einige Unterlagen aus und übergibt mir einen schweren Aluminiumkoffer. Er bedenkt mich mit einem eindringlichen Blick. „Der Inhalt wird einen Teil Ihrer Fragen beantworten. Ich sehe Sie dann wieder, sobald Sie eine Entscheidung getroffen haben", äußert er mit kryptischem Unterton.

So langsam geht mir diese Geheimniskrämerei echt auf den Sack. Doch ich beiße mir auf die Zunge und nicke lediglich, ehe ich mitsamt Koffer das Büro verlasse.

Mir ist schon bewusst, wie unhöflich und respektlos mein Verhalten erscheinen muss, aber es verdirbt mir massiv die Laune, dass offenbar jeder außer mir in Vaters Geheimnisse eingeweiht zu sein scheint.

Ehe ich den Ausgang der Kanzlei erreiche, höre ich das Klackern von Absätzen hinter mir. Eine schlanke Hand greift nach meinem Oberarm. „Eric, so warten Sie doch!", fordert Ava mich auf. „Können wir bitte unter vier Augen miteinander reden. Immerhin muss ich wissen, ob Sie die Geschäftsführung der Bank übernehmen und was zukünftig meine Aufgabe sein wird."

Ich wende mich Dads früherer Gespielin zu und mustere sie einige Sekunden wortlos aus schmalen Augen. „Ich hätte da eine Idee, werte Frau Turner", verkünde ich schließlich mit zynischem Unterton. „Wie wäre es, wenn ich Ihnen die Leitung der Bank übertrage? Wenn Sie schon mit meinem Vater gevögelt haben, sind Sie sicher auch imstande, seine Geschäfte weiterzuführen. Und sollten Sie den Laden in den Ruin treiben, hat sich leider auch der Job auf Lebenszeit erledigt." Mit diesen Worten wende ich mich ab und lasse eine verdutzte Ava Turner zurück.

Kapitel 3

Ava

Arschloch!, ist mein erster Gedanke, als ich Eric Carpenter hinterherstarre, der energischen Schrittes die Kanzlei verlässt. Kurz bin ich versucht, ihm ein weiteres Mal nachzulaufen, doch dann siegt mein Stolz. Er ist ab sofort für das Imperium seines Vaters verantwortlich. Falls er mich in der Tat als Geschäftsführerin der Bank einsetzen will, muss er in die Gänge kommen, nicht ich.

Davon abgesehen, dass dieser Mann keinerlei Manieren an den Tag legt, ist er eine beeindruckende Erscheinung. In seinem maßgeschneiderten schwarzen Anzug und mit dem dunklen Haar strahlt er die gleiche Autorität und Männlichkeit aus wie sein Vater in jüngeren Jahren. Und obwohl ich normalerweise nicht auf den Mund gefallen bin, hat er mich soeben eiskalt erwischt. Der offensichtliche Hass in seinen Augen fühlte sich an wie ein Dolchstoß mitten ins Herz.

Im Gegensatz zu dem, was die Gerüchteküche schon häufiger verbreitet hat, war ich niemals die Geliebte seines Vaters. Ich habe mich nicht hochgeschlafen, sondern mir diesen Posten hart erarbeitet. Nach Beendigung meines Studiums trat ich als kleine Angestellte in die Bank ein. Als Pauls Assistentin eines Tages unverhofft kündigte, sprang ich ein. Er war mit meinen Leistungen rundum zufrieden und bot mir den Job in seinem Vorzimmer dauerhaft an.

Ich wäre verrückt gewesen, hätte ich abgelehnt. Ich, ein armes Mädchen aus den Südstaaten, das damals nichts besaß als einen Berg voll Schulden.

Im Lauf der Jahre wurde ich zudem Pauls Vertraute, und aller Voraussicht nach belastet mich sein Tod mehr als seinen eigenen Sohn.

Nervös trete ich von einem Fuß auf den anderen. Die Gedanken jagen unsortiert durch mein Gehirn. Will Eric mich wirklich zur Leiterin der Bank machen, oder hat er sich einzig einen blöden Scherz erlaubt, aus Wut über das Testament seines Dads?

Selbst wenn ich viele Jahre Pauls Assistentin gewesen bin und über ein betriebswirtschaftliches Studium verfüge, fehlen mir das Know-how und das Auftreten eines Geschäftsführers. Eric könnte mir dabei gewiss unter die Arme greifen, allerdings vermute ich, es mangelt ihm an Interesse.

Ehrlich gesagt habe ich nicht die geringste Lust, zukünftig unentwegt gegen meinen neuen Chef anzukämpfen. Von diesem verzogenen Millionärssöhnchen werde ich mir das Leben sicher nicht zur Hölle machen lassen. Momentan fehlt mir zwar noch der Überblick über die Werte, die Paul mir vererbt hat, aber sie übertreffen gewiss das, was ich erwartet habe. Demzufolge sollte ich die Sache eigentlich entspannt angehen können, doch in meinem Inneren herrscht ein heftiges emotionales Chaos.

Ich seufze leise, während ich auf die Straße hinaustrete und mehrmals tief durchatme. Sogleich legt sich der Straßenlärm Manhattans wie eine dichte Glocke über mich, doch ich nehme es kaum mehr wahr. Ich lebe hier seit gut zwölf Jahren und habe mich an diesen Geräuschpegel gewöhnt.

Geistesabwesend setze ich einen Fuß vor den anderen. Ich habe jetzt keinen Nerv, in die Bank zurückzukehren, zuerst muss ich zur Ruhe kommen. Daher marschiere ich in Richtung meines Apartments.

Unterwegs erstehe ich in einem Laden ein paar frische Tulpen, an denen ich genüsslich schnuppere. Blumen und Pflanzen sind neben dem Job meine einzige große Liebe. Folglich gleicht meine kleine Wohnung einem Gewächshaus, genau wie mein Büro. Bei schönem Wetter schnappe ich mir auch schon mal meinen Laptop und verschwinde in eine abgelegene Ecke des Central Parks, wo ich in der grünen Lunge New Yorks meiner Arbeit nachgehe.

Ob das zukünftig weiterhin möglich sein wird, kann ich für den Moment nicht einschätzen. Natürlich habe ich befürchtet, dass es nach Pauls Tod kein Kinderspiel für mich werden würde. Wer allerdings konnte mit einem Eric Carpenter rechnen, der eiskalt wie ein Wintersturm über mich hinweggefegt ist?

Dieser Mann hat die gleichen beeindruckenden blaugrauen Augen wie sein Vater. In Erics Augen brennt jedoch ein Feuer, das Paul schon vor sehr langer Zeit verloren haben muss. Pauls Blick drückte stets eine herzzerreißende Traurigkeit aus. Ich schätze, mit dem Tod seiner Frau ist sein Kampfgeist erloschen. Dass sich daraufhin noch sein einziger Sohn von ihm abgewandt hat, mag sein Übriges dazu beigetragen haben.

Niemals konnte ich das Geheimnis lüften, weswegen Paul seine Familie derart vernachlässigt hat. Im Lauf der Jahre habe ich jedoch herausgefunden, dass er pausenlos in Kontakt mit dem Weißen Haus, den weltweiten Geheimdiensten und vielen Wirtschaftsmagnaten stand. Ich kann nur erahnen, dass es hier um etwas von großer Bedeutung ging. Mehrfach habe ich ihn dazu befragt, doch er ist mir grundsätzlich ausgewichen.

Und ja, es wäre mir eine Ehre, die Bank weiterzuführen, auch wenn ich keine Ahnung habe, wie ich mit diesen Anforderungen klarkommen soll. Vor allem, da mein neuer Chef offenbar nicht auf meiner Seite steht. Nicht gerade die besten Voraussetzungen, um einen derart anspruchsvollen Job zu meistern.

Kommt Zeit, kommt Rat!, versuche ich, mich selbst zu beruhigen. Die Vermutung liegt nahe, dass ich inzwischen eine reiche Frau bin, die vor niemandem mehr katzbuckeln muss.

Schon nach kurzer Zeit erreiche ich das gepflegte zwölfstöckige Gebäude in der 5th Avenue, in dem ich ein kleines Apartment bewohne. Mit sofortiger Wirkung gehört das komplette Wohnhaus mir. Doch dieser Besitz macht mich nicht glücklich, denn ich wünschte mir nichts sehnlicher als meinen früheren Boss zurück.

In dieser Sekunde sehne ich mich nach jemandem, dem ich mein Herz ausschütten kann. Daher mache ich auf dem Absatz kehrt, biege in eine Seitenstraße ein und betrete Minuten später die schicke Bar, die von meiner besten Freundin Emma betrieben wird. Seit einigen Jahren komme ich hierher, und im Lauf der Zeit haben wir uns näher kennengelernt.

Emma ist ein lustiges rothaariges Persönchen, das in New York aufgewachsen ist. Früher kellnerte sie rund um die Uhr, bis sie sich zu guter Letzt den Traum von einer eigenen Kneipe erfüllen konnte.

Glücklicherweise finde ich auf Anhieb einen freien Ecktisch. Als Emma mich entdeckt, hastet sie freudestrahlend auf mich zu. Sie legt den Kopf schief und begutachtet mich. „Und, bist du ab sofort eine reiche Frau?“

„Ich denke schon.“

Sie runzelt die Stirn. „Warum höre ich dann keine Jubelschreie?“

Mir entfährt ein Seufzen. „Mein neuer Boss ist ein arrogantes und gemeines Arschloch.“

„Ui, warte, ich setze mich zu dir, und du erzählst mir alles. Einen Rotwein?“

„Liebend gerne.“

Sie saust davon, kehrt aber rasch mit zwei Gläsern Wein zurück. Im Moment ist hier Gott sei Dank noch nicht viel los, die Bar wird sich erst in ein paar Stunden in eine angesagte New Yorker After-Work-Location verwandeln.

Ich nehme einen großen Schluck Wein und erstatte über alles Bericht, was sich zugetragen hat.

Aufmerksam lauscht Emma meinen Worten. „Du solltest dich nicht von diesem Kerl einschüchtern lassen“, bekundet sie, nachdem ich zum Ende gekommen bin.

Ich zucke entschuldigend mit den Schultern. „Du kennst mich doch, ich bin nun mal harmoniesüchtig und kann nicht dauerhaft mit einem Menschen zusammenarbeiten, der mich hasst.“

„Aber musst du jetzt überhaupt noch arbeiten, nachdem du geerbt hast?“

„Keine Ahnung. Ich bin noch nicht über den Wert des Nachlasses im Bilde. Aber ich liebe meinen Job. Soll ich vielleicht zukünftig einen auf Diva machen, den lieben langen Tag shoppen gehen und Champagner schlürfen?“ Ich schüttle den Kopf. „Nein, das ist nicht mein Ding."

„Mit deiner Ausbildung und deinem Know-how wird dich jede andere Bank mit Handkuss einstellen."

Perplex starre ich sie an. „Auf die Idee bin ich noch gar nicht gekommen. Bislang konnte ich mir einfach nicht vorstellen, die Carpenter-Bank jemals zu verlassen. Sie ist zu meiner zweiten Heimat geworden. Außerdem hätte ich mich da schäbig gefühlt. Sie war Pauls Baby, und ich verdanke ihm so viel."

Meine Freundin greift über den Tisch hinweg nach meiner Hand. „Liebes, deine Treue in allen Ehren, aber falls sein Sohn deine Arbeit nicht würdigt, solltest du deine Konsequenzen ziehen. Unter meinen Stammkunden befinden sich ein paar einflussreiche New Yorker Bänker. Ich könnte da sicher etwas für dich arrangieren."

„Wie süß! Was würde ich bloß ohne dich machen? Aber lass es uns nicht überstürzen. Ich will sehen, wie sich alles entwickelt."

„Perfekt, und sollte dir Mr. Neureich wirklich das Leben zur Hölle machen, dann sagst du mir Bescheid."

Nach einem weiteren Glas Rotwein ist ein Teil der Last von meinen Schultern abgefallen. Beschwingt begebe ich mich auf den Nachhauseweg. Ich werde jetzt einfach alles auf mich zukommen lassen.

Kapitel 4

Eric

Ich sitze auf dem Fußboden des luxuriösen New Yorker Penthouses, in dem mein Vater bis zu seinem Tode gelebt hat. Sollte ich das Erbe nicht doch noch ausschlagen, gehört die Räumlichkeit zukünftig mir. Vor gut zehn Jahren habe ich diese Wohnung zum letzten Mal betreten; seitdem hat sich nicht viel verändert. Bilder von mir und Mum zieren die Wände und seinen Schreibtisch. Auch hat er die Wohnungseinrichtung belassen, folglich erkennt man immer noch den liebevollen Einfluss meiner Mutter.

Nachdem Dad damals von seinem Vater die Leitung der Bank übernommen hatte, sind wir von New Jersey in die City gezogen, damit er sich den mühsamen Anfahrtsweg ersparen konnte. Manhattan ist nun mal die Stadt der Pendler und verkehrstechnisch rund um die Uhr überlastet.

Als Jugendlicher habe ich den Big Apple geliebt, denn das Freizeitangebot ist überwältigend. Da ich jedoch nach Mums Tod den größtmöglichen Abstand zwischen mich und meinen Vater bringen wollte, entschied ich nach Abschluss meines IT-Studiums an der Harvard University, meine Firma in Kalifornien aufzubauen. Was ich nie bereut habe, denn das Silicon Valley bietet mir Zugriff auf die talentiertesten Programmierer, die weltweit zur Verfügung stehen.

Ich nippe an einem sündhaft teuren Whiskey und überfliege voller Interesse die Unterlagen, die sich in dem Alukoffer befinden. Um mich herum haben sich bereits Papierstapel gebildet.

Mittlerweile bin ich nicht nur Eigentümer einer der größten Privatbanken der Welt, sondern besitze obendrein eine Airline, Ölaktien in rauen Mengen und Anteile an mehreren Lebensmittelfirmen. Zudem gehören mir eine stattliche Anzahl Immobilien sowie ein gigantischer Fuhrpark.

Doch was ich immer noch nicht herausgefunden habe, ist Vaters Geheimnis. In dieser Sekunde fällt mir ein versiegelter Briefumschlag in die Finger. Bei genauerer Betrachtung wird das Siegel von einem silbernen Oktopus beherrscht.

Wie außergewöhnlich!

Neugierig greife ich nach einem Brieföffner und ritze das Kuvert auf. Unbewusst halte ich den Atem an, als ich ein zusammengefaltetes Schreiben herausziehe. Auf dem noblen Briefpapier befindet sich in der oberen rechten Ecke ebenfalls ein Oktopus.

Interessiert widme ich mich dem Text, den Vater handschriftlich verfasst hat:

Mein geschätzter Sohn Eric,

auch wenn du es mir vielleicht nicht glauben wirst, bin ich stolz auf das, was du in deinem Leben erschaffen hast. Ich war stets über dich und deine Firma auf dem Laufenden und bewundere deinen Unternehmergeist.

Daher unterbreite ich dir folgendes Angebot:

Trete dem Secret Circle bei!

Diese Geheimloge blickt auf eine lange Geschichte zurück. Seit über 150 Jahren lenken wir die Geschicke der Vereinigten Staaten. Bereits unsere Urgroßväter haben sich zusammengetan, um die Welt zu verändern. Kein Außenstehender weiß von unserer Existenz und darf jemals darüber in Kenntnis gesetzt werden.

Falls du dich dazu entscheiden solltest, wirst du unvorstellbare Privilegien genießen. Allerdings verpflichtet dich das Eintrittsgelübde zu ewiger Treue und Verschwiegenheit. Solltest du diesen Eid missachten, droht dir der wirtschaftliche Ruin, schlimmstenfalls der Tod.

Ich lege dir ans Herz, dich auf diese Herausforderung einzulassen. Mir ist zudem bekannt, dass du über einflussreiche Freunde und Geschäftspartner verfügst, die möglicherweise ebenfalls geneigt wären, sich dem Circle anzuschließen, denn er benötigt dringend junges Blut.

Falls ich dein Interesse wecken konnte, setze dich bitte mit Dr. Catwick in Verbindung, er wird alles Weitere arrangieren.

PS: Ich hoffe so sehr, du wirst mir verzeihen, sobald du meine wahren Beweggründe erst verstehst.

In Liebe, dein Vater.

Ich lasse das Papier sinken und schließe die Augen. Wenn ich mit allem gerechnet habe, aber damit sicher nicht. Mythen, die mir über Logen und Geheimbünde zu Ohren gekommen sind, jagen ungeordnet durch meinen Kopf.

Kann das wirklich der Wahrheit entsprechen?

Hat mein Vater über Jahrzehnte hinweg das Schicksal der Vereinigten Staaten gelenkt und deswegen keine Zeit für seine Familie aufbringen können? Aber warum hat er das meiner Mutter niemals gesagt? Das hätte sein Verhalten doch in einem völlig anderen Licht erscheinen lassen.

Mum ging davon aus, eine oder mehrere Geliebte würden hinter seinen ständigen Abwesenheiten und den nächtlichen Anrufen stecken, was sie letztendlich zum Alkohol und in den Selbstmord getrieben hat.

Warum in aller Welt hat Dad das zugelassen?

Erneut steigt Wut über sein unverantwortliches Handeln in mir auf. Ich greife nach dem Whiskeyglas und bin versucht, es gegen die Wand zu feuern. Dann jedoch leere ich die karamellfarbene Flüssigkeit in einem Zug in mich hinein. Prickelnd fließt der Drink meine Kehle hinunter und verursacht schon Minuten später ein beruhigendes Gefühl in meinem Inneren.

Nachdem ich das Schreiben ein weiteres Mal studiert habe, springe ich auf, hole meinen Laptop aus dem Büro und fahre ihn hoch.

Ich google Secret Circle, finde jedoch nichts Verwertbares. Daraufhin versuche ich es mit Geheimloge, Bruderschaft, Freimaurer, Templer, Illuminati, alles, was mir zu diesem Thema einfällt – Stunden später bin ich keinen Deut schlauer.

Versonnen wandere ich zu einem der raumhohen Panoramafenster und blicke über das beleuchtete Manhattan hinweg. Selbst dieser unvergleichliche Anblick kann mich heute nicht für sich einnehmen, viel zu sehr bin ich in Gedanken versunken.

Gesetzt den Fall, ich habe Vaters Nachricht korrekt gedeutet, wäre ich dann gewillt, mich auf diesen Circle einzulassen? Eine Verbindung, die ich höchstwahrscheinlich auf Lebenszeit eingehen muss.

Welche Vorteile könnte mir das bringen?

Zusätzlicher Reichtum interessiert mich nicht, vor allem, nachdem ich jetzt noch Vaters Vermögen geerbt habe.

Wahrscheinlich würde ich interessante Menschen kennenlernen, weitere wirtschaftliche Kontakte knüpfen können und Macht dazu erlangen. Wäre es das wert, dafür einen Teil meiner ohnehin spärlich bemessenen Freizeit aufzugeben? Und liegt es in meinem Sinn, den Vereinigten Staaten zu weiterer Größe zu verhelfen?

Nun ja, nüchtern betrachtet, habe ich keine familiären Verpflichtungen. Auch könnte meiner IT-Firma ein wenig Support nicht schaden, denn die Konkurrenz aus Asien ist keineswegs zu unterschätzen. Zumal es mir China in dem hart umkämpften Drohnenmarkt momentan nicht gerade leicht macht.

Und Macht?

Welcher einigermaßen klar denkende Unternehmer würde sich schon dagegen wehren?

Die Antwort ist eindeutig: Ja, ich werde dem Secret Circle eine Chance geben.

Catwick blickt von seinen Unterlagen auf, als ich ein paar Tage später sein Büro betrete. „Eric, schön Sie zu sehen. Sie haben sich also entschieden?“, äußert er scharfsinnig.

Ich falle auf den Stuhl gegenüber von seinem Schreibtisch. „Sie gehören auch dazu, richtig?“

„Zuerst müssen Sie eine Verschwiegenheitserklärung unterzeichnen, dann darf ich Ihre Frage beantworten.“

Ich nicke. „Dachte ich mir schon. Her damit!“

Er greift in eine Schublade und platziert ein mehrseitiges Papierwerk vor mir auf dem Tisch. Offenbar hat dieser Mistkerl genau gewusst, dass ich der Herausforderung nicht würde widerstehen können.

Ich überfliege die Klauseln und begreife bereits in diesem Moment, dass der Secret Circle nicht zu Späßen aufgelegt ist. Ein unbedachtes Wort zu einem Außenstehenden könnte mich in der Tat mein komplettes Vermögen oder mein Leben kosten.

Aber da muss ich wohl durch, wenn ich die ganze Wahrheit über Vaters Machenschaften in Erfahrung bringen will. Widerwillig unterschreibe ich diesen Knebelvertrag.

Danach lehne ich mich zurück und schenke Catwick einen herausfordernden Blick. „So, und jetzt verraten Sie mir bitte, was meinem Erzeuger all die Jahre wichtiger war als seine Familie."

Er räuspert sich. „Ihr Vater ist einer der Männer, die den Vereinigten Staaten zu Einfluss und Wohlstand verholfen haben. Sie sollten stolz auf ihn sein."

Ich stoße zischend die Atemluft aus. „Und warum hat er das meiner Mutter oder mir niemals erzählt? Vielleicht hätten wir ja Verständnis dafür aufgebracht."

„Weil er damit gegen die Statuten des Circle verstoßen hätte. Weder werden Damen geduldet, noch darf die Familie über unsere Tätigkeit in Kenntnis gesetzt werden."

Ich schüttle ungläubig den Kopf. „Was für ein antiquierter Verein! Ihnen ist aber schon bewusst, dass wir bereits im 21. Jahrhundert angekommen sind, oder?"

„Nun ja, der Circle besteht seit einer gefühlten Ewigkeit und damals …"

„Lassen Sie es gut sein!“, unterbreche ich ihn verärgert. „Verraten Sie mir lieber, wer die Mitglieder sind und was sie so Weltveränderndes tun, dass eine derartige Geheimhaltung erforderlich ist.“

„Das werden Sie erfahren, sobald Sie vom Circle akzeptiert wurden und das Beitrittsgelübde abgelegt haben. Nur so viel: Es sind die wichtigsten Männer dieses Landes, vollkommen gleich, ob aus der Wirtschaft, Politik oder von staatlichen Institutionen. Es gibt kaum eine Entscheidung, sei es auf innenpolitischer oder globaler Ebene, in die wir nicht eingebunden sind. Unsere Mitglieder sind durch die Bank weg finanziell gut gestellt, daher sind obendrein großzügige Spenden an der Tagesordnung, sei es für den guten Zweck oder um unseren Einfluss geltend zu machen.“

Ich stoße einen anerkennenden Pfiff aus. „Oh, wie nobel! Was wären meine Aufgaben, sollte ich diesem Verein beitreten?“

Für den Bruchteil einer Sekunde blitzt Unmut über meine herablassenden Worte in Catwicks kleinen Äuglein auf, doch er räuspert sich erneut und schluckt eine bissige Antwort hinunter. „Wir würden uns von Ihnen wünschen, schnellstmöglich die Leitung des Circle zu übernehmen, die Position, die zuvor Ihr Vater innehatte. Ich habe den Vorsitz nach Pauls Tod lediglich interimsweise übernommen. Viele unserer Mitglieder sind mittlerweile ziemlich betagt. Wir benötigen dringend junge, zuverlässige Männer.“

„Na, hoppla“, murmle ich, „was für eine Ehre.“

Er nickt. „Das ist es in der Tat, auch wenn Sie das bisher noch nicht verstanden haben. Mit Ihren 34

Jahren wären Sie der jüngste Vorsitzende, den wir jemals hatten. Eric, vertrauen Sie mir, auch Ihnen wäre jederzeit Unterstützung garantiert. Sollten Sie einmal in Schwierigkeiten geraten, steht der Circle geschlossen hinter Ihnen."

„Wie bei den Musketieren", äußere ich mit zynischem Unterton. „Welche Rolle spielt der amerikanische Präsident?"

„Das Weiße Haus ist selbstverständlich in unsere Aktivitäten involviert."

„Verstehe. Gehe ich recht in der Annahme, dass es sich hierbei um einen Job auf Lebenszeit handelt?"

Er nickt erneut. „Natürlich könnten Sie den Vorsitz abgeben, wenn Sie erkranken sollten oder es altersbedingt nicht mehr handhaben können."

„Ich muss darüber nachdenken. Aber zwei Punkte sind für mich völlig inakzeptabel." Ich beuge mich zu ihm nach vorne und suche nach seinem Blick. „Ich möchte, dass zukünftig auch Frauen in den Circle aufgenommen werden können und obendrein die Ehepartner informiert werden dürfen. Das, was meiner Mutter widerfahren ist, darf sich zu keiner Zeit wiederholen."

Erstaunlicherweise werden meine Forderungen anstandslos akzeptiert. Warum bloß hat mein Vater niemals auf eine derartige Änderung bestanden? Das hätte unserer Familie womöglich viel Leid ersparen können. Aber das spielt jetzt auch keine Rolle mehr, ich kann die Uhr nicht zurückdrehen. Meine Eltern sind tot und nichts wird sie ins Leben zurückholen.

Ein paar Tage später werde ich in Catwicks Büro zwei Mitgliedern des Circle vorgestellt. Es handelt sich dabei um grauhaarige Tattergreise, die früher einflussreiche Positionen beim Secret Service und dem Weißen Haus innehatten.

Nachdem ich mich einem stundenlangen, unerbittlichen Verhör ausgesetzt habe, ziehen sie sich zur Beratung zurück.

Bereits am nächsten Morgen lässt Catwick mich wissen, dass der Circle meinem Beitritt zugestimmt hat. Diese Tatsache irritiert mich zutiefst. Ich habe mich nicht groß um diesen Job bemüht und bin teilweise recht respektlos mit meinen Gesprächspartnern umgegangen, habe quasi alle Grenzen ausgelotet. Und dennoch wurde ich nicht abgelehnt. Ich kann mir nur vorstellen, dass an der Sache irgendetwas faul oder die Personalnot des Circle riesengroß ist. Aus welchem Grund sollten sie mich sonst derart problemlos in ihren erlauchten Kreis aufnehmen?

Noch dazu, als neuen Vorsitzenden.

Rasch verdränge ich die negativen Gedanken und entscheide, diesen Schritt zu wagen. Ich bin alles andere als ein Feigling und jetzt noch einen Rückzieher zu machen, käme mir erbärmlich vor. Ich habe Blut geleckt und werde erst dann zufrieden sein, sobald ich diese verfluchte Loge haarklein durchleuchtet habe. Sie hat meine Familie zerstört, und um meinen inneren Seelenfrieden zurückzuerlangen, muss ich wissen, ob es das Opfer wert war.

Nachdem ich noch einen Eid auf ein antikes in Leder gebundenes Buch, versehen mit dem silbernen Ornament eines Oktopus, abgelegt und die Satzung unterschrieben habe, überkommt mich schlagartig das Gefühl, soeben meine Seele und mein Erstgeborenes dem Teufel verkauft zu haben.

Jetzt verstehe ich auch den Oktopus. Dieser Verein ist wie ein Krake, hat er dich erst einmal mit seinen Tentakeln umschlungen, lässt er dich niemals wieder los.

Tage später gewährt man mir Zutritt zu den geheimen Räumen, in denen der Circle seine Sitzungen abhält. Zu meiner Verwunderung befindet sich dieser Ort im Herzen Manhattans, unter einer alten Kirche. Der Eingang ist für Außenstehende nicht auffindbar, da es sich um eine ins Mauerwerk eingelassene Tür handelt, die lediglich per Geheimcode geöffnet werden kann.

Der unterirdische Besprechungsraum, der mir auf den ersten Blick eine Höhle in Erinnerung ruft, wirkt durch die schwarzen Ledersessel und den massiven Holztisch in der Mitte einigermaßen gemütlich. Allerdings besitzt der Raum keine Fenster, ist schalldicht und mit Sicherheit könnte man hier einen Atomkrieg überstehen.

Die Sache wird immer mysteriöser.

Als ich dann noch beim Sichten diverser Unterlagen herausfinde, welche ranghohen Persönlichkeiten dem Circle angehören oder in vergangenen Tagen mit von der Partie waren, bin ich komplett vor den Kopf gestoßen.

Präsidenten, hohe Geistliche, CIA- und FBI-Leiter, sowie das Who is Who der amerikanischen Wirtschaft, geben sich hier seit Jahrzehnten die Klinke in die Hand. Ein mächtiges geheimes Netzwerk ist entstanden, das höchstwahrscheinlich seinesgleichen sucht. Und so langsam begreife ich, dass es wirklich eine Ehre ist, Vorsitzender dieses elitären Clubs zu sein.

Jetzt geht kein Weg mehr daran vorbei: Von nun an gehöre ich offiziell den einflussreichsten Männern der Vereinigten Staaten an, dem Secret Circle.

Kapitel 5

Ava

Nachdem Eric mich vor ein paar Tagen in der Tat zur Geschäftsführerin der Bank ernannt hat, verbringe ich jede freie Minute an meinem Schreibtisch, um dem Chaos, das nach Pauls Ableben entstanden ist, Herr zu werden. Eine Mission Impossible, denn viele unserer Kunden kündigen, sobald sie in Erfahrung bringen, dass Paul nicht mehr am Leben ist und seine ehemalige Assistentin neuerdings die Fäden in der Hand hält.

Im Prinzip sollte ich darüber verärgert sein, aber ich weiß, welch inniges Verhältnis mein früherer Chef zu seiner langjährigen Kundschaft hatte, daher ist dieses Verhalten durchaus nachvollziehbar. Zwar versuche ich, mit größtmöglichem Einsatz die Abtrünnigen zurückzugewinnen, doch bei den meisten kämpfe ich auf verlorenem Posten.

Viele ziehen Hals über Kopf ihre Geldeinlagen ab, was der Bank rasch Liquiditätsengpässe verursacht. Auch kann ich für Neukundenakquise momentan keinerlei Zeit aufbringen, da mich das Tagesgeschäft voll und ganz vereinnahmt.

Erschöpft wandere ich nach einem anstrengenden Arbeitstag zu später Stunde nach Hause. Da New York die Stadt ist, die niemals schläft, sind noch Unmengen von Menschen unterwegs. So muss ich mich zumindest nicht um meine Sicherheit sorgen.

Soll ich Emma noch einen kurzen Besuch abstatten, oder doch lieber postwendend in mein Bett fallen, wo ich gewiss binnen Sekunden ins Reich der

Träume versunken sein werde?

Nachdenklich wandert mein Blick über die beleuchteten Hochhäuser Manhattans hinweg und mit Überraschung bemerke ich, dass in Pauls früherem Penthouse Licht brennt.

Ich entsinne mich, dass Eric sich dort aufhält, sobald er in der Stadt weilt.

Unfassbar!

Mein neuer Boss hat es noch nicht einmal nötig, bei mir vorbeizuschauen.

Wie ich diesen Typen hasse!

Wut und Trotz steigen in mir auf und lassen mich eine Entscheidung treffen, die ich höchstwahrscheinlich später bereuen werde.

Erics beeindruckende blaugraue Augen mustern mich ungeniert, nachdem ich aus dem Fahrstuhl gestiegen bin, der direkt ins Penthouse fährt. Sollte mein Chef überrascht sein, mich zu sehen, dann verbirgt er das gut. Sein Blick fällt auf die Sneakers, die ich wie viele New Yorkerinnen für gewöhnlich auf dem Weg zur Arbeit trage. Ein Stilbruch, in Verbindung mit dem schicken bordeauxfarbenen Kostüm. Aber mit Pumps oder Stilettos landet man bei den Unebenheiten von Manhattans Bürgersteigen recht schnell in der Notaufnahme eines Krankenhauses.

Erics schwarzes Haar ist leicht zerzaust. Er trägt ein weißes Hemd, bei dem er die oberen Knöpfe geöffnet und die Ärmel hochgekrempelt hat. Kombiniert mit der dunklen Anzughose wirkt das extrem sexy.

Ich habe ihn noch nie ohne Jackett zu Gesicht bekommen und bin augenblicklich beeindruckt von seinen breiten Schultern und dem Waschbrettbauch. Mir ist zu Ohren gekommen, dass er rund um die Uhr arbeitet, daher drängt sich mir automatisch die Frage auf, wie er zu diesem Body kommt.

„Störe ich?“, erkundige ich mich, während ich nervös mit dem Griff meiner Aktentasche spiele. Der Anflug von Mut, den ich kurz zuvor verspürt habe, ist unter Erics durchdringenden Blicken verpufft wie eine Gaswolke nach der Explosion.

Er lehnt sich in dem schicken Eingangsbereich der luxuriösen Wohnung mit der Schulter gegen eine Wand und verschränkt die Arme in Abwehrhaltung vor der Brust. „Kommt darauf an, was Sie von mir wollen.“ Sein Ton klingt alles andere als einladend.

„Ich sage das nur ungern, aber ich bräuchte Ihre Hilfe.“

„Inwiefern?“

„Die Bank bereitet mir Schwierigkeiten.“

Er atmet zischend aus. „Sie erwarten doch nicht im Ernst, dass ich Ihnen ein hohes sechsstelliges Gehalt zahle und mich dann selbst um jeden Mist kümmere?“

Erneut brodelt Zorn in mir auf.

Dieser Mann ist ein solcher Mistkerl! Ich reiße mir seit Wochen den Hintern auf und alles, was ich ernte, ist Spott. Nein, das werde ich mir nicht gefallen lassen.

Energisch straffe ich die Schultern. „Eric, jetzt kommen Sie verdammt noch mal endlich von Ihrem hohen Ross herunter. Ich verliere die meisten einflussreichen Kunden, da sie mir kein Vertrauen entgegenbringen. Es handelt sich dabei um alte Bekannte Ihres Vaters. Über Jahre hinweg arbeiteten sie mit ihm zusammen und jetzt sind sie verständlicherweise verunsichert. Vielleicht könnte Ihre Unterstützung in Verbindung mit dem Namen Carpenter ja helfen, ein paar von ihnen zu halten oder zurückzugewinnen."

Er sinniert eine gefühlte Ewigkeit, was abermals Nervosität in mir aufsteigen lässt.

Zu meiner großen Überraschung nickt er plötzlich und tritt beiseite. „Einverstanden, ich schaue mal, was ich machen kann. Aber kommen Sie doch erst einmal herein, damit ich mir einen besseren Überblick über die Situation verschaffen kann."

Auch wenn Eric das sicher nicht bewusst ist, gleicht er seinem Vater in so vielem. Vollkommen gleich zu welcher Uhrzeit war auch Pauls Geschäftssinn stets präsent.

Ich verlasse die Vorhalle und marschiere direkt ins Wohnzimmer. Ich habe früher oftmals Unterlagen vorbeigebracht und bin mit den Räumlichkeiten vertraut.

Meinen Fehler realisiere ich erst, als eine dunkle Stimme hinter mir verkündet: „Ich sehe, Sie kennen sich hier aus." Die Ironie in Erics Worten bringt mich erneut auf hundertachtzig.

Verärgert fahre ich herum. „Eric, ich war Pauls persönliche Assistentin und habe häufig Papiere hier abgeliefert." Ich trete einen Schritt auf meinen neuen Chef zu und fange seinen Blick ein. Dass ich aufgrund der Turnschuhe gezwungen bin, zu ihm aufzublicken, ärgert mich, aber das kann ich für den Moment leider nicht ändern. „Sie können meinetwegen denken, was Sie wollen, doch lassen Sie sich eins gesagt sein: Ich habe niemals mit Ihrem Vater geschlafen. Im Gegensatz zu Ihnen war er nämlich ein wahrer Gentleman. Er war für mich viel: mein Chef, mein Mentor, ein guter Freund und manchmal sogar der Vater, den ich nie hatte. Aber ganz sicher nicht mein Liebhaber."

Ich schnappe nach Luft und wedle mit einer Hand aufgebracht vor Erics Nase herum. „Daher lasse ich nicht zu, dass Sie mich oder ihn weiterhin beleidigen. Lieber kündige ich und werfe Ihnen alles vor die Füße. Obendrein sollten Sie sich schämen! Noch nicht einmal bei seiner Beerdigung haben Sie sich blicken lassen. Wäre es wirklich von dem einzigen Sohn zu viel verlangt gewesen, seinem Dad die letzte Ehre zu erweisen?"

Ich weiß, ich betrete gerade sehr dünnes Eis, aber das ist mir gleich. Zu sehr erbost mich Erics herabwürdigendes Verhalten.

Wie erwartet, blitzt Zorn in seinen Augen auf. Er ist es sicher nicht gewohnt, von seinen Angestellten in einer derartigen Heftigkeit angegangen zu werden. „Dann erklären Sie mir doch bitte die vielen Fotos, die in der Presse die Runde machten: mein Dad mit blutjungen Dingern – immer eine andere. Das nennen Sie einen wahren Gentleman?"

Auch Eric hat inzwischen die Stimme erhoben, doch das hindert mich nicht daran, erneut in die Offensive zu gehen. Entweder wir klären das jetzt ein für alle Mal oder ich werde auf eine weitere Zusammenarbeit mit ihm verzichten.

„Sie sind ja so was von auf dem Holzweg! Ihr Vater war ein gut aussehender, wohlhabender Mann. Frauen, die einzig auf sein Geld aus waren, versuchten unablässig, ihn zu ködern. Aus diesem Grund ließ er sich häufig in weiblicher Begleitung ablichten. Es handelte sich dabei um Angestellte, Freunde oder sogar die eine oder andere Hostess. Ich weiß gar nicht, ob er nach dem Tod Ihrer Mutter jemals wieder eine Frau angerührt hat."

„Und das soll ich Ihnen glauben?"

„Wenn Sie möchten, stelle ich Ihnen die Damen gerne vor, die ihn gelegentlich begleitet haben. Sollten Sie auch nur eine Einzige finden, die mit ihm geschlafen hat, dann trete ich freiwillig mein Erbe an Sie ab."

Überrascht zieht er die Augenbrauen hoch. „Sie bluffen doch! Wie dumm wären Sie? Jetzt, wo Sie Ihre Schäfchen ins Trockene gebracht haben."

„Nein, Eric, ich sage lediglich die Wahrheit. Sie werden es mir vielleicht nicht glauben, aber bis heute kenne ich den Wert der Dinge nicht, die Ihr Vater mir vermacht hat. Weil es mich kein Stück interessiert. Viel lieber wäre es mir, er würde noch unter uns weilen."

„Waren Sie denn bei seiner Beisetzung?"

Ich nicke. „Es war keine große Sache, das wollte er nicht. Ein schlichtes Urnenbegräbnis."

„Das ist mir bekannt. Ein Sturm hat an diesem Tag den Flugverkehr lahmgelegt, sonst wäre ich gekommen."

Ich schlucke vernehmlich. „Oh, das wusste ich nicht. Tut mir leid."

Die faszinierenden Augen meines Gesprächspartners scannen mich abermals eingehend, bevor sich seine angespannte Miene einen Tick lockert. „Setzen Sie sich doch erst einmal!", äußert er mit Blick auf das dunkle Ledersofa. „Möchten Sie einen Drink?"

Seine Stimme klingt nicht freundlich oder einladend, aber zumindest sind die Wut und der Zynismus aus seinem Tonfall gewichen. Ich scheine ihm vorerst den Wind aus den Segeln genommen zu haben, sehe ihm aber an, dass er mir nach wie vor keinen Meter traut.

Kurz bin ich versucht, einfach zu verschwinden, doch dann entscheide ich, den Stier bei den Hörnern zu packen. Weglaufen ist in dieser Situation keine Alternative. „Ein Glas Wein wäre fantastisch."

„Rot- oder Weißwein? Irgendeine spezielle Vorliebe?"

„Vorzugsweise Rotwein, aber bitte keinen aus Pauls exklusiver Sammlung, das wäre Perlen vor die Säue werfen."

Paul war alles andere als ein Kostverächter. Die gigantische Küche ist mit Weinkühlschränken sowie Humidoren ausgestattet, die mit den erlesensten Tropfen und schweineteuren Zigarren gefüllt sind. Etwas, das im krassen Gegensatz zu meinem eher bodenständigen Lebensstil steht.

Eric nickt und macht sich auf den Weg in die Küche. Währenddessen setze ich mich, lege meine Kostümjacke ab und schaue mich neugierig um. Nicht das Geringste hat sich verändert. Die Tür zum Büro steht offen und darin brennt Licht. Offenbar hat Eric noch gearbeitet.

Mit einer Flasche Wein und zwei Gläsern in den Händen kehrt er zurück. Er nimmt auf einem der Sessel Platz und entkorkt gekonnt die Flasche. Nachdem er zwei Gläser mit purpurner Flüssigkeit gefüllt hat, reicht er mir eins davon.

„Zum Wohl", äußert er und prostet mir zu, bevor er sich selbst einen Schluck einverleibt. „Erzählen

Sie mir etwas über sich! Ich weiß bisher einzig das, was in Ihrer Personalakte steht."

Ich nicke und trinke ebenfalls von dem Wein. „Einverstanden, wo soll ich anfangen?"

„Kennen Sie Ihren leiblichen Vater?"

Ich schüttle den Kopf. „Meine Mutter lebte ein recht wildes Leben. Angeblich hat sie keine Ahnung, wer mein Erzeuger ist, aber auch kein Interesse daran, es herauszufinden." Nachdenklich spiele ich mit meinem Glas. „Wir kommen aus ärmlichen Verhältnissen. Um unser Überleben zu sichern, arbeitete Mum rund um die Uhr. Sie gab sich der Hoffnung hin, irgendwann einen Mann zu finden, der uns ein besseres Leben ermöglichen könnte. Dabei hat sie wohl recht viele Frösche geküsst, aber den wahren Prinzen erst spät gefunden. Meine Omi hat mich quasi aufgezogen."

Ich nehme einen weiteren Schluck Wein. „Ich kam nach New York, um zu studieren. Hierfür nahm ich ein Darlehen auf. Danach bekam ich glücklicherweise sofort einen Job in der Bank Ihres Vaters. Als seine Assistentin überraschend kündigte, sprang ich kurzfristig ein. Er gab mir die Chance meines Lebens und war neben Omi der erste Mensch, dem ich voll und ganz vertraute. Ihr Vater war immer für mich da, beriet mich in Finanzfragen, half mir eine Wohnung in der Nähe der Bank zu finden und brachte mir von seinen Geschäftsreisen wundervolle Geschenke mit. Kleinigkeiten, die ich ganz tief in mein Herz geschlossen habe. Erst durch ihn ergab mein Dasein einen Sinn. Ich vermisse ihn so sehr …"

Meine Stimme bricht. Seit Pauls Tod habe ich keine einzige Träne vergossen. Doch jetzt, in seiner

Wohnung, die mir ohne seine Anwesenheit unvollständig und leer vorkommt, brechen sich die Gefühle Bahn und dicke Tränen kullern mir über die Wangen.

Ich verabscheue diese Schwäche in Gegenwart meines neuen Chefs, doch es gelingt mir nicht, die Trauer zurückzuhalten. „Es tut mir leid“, murmle ich in Erics Richtung. „Ich weiß einfach nicht weiter, seitdem er mir nicht mehr mit Rat und Tat zur Seite steht.“

Überrascht zucke ich zusammen, als Eric sich nach vorne beugt und nach meiner Hand greift. „Ava, machen Sie sich nicht so viele Gedanken. Ich werde Sie unterstützen. Aber hören Sie um Himmels willen auf zu weinen.“

Ich stelle das Glas ab, wische mir mit den Fingern die Feuchtigkeit vom Gesicht und blinzle ihn an. „Im Ernst? Ich ging davon aus, Sie würden mich feuern.“

„Ganz ehrlich, ich habe keinen blassen Schimmer, was in Dads Bank abläuft, daher benötige ich Ihr Wissen. Lassen Sie mir bitte eine Liste der Kunden zukommen, die gekündigt haben oder beabsichtigen, es zu tun. Ich werde mich darum kümmern.“

Ungläubig starre ich ihn an. Dieser Mann kann durchaus entgegenkommend sein, wenn er will. Meine feinen Antennen fürs Zwischenmenschliche signalisieren mir jedoch, dass wir nach wie vor keinen Draht zueinander gefunden haben. Womöglich beabsichtigt er ja, mich in Sicherheit zu wiegen, bevor er mir das Messer doch noch in den Rücken rammt.

„Die Namen können Sie sofort haben.“ Ich entziehe ihm meine Hand, die er noch immer festhält, krame meinen Laptop aus der Aktentasche und schicke Eric die Listen, die ich während der letzten Wochen erstellt habe. „So, sind in Ihrem Posteingang.“

„Danke, ich werde sie mir gleich morgen ansehen.“ Er stiert in sein Weinglas. „Hat mein Vater jemals über mich oder meine Mutter gesprochen?“ Dass ihm diese Frage schwerfällt, ist unüberhörbar.

„Unentwegt. Ich kam erst nach dem Tod Ihrer Mutter zu ihm. Irgendwann hat er mir gestanden, dass es sich um Selbstmord handelte. Er wusste, wie sehr er sie vernachlässigt hatte und das belastete ihn unsagbar.“

„Haben Sie ihn jemals gefragt, warum er sich niemals Zeit für seine Familie genommen hat?“

„Mehrfach. Er versuchte, mir weiszumachen, die Bank würde ihn rund um die Uhr einspannen. Doch ich weiß, dass es nicht allein darum ging. Häufig habe ich Anrufe aus dem Weißen Haus entgegengenommen oder vom FBI, der CIA … von großen amerikanischen Firmen.“ Ich zucke mit den Schultern. „Ich kann nicht einschätzen, in was genau er involviert war. Aber glauben Sie mir, er befand sich abends und nachts in Meetings, nicht bei irgendeiner Geliebten.“

Als ich wieder von dem Wein trinke, bemerke ich, dass mir der Alkohol zu Kopf steigt. Ich sollte mich zurückhalten, immerhin sitze ich meinem Boss gegenüber. Doch ich bin gerade ziemlich aufgewühlt und der Wein tut definitiv gut.

Ich suche nach Erics Blick. „Er war unglaublich stolz auf Sie. Er hat mir oft von Ihrer Firma erzählt, die Sie vollkommen in Eigenregie aufgebaut haben. Ich habe ihm wiederholt nahegelegt, den Kontakt zu Ihnen erneut zu suchen. Doch ich vermute, er hatte Angst, einmal mehr zurückgewiesen zu werden.

Nichtsdestotrotz war er jederzeit über Ihr Leben und Ihre Erfolge im Bilde. Eric, Sie müssen mir glauben, er hat Sie geliebt!“

Eric holt vernehmlich Luft und setzt zu einer Antwort an. In diesem Moment klingelt sein Telefon.

„Entschuldigen Sie mich bitte kurz“, äußert er, springt auf und verschwindet ins Büro.

Nachdem er die Tür hinter sich geschlossen hat, leere ich mein Weinglas und lehne mich auf dem bequemen Sofa zurück. Entspannung kriecht meine Glieder empor, wie ich sie seit Wochen nicht mehr verspürt habe. Eine Mischung aus Erleichterung und dem Alkoholgenuss lassen meine Lider zufallen. Binnen Sekunden schlafe ich den Schlaf der Gerechten.

Kapitel 6

Ava

Ich schlage die Augen auf und schaue verwundert um mich.

Wo bin ich? Und was ist geschehen?

Ich liege in einem Bett; neben mir befindet sich eine imposante Fensterfront.

Pauls Gästezimmer!

Ich habe schon mehrmals hier übernachtet, wenn wir bis in die Puppen gearbeitet haben und Paul mich aus Sicherheitsgründen nicht mehr gehen ließ.

Aber was tue ich jetzt hier? Paul ist tot!

Erschrocken richte ich mich auf, schlage die weiche Decke beiseite und lasse meinen Blick an mir hinabgleiten. Bis auf die Turnschuhe, die neben dem Bett stehen, bin ich vollständig bekleidet.

In dieser Sekunde begreife ich, was sich zugetragen hat. Ich bin auf dem Sofa eingeschlafen, während Eric telefonierte.

Aber wie zum Geier bin ich ins Bett gekommen?

Ich schiele auf meine goldene Armbanduhr - ein Geschenk von Paul. Sie zeigt elf Uhr am Vormittag an.

Lieber Himmel!

Wie eine Rakete schieße ich hoch, schlüpfe in meine Schuhe und haste nach draußen. Meine Kostümjacke und die Tasche finde ich auf Anhieb im Wohnzimmer. Ich greife danach und jage in den Fahrstuhl. Unten angekommen ergattere ich zum Glück sofort ein Taxi.

Zuerst nenne ich dem Fahrer die Adresse der

Bank, doch als ich erneut an mir hinabschiele, wird mir klar, dass ich so zerknittert unmöglich dort auftauchen kann. Daher bitte ich ihn, mich doch lieber zu Hause abzusetzen.

Als ich kurze Zeit später in mein Büro hetze, lähmt die Überraschung mich sekundenlang. Eric sitzt zurückgelehnt auf meinem Schreibtischstuhl, die Füße lässig auf dem Tisch abgelegt und telefoniert.

Wie sehr er mich in diesem Moment an seinen Vater erinnert!

Als er meiner ansichtig wird, fordert er mich mit einer Handbewegung auf näherzutreten. Ich straffe die Schultern, mache mich auf ein Donnerwetter gefasst und schreite auf ihn zu.

Erstaunt richten sich meine Augen auf eine silberne Platte mit Sushi-Resten, die auf dem Schreibtisch verharrt. Daneben entdecke ich ein paar Lachshäppchen und eine Schale, in der sich ein Bodensatz Kaviar befindet. Ein halb leerer Brotkorb sowie ein Weinglas runden das erlesene Mahl ab. Bei dem Anblick des frischen Brotes gibt mein Magen ein knurrendes Geräusch von sich. Erst in diesem Moment fällt mir auf, dass ich heute noch nichts gegessen habe.

Wann auch?

Eric hingegen hat offensichtlich gespeist wie ein König. Keine Ahnung, wo er die ganzen Leckereien aufgetrieben hat. Aber mit einem stinknormalen Mittagessen scheint sich sein anspruchsvoller Millionärsmagen wohl nicht zufriedenzugeben.

Ganz der Vater, eben!

Nachdem er das Gespräch beendet hat, schweift

sein Blick über mich hinweg. „Und Dornröschen, gut geschlafen?“, äußert er mit tonloser Stimme.

Dornröschen?

Ich weiß, dass ich über einen murmeltierähnlichen Schlaf verfüge, aber nun übertreibt er doch ein wenig. Seine Miene gleicht einer unbeweglichen Maske, signalisiert mir nicht im Entferntesten, was in seinem Kopf vorgeht.

„Es tut mir so leid, Eric“, setze ich zu meiner Verteidigung an. „Der Wein, und die viele Arbeit der letzten Wochen. Ich …“

„Lassen Sie es gut sein!“, schneidet er mir das Wort ab. „Solange das nicht zur Gewohnheit wird, hier erst um die Mittagszeit aufzutauchen, kann ich damit leben.“ Sein Blick wandert über die Blumenstöcke, die ich rund um meinen Schreibtisch drapiert habe. „Liegt es eigentlich in Ihrer Absicht, die Bank in ein Gewächshaus zu verwandeln?“

„Keineswegs, aber ich finde es so wesentlich gemütlicher. Außerdem beruhigen mich die Pflanzen.“

„Nun gut, Sie müssen in diesem Urwald leben, nicht ich. Ich frage mich nur, was unsere Kundschaft davon hält.“

„Im Moment würden unsere Kunden wohl eher denken, sie hätten sich in einen Delikatessenladen verirrt“, erwidere ich schnippisch mit Seitenblick auf Erics Mahlzeit. War ich am Vorabend noch voller Hoffnung, wir hätten das Kriegsbeil begraben, begreife ich jetzt, dass das ein Trugschluss war. Ich sollte mir besser zügig überlegen, ob ich mit diesem Vorgesetzten auf Dauer klarkommen werde.

Erics Mundwinkel verziehen sich leicht, doch ich kann nicht einschätzen, ob er den Anflug eines

Schmunzelns oder einen weiteren fiesen Kommentar unterdrückt. „Ich habe bei der Essensbestellung einzig an Sie gedacht. Gehe ich recht in der Annahme, dass Sie heute noch nichts zu sich genommen haben?“

„Schon, aber ein Sandwich hätte mich auch zufriedengestellt.“

Er geht nicht auf meinen Einwand ein, sondern betrachtet erneut meine Pflanzen. „Unterhalten Sie sich eigentlich mit diesem Grünzeug?“

Das tue ich in der Tat, werde ich meinem Chef jedoch sicher nicht auf die Nase binden. „Einige Kunden bringen mir sogar Blumenstöcke mit, da sie wissen, wie sehr mich das erfreut. Aber wollen Sie mir vielleicht sonst noch etwas mitteilen, oder sich lieber weiterhin über wehrlose Pflanzen echauffieren? Manche von ihnen sind nämlich echt sensibel“, kann ich mir die kleine Spitze nicht verkneifen.

Eric zieht die Augenbrauen hoch und mustert mich mit einem Blick, der mir verdeutlicht, dass er mich für völlig Irre hält. Allerdings erspart er sich jeden weiteren Kommentar und richtet sein Augenmerk jetzt auf die Unterlagen vor sich. „Zwei der Stammkunden konnte ich bereits zurückgewinnen. Mit den anderen werde ich mich in den nächsten Wochen befassen. Da Sie nun endlich da sind, kann ich mich jetzt wieder meinen restlichen Verpflichtungen widmen. Ich muss nämlich dringend nach San Francisco zurück.“

Schwungvoll wirft er die Beine vom Tisch und springt auf. „Sie wissen ja, wie Sie mich erreichen, falls Sie wieder einmal Hilfe benötigen. Ach, beinahe hätte ich es vergessen: Im Kühlschrank befinden sich noch Sushi, Lachs und einige Bagels mit Frischkäse. Nicht, dass Sie mir noch vor Schwäche umfallen.“ Die Absätze seiner Schuhe klackern auf dem Fußboden, als er mit großen Schritten an mir vorbeimarschiert.

„Ähm, Eric, vielen Dank. Gestatten Sie mir noch zwei Fragen: Wie bin ich in das Bett gekommen? Und warum haben Sie mich nicht geweckt?“

Er hält in der Bewegung inne und zum ersten Mal, seit ich ihn kennengelernt habe, grinst er, was ihn ziemlich sexy wirken lässt. „Was denken Sie wohl? Sie sind schwerer, als Sie aussehen, muss an Ihrem Dickschädel liegen. Und warum ich Sie nicht geweckt habe? Selbst ein gefühlloser Mensch wie ich erkennt, wenn eine Person auf dem Zahnfleisch geht.“

Er macht einen weiteren Schritt auf die Ausgangstür zu. „Wissen Sie eigentlich, dass Sie im Schlaf reden, Dornröschen?“, sind seine letzten Worte, dann ist er verschwunden und lässt mich mit glühenden Wangen und einem riesigen Fragezeichen im Kopf zurück.

Kapitel 7

Eric

Seit Wochen pendle ich unablässig zwischen Kalifornien und New York hin und her. Relativ unproblematisch, solange man eine Fluglinie sowie einen Privatjet sein Eigen nennt. Dennoch soll das kein Dauerzustand werden, es ist einfach zu zeitraubend.

Nach wie vor bin ich Vorstandsvorsitzender von Secur, ziehe allerdings in Erwägung, den Job bei Gelegenheit jemand anderem zu übertragen. Der Aufwand, den der Vorsitz des Secret Circle mit sich bringt, ist nicht zu unterschätzen und wird von Tag zu Tag umfangreicher.

Je intensiver ich mich mit dieser geheimen Organisation beschäftige, desto mehr erweckt sie mein Interesse. In einem Tresor fand ich Unterlagen, in denen die Mitglieder seit dem Tag der Gründung aufgelistet sind. Auch wurde dokumentiert, in welche nationalen und internationalen Projekte oder Ereignisse der Circle involviert war. Leider gehen die Informationen aus Sicherheitsgründen in den seltensten Fällen ins Detail.

Erst nach und nach begreife ich das volle Ausmaß dessen, was dieses machtvolle Netzwerk bewirken kann. Seit vielen Jahren steuert es die gesamte amerikanische Industrie, die Politik, Waffenlieferungen sowie Kriegseinsätze. Wobei einige Mitglieder aller Voraussicht nach hin und wieder über Leichen gegangen sind, um ihre hochgesteckten Ziele zu erreichen.

Den Selbstmord mancher Promis oder Politiker

sehe ich mittlerweile mit ganz anderen Augen, nachdem ich weiß, dass der Circle sie im Visier hatte. Ich kann bloß hoffen, dass ich niemals in eine derart prekäre Lage geraten werde, denn wenngleich ich ein skrupelloser Manager bin, gehört Mord nicht zu meinen Geschäftsmethoden.

Zu meiner großen Enttäuschung fand ich jedoch bloß unzulängliche Hinweise meinen Vater betreffend. Irgendwie seltsam, wo er doch jahrelang als Vorsitzender agiert hat.

Zum Glück liegt die Entscheidungsgewalt momentan noch bei Catwick, denn ich bin vollauf damit beschäftigt, mich einzuarbeiten und die Kontakte zu langjährigen Mitgliedern herzustellen, die sich aufgrund ihres Alters mehr oder weniger zurückgezogen haben.

In der Tat habe ich auch bereits genaue Vorstellungen, welche Freunde und Geschäftspartner ich in den Circle aufnehmen könnte. Wie gut, dass ich durchgesetzt habe, die Familie involvieren zu dürfen. Ein paar meiner Wunschkandidaten sind nämlich glücklich verheiratet. Und so soll es auch bleiben.

Aber das hat Zeit. Zuerst will ich mich richtig etablieren. Nichtsdestotrotz habe ich die Macht des Circle bereits ausgetestet. Anhand vorhandener Seilschaften konnte ich einige der abgesprungenen Bankkunden meines Vaters wieder einfangen, sowie ein paar neue einflussreiche Kandidaten hinzugewinnen.

Ava kümmert sich derweil um die weitere Abwicklung und ich kann nicht leugnen, dass sie eine hervorragende Arbeitskraft ist. Ohne sie wäre ich verloren. Wir kommunizieren vorwiegend per Mail oder Telefon, denn ich habe kein gesteigertes Interesse, ihr allzu oft gegenüberzutreten. Nach wie vor gehe ich davon aus, dass sie ein Verhältnis mit meinem Vater hatte. Zumal sie im Tiefschlaf auf meinem Sofa seinen Namen murmelte.

Der Versuch sie zu wecken, blieb absolut erfolglos, da sie schlummerte wie eine Tote. Folglich trug ich sie ins Gästezimmer, wobei mir der angenehme Duft ihres dezenten Parfums auffiel, das mich sogleich an die freie Natur erinnert hat. Aber möglicherweise handelte es sich dabei ja gar nicht um Parfum, sondern der Geruch des Grünzeugs, mit dem sie sich im Büro umgibt, hat auf sie abgefärbt.

Vollkommen gleich, denn sie roch himmlisch. Und mit ihren weichen Rundungen, die sie offenbar grundsätzlich unter strengen Kostümen verbirgt, hat sie sich erstaunlich gut in meinen Armen angefühlt.

Doch allein bei der Vorstellung, der Frau näherzukommen, die es mit meinem Vater getrieben hat, drehte sich mir um ein Haar der Magen um. So bin ich rasch auf Abstand gegangen, nachdem ich sie im Gästezimmer abgelegt hatte.

Ein Ruckeln reißt mich aus meinen Tagträumen. Der Learjet geht soeben in den Landeanflug auf den Flughafen von San Francisco über. Ich lehne mich in dem weichen Sessel zurück und überlege, wann ich eigentlich zum letzten Mal Sex hatte.

Hm, einige Wochen müssen seitdem ins Land gegangen sein. Ich fand nach dem Tod meines Vaters schlicht und ergreifend keine Zeit, um diesen Gedanken überhaupt weiterzuverfolgen. Einzig durch Joggen und Kampfsport mit meinem Personal Trainer powere ich mich regelmäßig körperlich aus.

Das Kämpfen habe ich angefangen, als meine Firma boomte und ich recht schnell zu einem beachtlichen Vermögen kam. Denn Bodyguards, die mich auf Schritt und Tritt verfolgen, sind nicht mein Fall. Demzufolge lernte ich, mich in einer etwaigen Gefahrensituation selbst zu verteidigen.

Meine Gedanken wandern zu Josie. Meine langjährige Geliebte ist ein ehemaliges Callgirl, das ich auf einer feuchtfröhlichen Party in der Villa eines Kollegen kennengelernt habe. Sie hat sich als wahre Zauberin im Bett erwiesen, was mich dazu bewogen hat, den Kontakt zu ihr aufrechtzuerhalten.

Mittlerweile kenne ich sie seit fast drei Jahren und sie bewohnt eins meiner Apartments in San Francisco mit Bay View. Sie ist verschwiegen, stellt keine Fragen und befindet sich nicht auf der Suche nach einer Beziehung. Auch habe ich nicht den Eindruck, sie wäre einzig auf mein Geld aus. Eine perfekte Lösung für einen Mann wie mich.

Ich zücke mein Telefon und schicke ihr eine SMS.

Zeit für mich, Baby?

Keine Minute später kommt die Antwort.

Aber immer doch! BDSM?

Ihre Nachricht lässt mich schmunzeln. Diese Frau ist wirklich ein Glücksgriff. Doch ich stehe nicht auf Schläge oder Peitschen. BDSM bedeutet Bertolini, unser Lieblingsitaliener, Diskutieren, Sex, Massage.

Heute nur SM, texte ich zurück. Denn ich bin weder hungrig, noch steht mir der Sinn nach ausgiebigen Gesprächen.

Ein Bild, das Josie in einem durchsichtigen Negligé zeigt, erscheint auf meinem Smartphone.

Bist du hart, Eric?

Bei dem verführerischen Anblick regt sich in der Tat etwas in meiner Hose.

Jetzt schon.

Perfekt, ich warte auf dich, nackt, im Whirlpool.

Eine verlockende Aussicht und ich frage mich, warum ich mir nicht schon längst die Zeit genommen habe, Josie endlich einmal wieder einen Besuch abzustatten.

Der Anblick der heißen Blondine in dem luxuriösen Whirlpool erregt mich auf Anhieb. Ein Lächeln schleicht sich auf meine Lippen, als ich den Champagner und die Erdbeeren entdecke, die sie bereitgestellt hat. Auf diese Frau ist einfach Verlass. Durch ihre ausgeprägte Erfahrung mit Männern kann sie stets einschätzen, wonach mir der Sinn steht.

Auch wenn wir uns selten sehen, bin ich mir sicher, dass sie mir die Treue hält. Sie führt ein zufriedenes Leben auf meine Kosten und wäre verrückt, diesen Luxus wegen eines anderen Kerls aufs Spiel zu setzen. Denn alles, was ich von ihr verlange, ist Exklusivität. Schon allein, weil ich Kondome hasse, aber trotzdem kein Gesundheitsrisiko eingehen möchte. Eine ungewollte Schwangerschaft ist kein Thema, da ich mich bereits vor Jahren sterilisieren ließ. Aus Angst, genauso zu versagen wie mein Vater, will ich niemals die Verantwortung für ein Kind tragen.

Im Grunde genommen ist Josie die einzige Frau, der ich vertraue. Oft reden wir stundenlang, was mir unsagbar guttut. Andere Manager haben einen Therapeuten, ich habe Josie. Ich liebe sie nicht, aber sie ist mittlerweile zu einer maßgebenden Konstante in meinem Leben geworden.

Rasch werfe ich meine Klamotten von mir und steige zu ihr in das duftende warme Wasser.

„Lass mich dich zuerst massieren, Eric“, schnurrt sie, während ich ihr einen sanften Kuss auf den Mund hauche. „Du wirkst verspannt.“

Das lasse ich mir nicht zweimal sagen. Ich wende ihr den Rücken zu und genieße es, wie sich ihre langen Beine von hinten um meine Hüften schlingen. Ein zufriedenes Stöhnen stiehlt sich über meine Lippen, als ihre geschickten Finger meine Wirbelsäule hinaufgleiten und anfangen, meinen Nacken zu kneten. Schon nach wenigen Minuten bin ich völlig entspannt – die mächtige Erektion in meinem Schritt einmal außer Acht lassend.

Josie bleibt das natürlich nicht verborgen, daher lässt sie von meinem Hals ab. Ihre Fingerspitzen wandern über meinen Brustkorb hinunter und umfassen liebevoll meine Härte.

Ich keuche auf. „O Baby, du glaubst gar nicht, wie sehr ich das vermisst habe.“ Mit dem Rücken sinke ich gegen ihre weichen Brüste. Ein phänomenales Gefühl.

Spielerisch lässt sie sanfte Küsse auf meinen Nacken herabregnen. „Du solltest nicht ständig arbeiten“, haucht sie mir unterdessen ins Ohr. „Du weißt doch, ich bin immer für dich da.“

Ich beiße die Zähne zusammen, als ihre Hand sich fester um meinen harten Schwanz legt und ihn gekonnt stimuliert. „Setz dich auf mich! Ich halte das nicht länger aus“, ächze ich schon nach kurzer Zeit.

Sie gehorcht prompt, klettert hinter mir hervor und schwingt ein Bein über mich. An meinen Schultern zieht sie sich hoch. Während sie mich zärtlich küsst, lässt sie ihr Becken auf mich herabsinken, sodass meine Erektion augenblicklich tief in sie hineingleitet. Das Gefühl ist so intensiv, dass uns beiden ein lautes Stöhnen entfährt.

Ich schnappe nach Luft. „Tut mir leid, Josie, aber ich glaube, das hier wird heute recht schnell vorbei sein."

„Haben wir die ganze Nacht?" Der Zweifel in ihrer Frage ist deutlich vernehmbar, denn es kommt selten vor, dass ich so viel Zeit für sie aufbringen kann.

„Darauf kannst du wetten." Ich will für den Moment nicht mehr an Arbeit denken, denn ich benötige dringend die Wärme einer anschmiegsamen Frau.

Josie lächelt glücklich. Als sie beginnt, ihr Becken zu bewegen, lasse ich den Kopf in den Nacken fallen und schließe die Augen. Ich muss endlich einmal wieder abschalten, was mir, seit ich dem Secret Circle beigetreten bin, nicht annähernd gelungen ist.

„Eric", haucht Josie mit sanfter Stimme. „Bist du noch bei mir?"

„Entschuldige, Baby, die letzten Wochen waren anstrengend. Ich brauche ein wenig Zeit, um runterzukommen."

„Okay, dann werde ich wohl einen Gang zulegen müssen."

Ihre Bewegungen werden schneller, leidenschaftlicher. Sie keucht genussvoll auf, schließt die Augen und lässt den Kopf in den Nacken fallen. Mein Blick gleitet über ihre perfekten Brüste hinweg, die im Rhythmus vor meinem Gesicht auf und ab wippen. Als ich mich nach vorne beuge und einen ihrer Nippel in den Mund sauge, schreit Josie auf.

„O Eric, das hat mir so gefehlt“, keucht sie mit heiserer Stimme. „Ja, bitte, lass mich kommen.“

„Darauf kannst du wetten.“ Ich umfasse ihre Pobacken und presse sie enger gegen mich, bevor ich hart von unten in sie hineinstoße.

Sie windet sich auf meinem Schoß und genießt jede meiner Bewegungen. Schon nach kurzer Zeit ziehen sich ihre Muskeln um mich herum zusammen. Laut stöhnend lebt sie ihren Orgasmus aus.

Als ich mich letztendlich mit einem unterdrückten Knurren in ihr ergieße, kann ich bloß noch daran denken, diese Frau bis in die frühen Morgenstunden durchzuvögeln. Ihr ist es einmal mehr gelungen, die Last, die auf meinen Schultern ruhte, für kurze Zeit von mir zu nehmen.

Wohlig seufzend schmiegt sie sich an mich. Josies Sinnlichkeit hat mich vom ersten Tag an fasziniert. Zwar war ich mir anfänglich nicht sicher, ob sie mir lediglich etwas vorspielt, doch inzwischen weiß ich, dass sie eine extrem leidenschaftliche Frau ist, die sich voll und ganz fallen lassen kann. Ein Verhalten, das mich unsagbar antörnt. Halbe Sachen waren noch nie mein Ding und das erwarte ich auch von meiner Bettgenossin. Eine Partnerin, die während des Aktes in Gedanken eine Einkaufsliste schreibt, kann ich nicht gebrauchen.

Vielleicht bringt ja auch mein Job diese Einstellung mit sich. Wenn ich eine Software entwickle, gibt es einzig Null oder Eins. Man schaltet zwischen zwei Zuständen hin und her. Digital oder analog. So gestaltet sich mein Leben. Mit vollem Einsatz: entweder ganz oder gar nicht.

„Eric“, haucht Josie in diesem Moment. „An was denkst du gerade?“

Mist! Ertappt!

Ich kann ein Schmunzeln nicht unterdrücken. Sie kennt mich zu gut und weiß haargenau, dass meine Arbeit stets im Vordergrund steht.

Ich beiße ihr zärtlich ins Ohrläppchen, was ihr eine Gänsehaut beschert. „Ich denke gerade darüber nach, in welcher Stellung ich dich als Nächstes ficken werde“, hauche ich mit betont rauer Stimme.

Sie setzt sich vorsichtig auf, sodass ich nicht aus ihr herausgleiten kann, und wirft mir einen lasziven Blick zu. „Lügner“, flüstert sie.

Der Ausdruck in ihren Augen signalisiert mir, dass sie jetzt in die Trickkiste greifen wird, etwas, was ich ebenso genieße wie verabscheue. Denn sobald Josie in den Callgirl-Modus schaltet, kann ich nicht mehr einschätzen, ob sie wahre Gefühle auslebt oder einzig daran interessiert ist, mir die größtmögliche Befriedigung zu verschaffen.

Sie schnappt sich eine Erdbeere, steckt sie sich mit einer verführerischen Handbewegung zwischen die Lippen und beugt sich zu mir nach vorne. Ich öffne den Mund, küsse Josie zärtlich und beiße dabei von der süßen Frucht ab.

Mhm, köstlich!

Nachdem wir die Erdbeere verspeist haben, greift Josie nach einem gefüllten Champagnerglas. Sie nimmt einen Schluck, legt ihre Lippen erneut auf meine und öffnet leicht den Mund. Die prickelnde Flüssigkeit erobert nun auch meine Zunge. In Verbindung mit Josies heißen Küssen macht mich dieses erotisierende Gefühl im Handumdrehen wieder geil.

Sie keucht an meinen Lippen, als ich abermals in ihr hart werde. „Gott, Eric."

„Auf die Knie!", fordere ich sie auf. „Ich will dich von hinten."

Sie gehorcht prompt, klettert von mir herunter und geht auf die Knie. Mit betont langsamer Sinnlichkeit spreizt sie die Schenkel und reckt ihren wohlgeformten Hintern in die Luft. Danach beugt sie den Oberkörper weit nach vorne und hält sich mit den Händen am Wannenrand fest.

Allein der Anblick lässt mich um ein Haar kommen.

Rasch bringe ich mich hinter ihr in Position, packe sie an den Hüften und dringe mit einem kraftvollen Stoß, der ihr einen heiseren Schrei entlockt, in sie ein.

Und in dieser Sekunde fallen auch noch die letzten Sorgen von mir ab.

Kapitel 8

Ava

Inzwischen läuft die Bank wieder wie am Schnürchen. Was nicht allein meinem unermüdlichen Einsatz geschuldet ist, sondern vor allem dem Mann, dem ich am liebsten niemals begegnet wäre: Eric Carpenter.

Es fuchst mich unsagbar, dass er offensichtlich mühelos Neu- und Altkunden an Land zieht, wohingegen ich in den meisten Fällen scheitere. Vereinzelt kommen Interessenten sogar selbstständig auf mich zu, nachdem Eric mit ihnen gesprochen hat. Dieser Kerl scheint über eine genauso große Macht zu verfügen wie sein Vater einst.

Verwundert blicke ich von den Papierstapeln auf meinem Schreibtisch auf, als ebendieser Kerl soeben mein Büro betritt.

Gedankenübertragung?

Hoffentlich nicht, denn sollte Eric auch nur erahnen, dass ich ihm im Geiste schon mehrfach die Pest an den Hals gewünscht habe, würde er mich schneller vor die Tür setzen, als ich all meine geliebten Pflanzen in Sicherheit bringen könnte.

Meinen negativen Gedanken zum Trotz sieht er in dem dunklen Anzug mal wieder zum Dahinschmelzen aus. Sein schwarzes Haar ist wie so oft leicht zerzaust. Es scheint genauso widerborstig zu sein wie der dazugehörige Mann.

„Eric!“, rufe ich aus. „Hatten wir einen Termin?“

Er schüttelt den Kopf. „Nein. Ich war gerade in der Nähe und wollte Ihnen mitteilen, dass ich zwei weitere einflussreiche Kunden gewinnen konnte. Zukünftig werden wir geheime Regierungsprojekte finanzieren. Die Unterlagen schicke ich Ihnen in den nächsten Tagen zu.“ Sein Blick landet auf dem Tohuwabohu auf meinem Schreibtisch. „Falls Sie das irgendwann nicht mehr allein bewältigen können, haben Sie hiermit meine Erlaubnis, zusätzliches Personal einzustellen.“

„Geht schon“, murmle ich. „Ich möchte die wichtigen Sachen momentan nicht aus der Hand geben, da lege ich lieber ein paar weitere Schichten ein. Aber verraten Sie mir eins: Wieso will plötzlich alle Welt mit uns zusammenarbeiten? So viele Kunden hatten wir noch nicht einmal, als Paul noch das Sagen hatte. Habe ich irgendetwas falsch gemacht?“

Er winkt ab. „Machen Sie sich darüber mal keine Gedanken, ich verfüge eben über gute Kontakte.“

Hm, diese Antwort kenne ich bereits zur Genüge von seinem Vater.

Wieder einmal frage ich mich, in welche Machenschaften die Familie Carpenter verstrickt sein mag.

Eric tritt einen Schritt zurück und stolpert dabei über ein Gummibäumchen, das mir eine langjährige Kundin vermacht hat und für das ich noch keinen geeigneten Standort gefunden habe.

„Vorsicht!“, stoße ich instinktiv aus, „tun Sie ihm nicht weh.“

Er straft das kleine Bäumchen mit einem missbilligenden Blick. „Würde mir im Traum nicht einfallen“, brummt er. „Nicht, dass Sie ihn gesund pflegen müssen und derweil nicht zum Arbeiten kommen. Aber hier kann dieses Ding unmöglich stehen bleiben.“

Ich winke lässig ab. „Keine Sorge, da bekäme er ohnehin zu wenig Licht, doch zuerst muss ich den Drucker umstellen."

„Genau, werfen Sie am besten das ganze überflüssige Office-Equipment hinaus, damit Ihre grünen Freunde es gemütlicher haben. Und geben Sie Bescheid, falls wir für die armen Kleinen einen Psychiater einstellen müssen."

Während ich noch grüble, was ich seinem Spott entgegensetzen könnte, läutet sein Handy. Er zieht es aus der Jackentasche, wirft einen Blick darauf und nimmt das Gespräch entgegen. Währenddessen verlässt er den Raum.

Ich lehne mich zurück und verschränke trotzig die Arme vor der Brust. Auch diese Geheimniskrämerei kenne ich bereits von Paul. Und so langsam steigert sich meine Neugier ins Unermessliche.

Was geht hier vor, von dem ich nichts wissen darf?

Einige Minuten später steckt Eric erneut den Kopf zur Tür herein. „Ich muss dringend weg. Kann ich Ihnen noch irgendwie behilflich sein?"

Ich winke lässig ab. „Nur keine Umstände. Obwohl ich annahm, Sie wollten mich noch tatkräftig beim Gießen unterstützen." Ich blicke in Richtung meiner Pflanzen.

Normalerweise hat Eric immer einen flotten Spruch auf den Lippen, doch jetzt nickt er einzig gedankenverloren und verschwindet.

Einem Instinkt folgend schieße ich von meinem Stuhl hoch, schnappe meine Handtasche und nehme seine Verfolgung auf. Als ich unten auf der Straße ankomme, sehe ich ihn gerade noch um eine Hausecke verschwinden.

Ich komme mir schon ein wenig blöd vor, aber ich will jetzt endlich wissen, was Sache ist. Bin ich als Geschäftsführerin wirklich derart unfähig oder hat der plötzliche Boom unserer Bank andere Gründe?

Eric marschiert gen Norden am Central Park entlang, biegt dann in eine Seitenstraße ab und umrundet eine kleine Kirche. Mit meinen hochhackigen Pumps und dem engen Kostümrock ist es kein Kinderspiel, mich an seine Fersen zu heften, denn er legt ein gewaltiges Tempo vor.

Als ich endlich die Kirche erreicht habe und vorsichtig an ihr vorbeispähe, ist mein Chef wie vom Erdboden verschluckt.

Ungläubig schaue ich in alle Richtungen.

Nichts!

Auf der gegenüberliegenden Seite befindet sich eine hohe Mauer, über die er unmöglich entkommen sein kann. Zaghaft taste ich mich am Mauerwerk entlang. Gibt es hier irgendeine Tür, die ich übersehen habe? Aber was sollte Eric um die Mittagszeit in einem Gotteshaus zu suchen haben?

Während sich meine Gedanken noch überschlagen, bemerke ich plötzlich einen Schatten hinter mir. Ehe ich herumwirbeln kann, legt sich etwas über meinen Mund.

Hastig schnappe ich nach Luft und inhaliere dabei einen strengen, medizinischen Geruch, bei dem sich mir beinahe der Magen umdreht. Bevor ich überhaupt den Versuch starten kann, mich dem Angreifer zu entwinden, klappen meine Augenlider zu und mir schwinden die Sinne.

„Eric, Sie müssen künftig größere Vorsicht walten lassen, so etwas darf niemals wieder geschehen“, vernehme ich eine männliche Stimme, als sich mein Bewusstsein zurückmeldet. Die Stimme kommt mir bekannt vor, da ich aber völlig benebelt bin, kann ich sie im Moment keiner Person zuordnen.

Mein Kopf dröhnt und der Geschmack in meinem Mund ist ekelerregend. In dieser Sekunde begreife ich, dass ich betäubt wurde. Fieberhaft scanne ich mit den Augen die Umgebung. Mein Aufenthaltsort wirkt wie eine Höhle, in der ich auf einer bequemen Lederbank liege.

Ich muss schnellstmöglich hier raus!, erkennt mein Gehirn auf Anhieb. Daher setze ich mich hastig auf, wobei ich registriere, dass sich in meinem Kopf alles dreht.

Egal, ich darf jetzt kein Weichei sein! Hier geht es womöglich um Leben oder Tod.

Ich erhebe mich und schleiche auf der Suche nach einer Tür an der Wand entlang. Rechts von mir ist ein dunkler Vorhang angebracht, hinter dem ich jetzt weitere aufgeregte Stimmen vernehme. In weiser Voraussicht bewege ich mich in die entgegengesetzte Richtung. Doch meine Füße leiden offenbar immer noch unter der Narkose und wollen mir nicht so recht gehorchen. Um einen Sturz abzuwenden, stütze ich mich an der Wand ab, stoße dabei jedoch gegen einen Schirmständer, der scheppernd zu Boden geht.

Hervorragend! Ich sollte niemals auf die Idee kommen, den Job einer Privatdetektivin auszuüben, denn ich würde auf ganzer Linie scheitern.

Panisch suche ich weiterhin nach einem Ausgang, doch da wird der Vorhang bereits aufgerissen und ein kahlköpfiger Bulle von einem Mann, gehüllt in einen schwarzen Anzug mit dunkler Krawatte, baut sich bedrohlich vor mir auf.

„Eric!“, brülle ich in letzter Verzweiflung, als der Kerl sich auf mich zubewegt. „Eric, bitte, hilf mir!“

Der Typ packt mich am Arm und beabsichtigt, mir erneut ein Tuch auf den Mund zu pressen. Flugs drehe ich den Kopf beiseite.

„Lassen Sie sie los!“, donnert in dieser Sekunde Erics Stimme durch den Raum, was meinen Angreifer sofort innehalten lässt.

Ich atme erleichtert aus. Noch nie war ich so froh meinem Boss gegenüberzustehen. Entschlossen reiße ich mich von dem Bullen los und stolpere auf Eric zu. Da ich immer noch wackelig auf den Beinen bin, komme ich ins Wanken und stürze genau in seine Arme. Ohne größeren Kraftaufwand fängt er mich auf. Hilfe suchend schmiege ich mich an ihn. Die Intimität der Situation wird mir in diesem Augenblick überhaupt nicht bewusst, denn es ist eine Wohltat Erics muskulösen Körper zu spüren und den Duft seines herben Rasierwassers einzuatmen.

„Alles ist gut“, flüstert er mir zu. „Keine Angst.“

Da taucht Catwick in meinem Blickfeld auf. Jetzt weiß ich auch, wessen Stimme ich gehört habe. Überrascht entdecke ich zwei weitere ältere Männer, die dem Notar folgen und mich mit ernsten Mienen mustern. Einer von Ihnen ist ein bekannter Politiker, doch sein Name will meinem benommenen Gehirn partout nicht einfallen.

Catwick betrachtet mich derweil mit besorgtem Gesichtsausdruck. „Eric, halten Sie sich da raus!“, äußert er zu guter Letzt. „Wir werden uns um sie kümmern. Lassen Sie sie los!"

Doch Eric tut nichts dergleichen. Stattdessen zieht er mich näher an sich. „Unter gar keinen Umständen! Sie wird nichts verraten, dafür werde ich sorgen."

Catwick schüttelt den Kopf. „Tut mir leid, aber für solche Situationen gibt es festgeschriebene Regeln. Vielleicht begreifen Sie jetzt, dass Sie zukünftig ein wenig vorsichtiger sein müssen."

Ich verstehe im Moment nur Bahnhof, gehe jedoch davon aus, in großer Gefahr zu schweben. Verängstigt schaue ich zu Eric auf. Er erwidert meinen Blick. Der Sturm, der in seinen graublauen Augen tobt, versetzt mich erst recht in Panik, denn er erinnert mich an ein aufgewühltes, todbringendes Meer.

Eine Welle der Übelkeit steigt in mir empor. Ich kann nicht einmal mit Bestimmtheit sagen, ob die Nachwirkungen der Betäubung oder die pure Angst der Auslöser sind. Doch einer Sache bin ich mir sicher: Auf gar keinen Fall will ich mich vor all diesen Männern hier auf den Boden übergeben. Ich atme mehrmals tief durch, in dem Versuch, den Brechreiz zu unterdrücken.

Eric beißt indessen die Zähne zusammen, während an seinem Kinn ein Muskel zuckt. „Was haben Sie mit ihr vor?", erkundigt er sich bei Catwick.

„Das hat Sie nicht zu interessieren."

Eisige Kälte klettert meine Wirbelsäule hoch, denn Catwicks Aussage klingt bedrohlich.

„Aber ich habe doch gar nichts getan", brabble ich voller Verzweiflung los. „Lassen Sie mich einfach gehen. Ich werde keiner Menschenseele ein Wort verraten. Außerdem habe ich ohnehin keinen Schimmer, was hier überhaupt gespielt wird."

Doch seine Miene bleibt hart. Ich hielt ihn immer für den netten Opa. Zum ersten Mal bekomme ich jetzt sein wahres Gesicht zu sehen. Er nickt in Richtung des Bullen, woraufhin dieser sogleich wieder einen Schritt auf mich zu macht.

„Stopp!“, stößt Eric mit lauter Stimme aus und hält den Typen mit ausgestrecktem Arm auf Abstand. „Ich führe mittlerweile den Vorsitz, korrekt? Daher wird hier nichts ohne meine Zustimmung geschehen.“

Catwick schüttelt mit fast schon mitleidiger Miene den Kopf. „Tut mir leid, Eric, offenbar haben Sie das Kleingedruckte nicht gelesen. Bis Sie uns zum ersten Mal einen Dienst erwiesen haben, liegt die Verfügungsgewalt bei mir.“ Erneut nickt er dem Bullen zu.

Dieser packt mich jetzt grob am Arm. In dieser Sekunde lässt Eric mich los, schubst mich beiseite und stürzt sich auf meinen Angreifer.

Mir entfährt ein erschrockener Schrei.

Wie zum Geier will mein Boss gegen diesen Schrank von einem Mann ankommen?

Doch ich könnte nicht fehlgeleiteter sein: Zwei Wimpernschläge später liegt der Schrank stöhnend am Boden. Mit offenem Mund versuche ich nachzuvollziehen, was sich soeben abgespielt hat. Mit ein paar schnellen Schlägen hat Eric diesen Kerl überwältigt.

Wow! Das hätte ich diesem verwöhnten Millionär niemals zugetraut.

„Eric, jetzt werden Sie endlich vernünftig!“, zischt Catwick ungehalten. „Und geben Sie uns keinen Grund, Sie ebenfalls zu eliminieren.“

Eliminieren??? Oh mein Gott!

Hilflos widme ich meine Aufmerksamkeit wieder Eric. Dieser erwidert meinen Blick und ich registriere, dass er genauso verzweifelt nach einem Lösungsansatz sucht wie ich.

Mit einer flinken Bewegung packt er mich und zieht mich wiederum in seine Arme. „Du sagst ab sofort kein Wort mehr!“, flüstert er mir unterdessen zu. „Hast du mich verstanden?“

Wie automatisch nicke ich.

Er wendet sich Catwick zu. „Okay, George, dann lasse ich die Katze mal aus dem Sack. Eigentlich wollten wir es noch nicht an die große Glocke hängen, aber Sie lassen mir leider keine Wahl.“ Er wirft mir einen beschwörenden Blick zu, und in dieser Sekunde weiß ich, dass mir seine Aussage nicht gefallen wird. „Ava und ich werden heiraten. Und als meine Frau hat sie jedes Recht von unserem Bestehen zu erfahren, richtig?“

Nach dieser Offenbarung dreht sich mir endgültig der Magen um. Kein Stück ladylike übergebe ich mich laut würgend nicht nur auf den Boden, sondern obendrein auf die Designerschuhe meines Chefs.

Kapitel 9

Ava

Gedankenverloren starre ich aus dem kleinen Seitenfenster von Erics Privatjet. Mit einem sanften Ruckeln setzen die Räder soeben auf dem McCarran International Airport von Las Vegas auf. Im Hintergrund erkenne ich einige der riesigen Hoteltürme, doch ich nehme den Anblick gar nicht richtig wahr, denn mein Kopf scheint mit Watte gefüllt zu sein.

Unterdrückt seufzend lasse ich die Ereignisse der vergangenen Stunden erneut im Geiste Revue passieren. Ich habe also eine mächtige Geheimloge aufgedeckt und wenn ich nicht sterben will, gibt es bloß eine Alternative: einen Mann zu heiraten, den ich weder richtig kenne noch liebe. Genau genommen kann ich ihn nicht einmal leiden.

Ich schiele zu Eric hinüber, der mit versteinerter Miene soeben seinen Sicherheitsgurt löst. Nun gut, ich hätte es schlechter treffen können, immerhin ist mein zukünftiger Ehemann attraktiv und obendrein steinreich. Aber das, was mir hier gerade widerfährt, ist sicher nicht der Wunschtraum einer romantischen jungen Frau, die trotz ihrer 32 Jahre noch immer an die wahre Liebe glaubt. Auch wenn die zwei Männer, mit denen ich in meinen Leben liiert war, sich im Endeffekt als Idioten entpuppt haben.

Eric hat mir zwar versichert, dass wir uns irgendwann scheiden lassen könnten, aber fürs Erste müssen wir der ganzen Welt eine Riesenshow vorspielen. Seiner Meinung nach würden wir beide dem Tod ins Auge sehen, sollte die Loge dahinterkommen, dass wir sie vorgeführt haben. Und darauf möchte ich es lieber nicht ankommen lassen, denn Catwick wirkte recht entschlossen.

Kaum vorstellbar, ich kenne den alten Kauz seit Jahren, schließlich war er Pauls bester Freund. Niemals hätte ich ihm eine derartige Kaltblütigkeit zugetraut.

Gentlemanlike reicht Eric mir die Hand und hilft mir aus dem bequemen Ledersitz. Wir verlassen das Flugzeug, gehen die Gangway hinab und klettern in eine schwarze Limousine, die bereits auf dem Rollfeld wartet. Meine Knie zittern derweil wie Blätter im Wind.

„Eric, ich kann das nicht“, hauche ich, als das Fahrzeug Minuten später vor einer der unzähligen kleinen Hochzeitskapellen in Las Vegas zum Stillstand kommt.

„Tja, Schätzchen, das hättest du dir überlegen sollen, bevor du dich an meine Fersen geheftet hast, um eins der bestgehüteten Geheimnisse der Vereinigten Staaten auffliegen zu lassen.“ Frustration und unterdrückte Wut liegen in seiner Stimme. Ihm ist das hier genauso zuwider wie mir.

„Warum hast du mich nicht einfach sterben lassen?“

Er wirft mir einen verdutzten Blick zu. „Ich mag in vielerlei Hinsicht ein Arschloch sein, aber ich bin mit Sicherheit kein Mörder.“

„Es tut mir leid“, murmle ich.

Er verzieht das Gesicht. „Das hast du jetzt bestimmt schon zehnmal gesagt, doch es macht die Situation nicht besser. Lass den Kopf nicht hängen, wir werden schon eine Lösung finden.“ Mit einer lässigen Handbewegung richtet er seine Krawatte. „Obendrein kann ich dein Problem nicht ganz nachvollziehen. Jede andere Frau würde sich einen Arm abhacken, um mit mir verheiratet zu sein. Du hingegen blickst drein, als würde die Welt untergehen.“

„Klar, vor allem wegen deiner Bescheidenheit, deiner Liebe zu Pflanzen und nicht zuletzt, deinem sanften Gemüt“, brummle ich leise vor mich hin, weiß aber, dass Eric mit dieser Aussage vermutlich richtig liegt.

Widerwillig quäle ich mich aus dem Fahrzeug.

Mein Ehemann in spe umrundet derweil den Wagen, greift wiederum nach meiner Hand und dirigiert mich auf die Kapelle zu.

„Eric, mir ist übel“, jammere ich.

Er verzieht das Gesicht. „Glaubst du vielleicht, mir bereitet das hier Freude? Aber reiß dich bitte zusammen, denn solltest du mir erneut auf meine teuren Schuhe kotzen, dann gnade dir Gott.“

Bei der Erinnerung an diese überaus peinliche Situation steigt mir glühende Hitze in die Wangen und ich verkneife mir jeglichen weiteren Kommentar.

Wie im Traum zieht die Zeremonie an mir vorbei.

Irgendwann muss ich wohl Ja gesagt haben, denn erst als der Pastor Eric auffordert, mich zu küssen, kehre ich ins Hier und Jetzt zurück.

Ich will etwas entgegnen, doch da packt mich mein Ehemann bereits an der Taille, zieht mich an sich und legt seine Lippen auf meine.

Intuitiv zucke ich zurück.

Doch damit hat Eric offenbar gerechnet, denn er umfasst mit der anderen Hand meinen Nacken und fixiert meinen Kopf. „Küss mich“, flüstert er gegen meinen Mund.

In dieser Sekunde begreife ich, weswegen er sich mir derart aufdrängt: Wir könnten beobachtet werden.

Ich hole tief Luft und erwidere seinen Kuss. Ein wenig übereifrig vielleicht, aber das hier soll ja echt wirken, oder? Mit Verwunderung stelle ich fest, dass es mich keinerlei Überwindung kostet, diesen Mann zu küssen. Er riecht und schmeckt höllisch gut. Dieses herbe Rasierwasser passt einfach perfekt zu ihm.

Als seine warmen weichen Lippen sich gieriger auf meine pressen, komme ich ihm um ein Weiteres entgegen. Unsere Münder verschmelzen und unsere Zungenspitzen berühren sich sanft, während Eric mich mit eisernem Griff hält. Seine Kraft und die schiere Männlichkeit, die er ausstrahlt, beeindrucken mich. Mein letzter Kuss ist derart lange her, dass ich mich kaum mehr daran erinnern kann. Aber einer Sache bin ich mir gewiss: Erics Leidenschaft stellt alles in den Schatten, was ich bisher erlebt habe. Dieser Mann weiß haargenau, wie man einer Frau den Verstand raubt.

Nach und nach löst sich meine anfängliche Verkrampfung, denn ich fühle mich in Erics starken Armen in Sicherheit. Völlig unerwartet durchfährt ein genüssliches Prickeln meinen Körper. Verdammt noch mal, auch wenn das hier alles Fake ist, erscheint mir dieser Kuss gut und richtig.

Erics Lippen nehmen mich in Besitz, töten auch noch den letzten Widerstand in mir ab und lassen mich wohlig seufzen. Die Welt und die ganzen Umstände verschwimmen, lösen sich in rosa Nebel auf, der mich beschützend und wohltuend umhüllt.

Erst ein Räuspern lässt uns auseinanderfahren.

Mein Blick trifft Erics und ich bemerke, dass er genauso verdattert über das soeben Geschehene ist wie ich.

Hastig tritt er einen Schritt zurück. Seine Miene verschließt sich und ich weiß: Dieser emotionale Moment ist vorüber.

Als wir einige Zeit später die Honeymoon-Suite eines der hiesigen Luxushotels betreten, zittern mir erneut die Knie. Ich stehe derart neben mir, dass ich nicht einmal mitbekommen habe, in welches Hotel Eric mich geführt hat.

Aber spielt das in unserer momentanen Situation überhaupt eine Rolle? Wohl eher nicht.

„Eric, ist das mit dem Übernachten wirklich nötig?“, beklage ich mich, nachdem sich die Zimmertür hinter uns geschlossen hat. „Ich dachte, wir würden heute noch den Rückflug antreten.“

Er wendet sich mir zu. „Ava, du hast offenbar immer noch nicht begriffen, mit wem du es hier zu tun hast. Wenn auch bloß der geringste Zweifel an der Echtheit unserer Beziehung aufkommt, sind wir beide tot. Sobald wir wieder in New York sind, wirst du ein Gelübde der Verschwiegenheit ablegen und danach darf ich dich mit weiteren Einzelheiten vertraut machen.“ Mit einer Hand lockert er seine Krawatte. „Aber wenn wir leben wollen, und verdammt noch mal das will ich, müssen wir in jeder Hinsicht den Schein eines glücklichen Paares wahren.“

Mein Blick fällt auf das riesige Bett mit dem Baldachin darüber. „In jeder Hinsicht?“ Nur zögerlich kommt mir diese Frage über die Lippen.

Eric grinst frech. „Natürlich. Was denkst du denn? Irgendwie muss ich ja auf meine Kosten kommen, als Ausgleich für den ganzen Ärger, den du mir verursacht hast."

Ich schlucke den Kloß in meinem Hals hinunter und starre ihn fassungslos an. In diesem Moment bemerke ich das schelmische Aufblitzen in seinen Augen. „Du nimmst mich auf den Arm, richtig?"

Abermals huscht ein Grinsen über sein Gesicht, das allerdings binnen Sekunden wieder verblasst. „Keine Sorge, ich habe den Raum vorab auf Wanzen untersuchen lassen. Genau wie das Penthouse in New York. Hier sollten wir sicher sein. Ich denke, es reicht vollkommen aus, wenn wir in der Öffentlichkeit das glückliche Paar mimen."

Erleichtert atme ich aus und setze mich auf das Bett, da meine Beine mich nun endgültig nicht mehr tragen wollen. Mein Blick fällt auf den Ring an meinem Finger und mein Verstand verweigert die Tatsache erneut, ab sofort verheiratet zu sein.

Kapitel 10

Eric

Während das heiße Wasser der luxuriösen Dusche auf meinen Körper herabprasselt, stelle ich mir unentwegt die Frage, ob ich träume oder heute wirklich ein Ehegelübde abgelegt habe.

Das alles passt kein Stück zu mir, wo ich doch ein Mensch bin, der für gewöhnlich alle Vor- und Nachteile eines Projektes genauestens abwägt. Leider hatte ich nicht den Hauch einer Wahl, denn noch viel weniger hätte ich den Tod einer jungen Frau mit meinem Gewissen vereinbaren können.

Gut, sie ist nicht ganz schuldlos an dieser Misere, doch Catwick lag richtig: Ich hätte vorsichtiger sein müssen. Aber immerhin befinde ich mich noch in der Einarbeitungsphase und da darf einem doch der eine oder andere Fehler unterlaufen, oder? Ich denke, diese Frage kann ich mir selbst beantworten. Der Circle duldet offensichtlich nicht das geringste Vergehen.

Ein Seufzen entfährt mir, als ich das Wasser abdrehe. Ich gebe mir alle Mühe, nicht aus der Haut zu fahren und etwas zu zertrümmern. Wie so oft ist nur eine einzige Person an diesem Dilemma schuld: mein geschätzter Vater.

Gott hab ihn selig!

Selbst nach seinem Tod ist er noch in der Lage, mein Dasein zu zerstören.

Ich atme tief durch, stütze mich mit den Armen auf dem Waschbecken ab und versuche, ein paar klare Gedanken zu fassen. Genau genommen wird sich in meinem Leben kaum etwas ändern. Ava wird in mein New Yorker Penthouse einziehen, das weitläufig genug ist, um sich nicht unentwegt zu begegnen. Obendrein werde ich die meiste Zeit in Kalifornien verbringen.

Also, wo liegt das Problem?

Ich überlege, ob meine Verbindung zu Josie irgendeine Gefahr darstellen könnte, komme dann aber zu dem Schluss, dass der Secret Circle mir wohl kaum eine Geliebte verbieten kann. Und sollte ich es dieses Mal geschickter anstellen, werden sie mit ein wenig Glück rein gar nichts von Josies Existenz erfahren.

Aber wie wird sie reagieren, wenn sie von meiner Hochzeit hört? Was sicher bald passieren wird, denn die Presse ist durchaus an meinem bislang nicht existenten Privatleben interessiert und wird sich darauf stürzen wie ein Aasgeier, sobald ich mich zum ersten Mal mit Ava in der Öffentlichkeit zeige. Was unumgänglich sein wird, um den Schein zu wahren.

Ich kann Josie kaum erzählen, dass alles nur eine Scharade ist und ich zu meiner Gattin gekommen bin wie die Jungfrau zum Kind.

Erneut unterdrücke ich den Drang, eine der wertvollen Seifenschalen gegen die Wand zu schleudern.

Was für eine ausweglose Situation!

Als ich einige Zeit später - in nichts gekleidet als Boxershorts - das Bad verlasse, sitzt Ava nach wie vor auf dem Bett und stiert geistesabwesend aus den raumhohen Fenstern. Sie wirkt wie ein Häufchen Elend, keineswegs wie eine glückliche Braut. Daran kann auch das weiße Kostüm, das sie trägt, nichts ändern. Ein Kompromiss, denn ein Brautkleid erschien uns beiden nicht angemessen.

Gemächlich dreht sie den Kopf und schaut zu mir herüber. Sie schluckt vernehmlich, während ihre Blicke über meinen Körper hinweggleiten.

Ja, Schätzchen, gewöhn dich schon mal daran. Deinetwegen werde ich sicher nicht anfangen, Pyjamas zu tragen.

Letztendlich reißt sie die Augen von mir los, springt auf und stürzt nun ihrerseits ins Bad.

Mein Blick fällt auf den Champagner und die Canapés, die das Hotel für uns bereitgestellt hat, da Ava nicht an einem Candle-Light-Dinner in einem der hiesigen Restaurants interessiert war. Sie hat die Leckereien nicht einmal angerührt, das Eheleben scheint ihr mächtig auf den Magen geschlagen zu sein.

Nicht, dass sie mein Mitleid verdient hätte.

Ich schnappe mir die Champagnerflasche, öffne sie provozierend mit einem lauten Knall und schenke mir ein Glas ein, das ich in einem Zug in mich hineinschütte. Während ich das Glas erneut fülle, ziehe ich in Erwägung, beim Zimmerservice einen Whiskey zu ordern - einen achtfachen vorzugsweise.

Rasch verwerfe ich den Gedanken, mir ordentlich die Kante zu geben, jedoch wieder. Erstens habe ich nicht die Zeit am morgigen Tag einen Kater auszukurieren, und zweitens weiß ich nicht, was ich betrunken mit meinem süßen Frauchen anstellen würde. Denn ich schwanke gerade zwischen: ihr den Hals umdrehen oder doch lieber die Seele aus dem Leib vögeln, um mich abzureagieren.

Nur zu gut kann ich mich an die Zeit nach dem

Tod meiner Mutter erinnern. Damals versuchte ich häufig, mein Leid mit Alkohol oder hemmungslosem Sex zu verdrängen. Zum Glück habe ich recht schnell begriffen, dass dieser ausschweifende Lebensstil keine Erleichterung bringt, sondern einzig weitere Probleme.

Ich greife mir einige Häppchen, werfe sie auf einen Teller und falle damit rücklings auf das bequeme Bett. Geistesabwesend schalte ich den Fernseher ein. Während ich den Kaviar und die Edelfische verspeise, versuche ich, mich auf ein Footballspiel zu konzentrieren. Was mir nicht einmal ansatzweise gelingt, denn die Ereignisse der letzten Tage durchziehen in einer Endlosschleife meinen Kopf.

Erneut stoße ich einen Seufzer aus. Wenngleich ich mich niemals mit dem Gedanken getragen habe zu heiraten, hätte ich mir meine Hochzeitsnacht dennoch anders vorgestellt.

Als Ava nach einer gefühlten Ewigkeit zurückkehrt, hat sie sich in einen der weichen Hotelbademäntel gehüllt. Sie zögert einen Augenblick, dann rutscht sie – ohne mich eines weiteren Blickes zu würdigen - auf der gegenüberliegenden Seite des Bettes unter die Decke.

„Gute Nacht, Eric“, flüstert sie mit schwacher Stimme, während sie mir den Rücken zudreht.

In dieser Sekunde verraucht mein Zorn.

Wie süß! Die Kleine mit der großen Klappe ist in mancherlei Hinsicht schüchtern. Sie scheint unter der Situation wesentlich stärker zu leiden als ich.

„Willst du wirklich in dem Ding schlafen?“

„Was spricht dagegen?“

„Dass du dich heute Nacht fühlen wirst wie in einer Sauna."

„Lass das doch einfach mein Problem sein!"

„Ava, ich gehe davon aus, dass wir zukünftig häufiger die Nacht miteinander verbringen müssen, daher solltest du jegliche Scham schnellstmöglich ablegen. Und glaube mir, es gibt nichts, was ich nicht bereits gesehen hätte."

„Eric, lass mich einfach in Ruhe!", brummt sie und entlockt mir damit ein sanftes Schmunzeln.

„Du solltest noch eine Kleinigkeit essen."

„Besser nicht, denn dann würde ich bloß wieder irgendetwas sündhaft Teures vollkotzen, da mein Magen solche kulinarischen Leckerbissen nicht gewohnt ist. Und das wollen wir doch beide nicht, oder?"

Ich schnalze herausfordernd mit der Zunge. „Du hast ja keine Ahnung, was dir entgeht. Aber einverstanden, dann schlaf gut, meine mir angetraute Ehefrau", kann ich es nicht unterlassen, sie aufzuziehen.

Ihr wütendes Schnauben trägt erneut zu meiner Erheiterung bei.

Als ich am Morgen erwache, benötige ich einige Sekunden, um mich zu orientieren. Ich schaue neben mich.

Nein, kein Traum!

Ava Turner, diese kleine Emanze, die felsenfest darauf bestanden hat, ihren Nachnamen zu behalten, schlummert tatsächlich neben mir wie ein Murmeltier. Ich bin selten jemandem begegnet, der schläft, als wäre er tot. Aber diese Frau ist dazu in der Lage.

Ich setze mich auf. Selbstredend war es Ava in der

Nacht zu warm, daher hat sie die Decke beiseite gestrampelt. Der Bademantel klafft über ihrem Körper leicht auseinander und enthüllt lange Beine und einen aufreizenden Busenansatz. Ihre Brüste scheinen recht üppig zu sein, was mir aufgrund Avas konservativer Kleidung bislang nicht einmal aufgefallen ist.

Ich verstehe es selbst nicht, aber der Anblick erregt mich und es fällt mir schwer, die Augen von meiner Bettgenossin abzuwenden.

Teufel noch mal, ich will jetzt auf gar keinen Fall wegen dieser nervigen Frau hart werden!

Ob sie wirklich in sexueller Hinsicht von der zurückhaltenden und schamhaften Sorte ist? Oder hatte sie diese langen Schenkel bereits um die Hüften meines Herrn Papa geschlungen?

Diese Vorstellung holt mich schlagartig auf den Boden der Tatsachen zurück. Ich will verflucht sein, sollte ich mich jemals auf diese Frau einlassen.

Ich springe aus dem Bett, wandere auf die breite Fensterfront zu und spähe zwischen den Vorhängen hindurch. Die Sonne strahlt herausfordernd vom Himmel, als würde sie über mein Dilemma lachen.

Ein frustriertes Knurren entfährt mir. Ich habe mit meiner frisch gebackenen Ehefrau die Nacht in einem Bett verbracht, bin jedoch so weit von dieser Dame entfernt wie der Mond von der Sonne. Vollkommen gleich, ob man die Sache aus körperlichem oder geistigem Blickwinkel betrachtet. Wir haben schlicht und ergreifend nichts gemein.

Plötzlich überkommt mich das Gefühl, Avas Anwesenheit keine Sekunde länger ertragen zu können. Ich muss dringend hier raus, sonst werde ich noch zum Axtmörder oder Bombenleger.

Am liebsten würde ich mir gerade selbst in den Hintern treten. Wie konnte ich bloß so dämlich sein und meine Seele diesem durchgeknallten Teufel von Secret Circle verschreiben? Habe ich denn aus der Zwangslage meines Vaters rein gar nichts gelernt? Ich verabscheue nichts mehr als fremdgesteuert zu sein, und genau das ist geschehen. Sehenden Auges habe ich meine Zukunft in die Hände dieser machtgeilen Millionäre gelegt. Ich bin ein solcher Schwachkopf.

Wütend wende ich mich vom Fenster ab, stapfe auf Ava zu und packe sie recht unsanft am Arm. „Ava, aufwachen! Wir müssen zurück."

Sie grunzt leise und dreht sich zur Seite.

Ich schüttle sie leicht. „Dornröschen, hörst du mich?"

„Geh weg", murmelt sie. „Ich bin müde."

Zugegeben, sie wirkt völlig erschöpft.

Ich zögere ein paar lange Sekunden, dann greife ich zum Telefon und informiere den Piloten, dass wir zwei Stunden später starten werden. Mein Blick fällt auf die silberne Platte mit den nicht mehr vorhandenen Canapés, die sich über Nacht auf wundersame Weise in Luft aufgelöst haben.

Ungläubig schüttle ich den Kopf. Da muss jemand mächtig Kohldampf gehabt haben. Doch ich bin froh, dass sie etwas zu sich genommen hat, denn ich hatte bereits Angst, sie würde mir irgendwann zusammenbrechen.

„Eric, hilf mir", flüstert die Häppchen-Diebin in diesem Moment.

Ich fahre herum und mustere sie verdattert.

„Eric", haucht sie erneut, während sie tief und

fest zu schlafen scheint.

Der sexy Tonfall ihrer Stimme jagt mir eine Gänsehaut über den Rücken und erregt mich aufs Neue. Mein Blick fällt auf ihren leicht geöffneten Mund und ich denke an den Kuss in der Kirche zurück, der mehr als heiß war. Dummerweise schmecken diese vollen Lippen genauso verlockend, wie sie aussehen.

Als Ava meinen Kuss völlig unerwartet erwiderte, wäre mir um ein Haar die Kontrolle entglitten. Im letzten Moment konnte ich es vermeiden, ihr in Anwesenheit des Pastors meine Zunge ganz tief in diesen aufregenden Mund zu schieben.

Meine Augen wandern über ihr zerzaustes Haar, in das ich jetzt liebend gerne meine Hände vergraben würde, während ich ihr erneut den Mund mit meinen Lippen versiegle.

Der Drang, mir Ava zu nehmen, breitet sich urplötzlich in mir aus. Doch ich befürchte, dass ich unsere Situation damit bloß noch verschlimmern würde.

Ich beiße die Zähne zusammen, während ich spüre, wie der verräterische Muskel an meinem Kinn zuckt, ein untrügliches Zeichen dafür, wie sehr ich emotional aus dem Gleichgewicht geraten bin.

Wenn ich die ganzen unterdrückten Aggressionen nicht schnellstmöglich abbaue, geschieht ein Unglück. Ich bin kein jähzorniger oder cholerischer Mensch, aber wenn hin und wieder die Pferde mit mir durchgehen, sollten sich die Personen in meinem Umfeld trotzdem besser in Sicherheit bringen.

Aus Erfahrung weiß ich, dass mir jetzt einzig Sport helfen kann, meine innere Balance wiederzufinden. Ich werde mich auspowern und in jeder Hinsicht ans Limit gehen, vielleicht sogar darüber hinaus, erst danach wird Ruhe in meinem Kopf einkehren.

Rasch springe ich in meine Kleidung und eile aus dem Raum, auf der Suche nach dem hoteleigenen Fitnessstudio.

Und wehe, ich finde keine passenden Sportklamotten, dann kaufe ich den ganzen Laden und strukturiere ihn bis zur Unkenntlichkeit um.

Kapitel 11

Eric

Einmal mehr befinde ich mich hoch über den Wolken auf dem Weg von New York nach San Francisco, da ich dringend bei Secur nach dem Rechten sehen muss. Seit einer guten Stunde unternehme ich jetzt bereits den Versuch, mich auf die Zahlen einer Bilanz zu konzentrieren, doch es will mir einfach nicht gelingen. Zu viel schwirrt mir durch den Kopf.

Der Trip nach Vegas hat meine kompletten Termine durcheinandergewirbelt. Eine Tatsache, die mich maßlos ärgert. Nicht zuletzt, da ich Ava nach der Trauung zurück nach New York begleiten musste, um sicherzustellen, dass sie auch wirklich ihr Verschwiegenheitsgelübde abgelegt. Ein Vorgang, der sie sichtlich schockiert hat. Die Vermutung liegt nahe, dass sie so langsam begreift, in welch gefährliche Situation sie uns beide manövriert hat.

Catwick warf uns währenddessen immer wieder skeptische Blicke zu. Mit Sicherheit ahnt er etwas. Nun kann ich bloß beten, dass er eine gewisse Loyalität mir gegenüber verspürt und unsere Ehe nicht allzu genau unter die Lupe nehmen wird. Immerhin war er der beste Freund meines Vaters und kennt mich von klein auf.

Nach der Zeremonie haben wir einen Teil von Avas Habseligkeiten aus ihrem winzigen Apartment in mein Penthouse verlagert. Am wichtigsten schienen ihr dabei mal wieder ihre Pflanzen zu sein. Als wäre das Grünzeug aus kostbarem Porzellan, hat sie es sich nicht nehmen lassen, es eigenhändig zu transportieren, um es danach überall im Penthouse zu verteilen. Solange sie die Wohnung nicht endgültig in ein Gewächshaus verwandelt, soll es mir recht sein.

Allerdings hat sich meine eigensinnige Gattin geweigert, ihr Apartment aufzugeben. Offenbar will sie sich einen Rückzugsort bewahren. Generell habe ich damit kein Problem, aber ich kann nicht beurteilen, wie der Circle das sehen wird.

Bislang habe ich unsere Hochzeit vor der Öffentlichkeit geheim gehalten. Doch demnächst bin ich zu einem Event in New York eingeladen und es wird kein Weg daran vorbeigehen, dass Ava mich begleitet, sonst würden wir unsere Glaubwürdigkeit vollends verlieren.

Was bedeutet, ich muss vorab mit Josie reden, denn keinesfalls darf sie es aus der Presse erfahren.

Aber wie zur Hölle soll ich ihr diese Ehe und meine Beweggründe verständlich machen?

Nachdem ich bei Secur das Wichtigste erledigt habe, bin ich jetzt auf dem Weg zu Josie. Ich wohne circa dreißig Meilen außerhalb von San Francisco in einer schicken Villa in den Emerald Hills. Es ist eine der besten Wohngegenden hier, obendrein lassen sich der Flughafen und meine Firma in einer knappen halben Stunde erreichen. Hätte ich mich damals direkt in Frisco niedergelassen, hätten mir die Millionen Touristen und die Verkehrssituation längst den letzten Nerv geraubt.

So auch jetzt!

Eine nicht enden wollende Blechlawine schiebt sich in Richtung Waterfront, wo sich Josies Apartment befindet. Ungeduldig starre ich aus meinem schwarzen Geländewagen und denke über die Einführung einer VIP-Fahrspur nach. Da ich den Bürgermeister persönlich kenne, sollte ich das vielleicht einmal in Angriff nehmen.

Doch der Verkehr ist bei Weitem nicht mein einziges Problem. Ich habe Druck auf dem Magen, da ich nicht einschätzen kann, wo das Gespräch mit Josie hinführen wird.

Ich will mein heißes Betthäschen nicht verlieren. Aber wie bringt man seiner Geliebten bei, dass man Hals über Kopf eine andere geheiratet hat, mit der man weder eine Beziehung führt noch schläft?

Ehrlich gesagt würde ich jetzt lieber nackt mit einer Meute hungriger Alligatoren in den Everglades baden.

Josie läuft mir mit wehenden blonden Haaren entgegen, als ich die Tür ihres Apartments aufschließe. „Eric!“, ruft sie lachend aus, „wie schön. Ich habe mich tierisch gefreut, als du angerufen hast.“ Sie wirft mir die Arme um den Nacken, springt an mir hoch und schlingt mir die Beine um die Taille, während sie mit ihren Lippen schon nach meinen sucht.

Eigentlich wollte ich fürs Erste auf Abstand gehen. Doch welcher Mann wäre nach einer derartigen Begrüßung noch dazu in der Lage? Als sich ihre warme weiche Zunge in meinen Mund schiebt und ihre prallen Brüste gegen meinen Oberkörper drängen, fallen die letzten guten Vorsätze von mir ab. Ich vertiefe den Kuss, trage Josie ins Wohnzimmer und drücke sie rücklings gegen die erstbeste Wand. Die Designer-Handtasche, die ich am Flughafen für sie erstanden habe, lasse ich achtlos zu Boden gleiten.

Fieberhaft schnappt Josie nach Luft. „Eric, ich habe dich vermisst“, keucht sie.

„Ich dich auch, Baby.“ Und das entspricht der Wahrheit.

Unsere Zungen und Lippen verschmelzen erneut, während Josie sich fester an mich presst. Ihr Rock hat sich nach oben geschoben, sodass einzig ihr winziger Slip und meine Hose noch zwischen uns sind.

Keine Ahnung, was heute mit mir los ist, aber ich bin mittlerweile steinhart. Das bleibt natürlich auch Josie nicht verborgen, denn sie reibt ihr Becken herausfordernd an meiner Erektion. Das Verlangen nach ihr scheint mich zu zerreißen. Als ihr ein sinnliches Stöhnen entfährt, verliere ich endgültig die Kontrolle. Ich greife nach unten und reiße ihr das Höschen vom Körper.

Sie begreift, wonach mir der Sinn steht, öffnet meine Hose und holt meinen Schwanz heraus. Nachdem sie ihn zwischen ihren Beinen in Position gebracht hat, stoße ich erbarmungslos in sie hinein.

Sie schreit lustvoll auf und lässt den Kopf in den Nacken fallen. „Gott, Eric“, keucht sie. „Ja, nimm mich!“

Genau das hatte ich vor!

In dieser Sekunde kann ich mich nicht länger zügeln. Hart und hemmungslos vögle ich sie gegen die Wand. Währenddessen küssen wir uns gierig. Unsere Zähne stoßen gegeneinander, doch das tangiert mich für den Moment kein Stück. Ich will jetzt einfach bloß in Josie kommen, wobei es mir gerade völlig gleich ist, ob sie ebenfalls Erlösung findet. Darum werde ich mich später kümmern. Zuerst muss ich diesen Druck abbauen, unter dem ich seit Tagen stehe und der mir langsam, aber sicher, die Luft abzustellen scheint.

Ich spüre, wie sich der Orgasmus in meinem Unterleib aufbaut. Meine Stöße werden noch einen Tick kraftvoller.

„Nein“, haucht Josie, der nicht verborgen bleibt, dass mir soeben die Kontrolle entgleitet. „Noch nicht. Eric, bitte.“

„Später! Ich kümmere mich später um dich“, presse ich atemlos hervor, ehe ich ein lautes Stöhnen ausstoße und mich in kräftigen Schüben in Josie ergieße.

Himmel, tut das gut!

Der Höhepunkt schüttelt meinen kompletten Körper durch, bevor ein Gefühl der Entspannung einsetzt. Mir war nicht bewusst, wie nötig ich das hatte.

Ich halte Josie weiterhin fest, die jetzt ein frustriertes Seufzen von sich gibt und den Kopf gegen meine Schulter fallen lässt. Unser Atem rast und meine Knie zittern, während in meinem Kopf plötzlich Nüchternheit einkehrt.

Was zum Teufel ist soeben geschehen?

Ich kann es nicht nachvollziehen.

„Habe ich dir wehgetan?“, erkundige ich mich mit schlechtem Gewissen.

Sie lacht an meinem Hals. „Hältst du mich wirklich für derart empfindlich? Gerne darfst du häufiger so über mich herfallen.“

„Ich werde es mir merken.“ Vorsichtig gleite ich aus ihr heraus und stelle sie auf den Füßen ab.

Sie schwankt leicht, als sie sich von mir löst und ins Badezimmer tapst.

Ich schließe meine Hose, klaube ihr Geschenk vom Boden auf und wandere durch das Wohnzimmer auf einen der bequemen Sessel zu, in den ich erschöpft falle. Nach wie vor will mein Kopf nicht verstehen, was gerade in mich gefahren ist. Für gewöhnlich bin ich in Sachen Sex beherrscht und verliere selten die Kontrolle. Soeben wäre ich jedoch tausend Tode gestorben, hätte ich mich nicht in Josie versenken können.

Mit einer geöffneten Flasche Champagner in der Hand kehrt meine Süße nach einiger Zeit zurück und sinkt mir gegenüber auf einen Sessel. Während sie zwei Gläser füllt, beobachtet sie mich stillschweigend.

Sogleich greife ich nach dem mir angebotenen Glas und nehme einen großen Schluck. Danach nicke ich in Richtung des Päckchens, das auf dem Tisch liegt. „Ein kleines Geschenk für dich."

Neugierig öffnet sie den Karton. Kurz leuchten ihre Augen glücklich auf. „Wow, die wollte ich schon so lange. Ich danke dir." Ehrfurchtsvoll streicht sie mit den Fingerspitzen über das schwarze Leder der kostbaren Tasche.

In dieser Hinsicht ist Josie leicht zufriedenzustellen. Sie liebt Luxusartikel: Schmuck, Schuhe, Seidenschals, Handtaschen oder Parfum. Damit liegt man bei ihr immer richtig.

Überraschend schnell lässt sie jedoch von der Handtasche ab und legt den Kopf schief. „Möchtest du darüber reden?"

„Wovon sprichst du?"

Sie verdreht die Augen. „Eric, ich kenne dich jetzt seit fast drei Jahren. Normalerweise bist du ein wahrer Gentleman, doch soeben hast du mich benutzt. Nicht, dass ich es nicht genossen hätte. Aber sag mir, was mit dir los ist."

„Es tut mir leid. Ich …"

„Hör auf, dich zu entschuldigen!", fällt sie mir ins Wort. „Verrate mir einfach, wer oder was dich derart geil gemacht hat, dass du die Beherrschung verloren hast."

Ich lehne mich zurück und starre die Decke an. „Josie, ich weiß nicht, wie ich es dir erklären soll. Aber es ist etwas geschehen, mit dem ich niemals gerechnet hätte." Ich zwinge mich, den Blick zu senken und ihr ins Gesicht zu schauen.

Ihre Unterlippe zittert. Sie ahnt, dass ich sie gleich verletzen werde.

„Ich habe eine Frau kennengelernt. Es sind außergewöhnliche Umstände, aber wir schlafen nicht miteinander."

Klirrend stellt sie ihr Glas auf dem Tisch ab. „Verstehe, du hast soeben nicht mich gevögelt, sondern im Geiste sie. Lässt sie dich nicht ran, oder was ist euer Problem?"

„Nein, wo denkst du hin!" Ich hole tief Luft. „Ich bin völlig durcheinander, da ich mehr schlecht als recht mit der Situation umgehen kann. Das hat offenbar ein paar Sicherungen in meinem Kopf durchbrennen lassen. Ich möchte dich nicht verlieren." Ich balle eine Hand zur Faust, während ich spüre, wie der verräterische Muskel an meinem Kinn zu zucken beginnt.

Erneut suche ich nach Josies Blick. „Ich habe sie geheiratet. Ich hatte keine Wahl. Sie leitet die Bank meines Vaters und wir sind geschäftlich aufeinander angewiesen … Verstehst du?“

Josie schluckt vernehmlich. „Eine Zweckgemeinschaft also, wie das unter Millionären so üblich ist?“

„Ja, so in der Art. Es ist unglaublich kompliziert und hängt auch mit dem Nachlass meines Vaters zusammen“, gebe ich mir alle Mühe, mich so nahe wie möglich an die Wahrheit zu halten, ohne dabei etwas Verfängliches auszuplaudern. Im Prinzip hasse ich es, Josie belügen zu müssen. Das hat sie nicht verdient. „Ich garantiere dir, hätte ich es vermeiden können, wäre das niemals geschehen.“

Sie zieht die Knie hoch, umschlingt sie mit den Armen und wippt vor und zurück. „Aber ficken willst du weiterhin mich?“

Autsch!

Der Schmerz und der Hass in ihrer Stimme treffen mich wie ein Schlag in den Magen.

Schon kapiert, ich habe es vergeigt!

„Josie, ich würde es verstehen, wenn du mich unter den gegebenen Umständen nicht mehr sehen willst. Aber ich versichere dir, du würdest mir sehr fehlen.“

„Warum bloß glaube ich dir das nicht? Eric, du hast doch in den letzten Monaten ohnehin kaum Zeit für mich gehabt. Und jetzt hast du obendrein eine Ehefrau. Wie willst du diese ganzen Verpflichtungen zukünftig unter einen Hut bekommen?“

„Darüber habe ich auch schon nachgedacht. Ich werde weitere Führungskräfte einstellen und mich von verschiedenen Geschäftssparten trennen. Die Fluglinie meines Vaters werde ich als Erstes verkaufen.“

Sie reißt die Augen auf. „Du besitzt eine Fluglinie?“

Ich nicke. „Seit Neuestem.“

„Welche?“

„Global Airlines.“

Sie schluckt. „Wow! Aber verlierst du dadurch nicht viel Geld?“

Ich schüttle den Kopf. „Nein, ich erhalte einen hohen Preis dafür, denn der Aktienkurs wird nach dem Verkauf steigen. Das Ganze geht in den nächsten Tagen über die Bühne und ist im Moment noch streng geheim, daher behalte es bitte für dich.“

Sie wedelt mit einer Hand in der Luft umher. „Eric, ich bitte dich. Als ob ich das verstehen würde.“ Versonnen nimmt sie einen Schluck Champagner. „Du meinst also, wir könnten uns weiterhin sehen?“

Hoffnung keimt in mir auf. Vielleicht ist ja doch noch nicht alles verloren.

Ich nicke erleichtert. „Ich würde das sehr begrüßen. Außerdem schulde ich dir einen Orgasmus“, setze ich anzüglich schmunzelnd hinzu.

Doch Josie geht nicht auf diesen Vorstoß ein. „Lass mich darüber nachdenken.“

„Einverstanden. Und, Baby, egal wie auch immer du dich entscheiden wirst, ich verspreche dir, ich werde für dich da sein.“

„Du meinst finanziell?“ Sie schaut um sich. „Ich muss also nicht postwendend meine Sachen packen und deine noble Hütte verlassen?“

„Natürlich nicht. Hältst du mich wirklich für einen derartigen Dreckskerl?“

Sie zuckt mit den Schultern. „Keine Ahnung, ich hätte auch nie damit gerechnet, dass du Hals über

Kopf heiratest. Liebst du Sie denn?“

Ich schüttle den Kopf.

„Aber sie ist heiß. Und du bist scharf auf sie.“

Wäre ich vielleicht, wenn sie es nicht mit meinem Vater getrieben hätte.

„Im Vergleich zu dir ist sie eher langweilig.“

Sie legt die Stirn in Falten. „Würdest du mich jetzt bitte alleine lassen? Ich muss das erst einmal verdauen.“

„Selbstverständlich.“ Ich leere mein Glas und springe auf. Danach beuge ich mich zu ihr hinab und hauche ihr einen sanften Kuss auf die Lippen. „Vertrau mir, Josie. Bitte gib uns nicht auf. Das, was wir haben, ist einfach zu gut, nicht wahr?“

Sie nickt, wirkt dabei aber völlig abwesend.

In dieser Sekunde begreife ich, dass ich sie verloren habe.

Kapitel 12

Ava

Erschöpft schleppe ich mich einmal mehr zu später Stunde von der Bank nach Hause. *Nach Hause!* Das klingt falsch, denn Erics Penthouse ist weit davon entfernt, sich nach einem behaglichen Zuhause anzufühlen.

Ich wohne dort! Das ist aber auch schon alles.

In meinem kleinen Apartment fühlte ich mich geborgen, aber diese abgehobene Luxusresidenz mit den vielen unnötigen Zimmern ist einfach nicht mein Ding.

Schon klar, ich darf mich nicht beschweren. Diese vertrackte Situation ist einzig meiner krankhaften Neugier geschuldet. Und hätte Eric mich nicht geheiratet, wäre ich jetzt aller Voraussicht nach mausetot. Genau genommen ein nobler Zug von ihm, wenn man bedenkt, dass wir uns vom ersten Moment an nicht ausstehen konnten.

Dieser ungewöhnlichen Konstellation zum Trotz bin ich dennoch erleichtert, nach so vielen Jahren endlich Pauls Geheimnis gelüftet zu haben. Ich bin nach wie vor nur unzulänglich über den Secret Circle informiert, aber das, was ich bisher erfahren habe, versetzt mich in Angst und Schrecken. Diese Männer sind mächtig, skrupellos und beherrschen quasi die Welt. Man darf sie nicht unterschätzen und sollte sie niemals zum Feind haben.

In was bin ich da nur hineingeraten?

Einer Eingebung folgend schlage ich den Weg zu Emmas Bar ein. In den letzten Tagen habe ich mich von meiner Freundin ferngehalten, denn ich habe keinen blassen Schimmer, wie ich ihr das mit der Hochzeit verständlich machen soll.

Kaum habe ich die schicke Bar betreten, winkt sie mir bereits lachend zu. Sie saust hinter der Theke hervor und schiebt mich an einen kleinen Stehtisch, da heute die Sitzplätze samt und sonders belegt sind. Mit ein paar Gesten signalisiert sie einer Aushilfe, den Ausschank zu übernehmen. Daraufhin hechtet sie wieder davon, nur um mir Sekunden später ein Glas Rotwein in die Hand zu drücken. Mit schief gelegtem Kopf mustert sie mich, und ich schrumpfe unter diesen prüfenden Blicken regelrecht zusammen.

„Na, wo drückt der Schuh denn heute?“, legt Emma schließlich los. „Immer noch dein neuer Chef?“

Ich inhaliere ein paar Schlucke Wein und nicke. „Die einzige Chance, unser Verhältnis zu verbessern, war, ihn zu heiraten.“

Emma entfährt ein schallendes Gelächter. „Sarkasmus steht dir echt gut, Liebes, auch wenn ich das in dieser Form nicht von dir gewohnt bin.“

Ich ziehe eine Grimasse. „Das war kein Scherz.“

Meine Freundin legt die Stirn in Falten und scannt mich geradezu mit Blicken, dann heften sich ihre Augen auf den Ring an meinem Finger und sie schlägt sich eine Hand vor den Mund. „Bist du denn von allen guten Geistern verlassen?“

„Offensichtlich. Glaube mir, das war die einzige Möglichkeit, sich mit ihm zu arrangieren. Auch wegen des Erbes und der Firma.“ Entschuldigend zucke ich mit den Schultern.

Sie schüttelt den Kopf. „Hör auf, mich auf den Arm zu nehmen! Was genau verheimlichst du mir?“

Mist!!

„Emma, ich darf dir die Wahrheit nicht verraten. Eric und ich sind da in etwas verstrickt, aus dem wir nur gemeinsam herauskommen. Bitte, frag nicht weiter.“

Sie reißt die Augen auf. „O mein Gott, du bist schwanger!“

„Himmel, nein!“

Erneut nimmt sie mich gedankenverloren unter die Lupe. „Du wirst es mir aber sagen, falls ich dir helfen kann, oder?“

„Selbstverständlich, und danke für dein Vertrauen. Du bist ein wahrer Schatz.“

„Ich habe diesen Eric Carpenter übrigens gegoogelt. Der Typ ist echt heiß. Schläfst du mit ihm?“

Ich verschlucke mich an meinem Rotwein und huste. „Natürlich nicht! Unsere Ehe besteht lediglich auf dem Papier.“

„Nun, das muss ja nicht so bleiben, oder?“, erkundigt sie sich mit provozierendem Unterton.

„Bitte lass uns das Thema wechseln, ich muss selbst erst einmal damit zurechtkommen, was in den letzten Wochen geschehen ist.“

„Also gut. Etwas ganz anderes: Ich habe vor zu vergrößern.“ Sie blickt um sich. „Denkst du, die Carpenter-Bank könnte mir dabei ein wenig unter die Arme greifen?“

„Aber sicher doch! Großartige Idee, so überfüllt, wie es hier immer ist. Sag einfach Bescheid, sobald ich dir bei der Finanzierung helfen kann.“

Nachdem Emma mich über weitere Details bezüglich ihrer Ausbaupläne in Kenntnis gesetzt hat, hat sich meine Laune ein wenig gehoben.

Als ich zu später Stunde die Bar verlasse, gehen mir ihre Worte jedoch nicht aus dem Sinn.

Könnte es in der Tat eine Möglichkeit geben, mehr aus dieser Ehe zu machen?

Im Prinzip sind Eric und ich uns sehr ähnlich. Wir sind Workaholics und haben keinerlei Zeit für eine Beziehung. Zudem war der Kuss in Vegas mehr als heiß. Aber vielleicht bilde ich mir in meiner Naivität auch lediglich ein, dass da Funken sprühten, denn normalerweise ist die Stimmung zwischen uns angespannt. Demzufolge bin ich immer heilfroh, wenn Eric in San Francisco weilt.

„Guten Abend, Mrs. Turner“, begrüßt mich der Concierge des Apartmenthauses, als ich die Vorhalle betrete. „Ihr Mann ist bereits oben.“

Verwundert schaue ich ihn an.

Eric ist hier? Na, der hat mir heute gerade noch gefehlt! Er wollte doch erst nächste Woche zurückkommen.

„Danke, Jason.“ Widerwillig betrete ich den Fahrstuhl. Als ich oben aussteige, scheint in der ganzen Wohnung Licht zu brennen.

Feiert mein Ehemann eine Party? Womöglich haben wir ja auch ein Abo für kostenlosen Strom gewonnen.

„Eric!“, rufe ich.

Ich vernehme ein Scheppern. Mit einem Whiskeyglas in der Hand taucht er Sekunden später im Türrahmen des Büros auf. Ich habe ihn bisher selten Hochprozentiges trinken sehen, daher schwant mir, dass ihn irgendetwas beschäftigt.

Er lehnt sich mit der Schulter gegen den Türrahmen und taxiert mich provozierend von Kopf bis Fuß. Sein Blick bleibt auf meinen Sneakers hängen, die mal wieder mein Business-Outfit ruinieren. „Hallo, Dornröschen, wo kommst du denn zu so später Stunde her?“

Ich weiß nicht, ob ich es hassen oder lieben soll, wenn er mich so nennt, daher gehe ich nicht darauf ein. „Vom Büro, was denkst du denn?“

„Mitten in der Nacht?“

Ich schreite auf ihn zu. „Weißt du, mein Chef ist ein richtiger Sklaventreiber. Da bleibt mir nichts anderes übrig, als rund um die Uhr zu schuften. Aber warum bist du überhaupt schon zurück?“

„Sag mir, dass du nicht zu Fuß unterwegs warst!“, äußert er mit bedrohlichem Unterton, meine Frage völlig ignorierend.

Ich wende mich ab, da ich jetzt nicht den Nerv für eine derartige Diskussion habe. Keine Sekunde später packt mich mein Ehemann jedoch mit festem Griff am Oberarm und wirbelt mich zu sich herum. Ich werde mich wohl nie daran gewöhnen, wie schnell er sich bewegen kann.

„Antworte mir!“

„Lass mich los, Eric! Die größte Gefahr, die mir droht, sind nicht die kleinen Straßengangster, sondern deine mächtigen Freunde.“

„Ich werde dir einen eigenen Chauffeur zuteilen.“

„Kommt nicht infrage! Ich sitze den ganzen Tag. Bewegung tut mir gut.“

Er rümpft die Nase. „Du riechst nach Alkohol. Jetzt verstehe ich, du kommst also gar nicht aus der Bank.“

Bevor ich ihm noch klarmachen kann, dass ihn das einen feuchten Kehricht angeht, läutet das Haustelefon.

Auch das noch! Wer will uns denn um diese Uhrzeit einen Besuch abstatten?

Eric blickt ebenfalls verwundert drein, dann lässt er von mir ab und nimmt den Anruf entgegen.

„Geht klar, lassen Sie sie nach oben“, höre ich ihn sagen, während er bereits auf den Lift zuspaziert.

Neugierig folge ich ihm. „Erwartest du jemanden?“

Er zuckt mit den Schultern. „Der Concierge hat irgendetwas von Polizei gemurmelt. Er wirkte auf jeden Fall ziemlich eingeschüchtert.“

In diesem Moment öffnet sich auch schon die Fahrstuhltür.

Irritiert beäuge ich die beiden Typen in schwarzen Anzügen sowie die zwei Männer in Lederjacken, die aus dem Aufzug treten und sich großspurig im Eingangsbereich aufbauen. Ihre Ausstrahlung ist bedrohlich. Angst durchfährt mich und lässt mich voller Verzweiflung die Augen schließen.

Okay, Game over! Wir sind aufgeflogen. Sie sind gekommen, um uns zu holen. Das ist dann wohl der Weg zum Schafott.

„Eric Carpenter?“, vernehme ich eine sonore Stimme.

Vorsichtig blinzle ich und erkenne einen FBI-Ausweis in der Hand des einen Mannes im Anzug.

Soll mich das jetzt beruhigen, oder mir noch größere Sorge bereiten?

Eric nickt. „Korrekt.“

„Dürfte ich Sie bitten uns zu begleiten, wir haben

einige Fragen an Sie“, äußert der Kerl. Und das ist definitiv keine Frage, sondern eine Anordnung.

„Dürfte ich zuvor erfahren, um was es sich handelt“, erwidert Eric in einem ähnlich bestimmenden Tonfall.

Ich kann nicht beurteilen, ob es der Whiskey ist, der aus ihm spricht oder seine Millionen, die ihn sicherlich von jeder Schuld freikaufen werden. Äußerlich wirkt er völlig gelassen, doch ich kann mir kaum vorstellen, dass ihn diese Ereignisse nicht ebenfalls erschüttern.

Der FBI-Mensch überlegt einige Sekunden, dann schweift sein Blick zu mir ab.

„Sie ist meine Frau. Keine Geheimnisse“, äußert Eric.

Ha! Sehr witzig! Unsere Ehe ist ein einziges Geheimnis.

„Gut, wie Sie wollen. Wir, und unsere Kollegen von der Mordkommission, ermitteln in zwei Punkten gegen Sie.“ Er deutet auf die Männer in Lederjacken. „Erstens Insideraktienhandel bei Global Airlines. Und zweitens der Mord an Josie Harper.“

Josie Harper? Noch nie von der Dame gehört.

Als Erics Whiskeyglas krachend zu Boden geht und dort in seine Einzelteile zerschmettert, wird mir klar, dass es weitere Rätsel im Leben meines Ehemanns gibt, von denen ich bisher nicht einmal zu träumen gewagt hätte.

Kapitel 13

Eric

Unter Zahlung einer gigantischen Kaution hat Catwick mich nach einer gefühlten Ewigkeit aus der Untersuchungshaft freibekommen. In der Realität waren es lediglich zwei Tage, aber ich habe jede Minute gezählt.

Dass ich in meinem Leben einmal eine Gefängniszelle von innen kennenlernen würde, hätte ich nicht zu träumen gewagt und würde liebend gerne auf diese Erfahrung verzichten. Niemals zuvor bin ich derart herablassend behandelt worden und alles in mir schreit geradezu nach Rache.

Ich bin millionenschwer, doch in dieser verfickten Anstalt konnte ich mir weder vernünftiges Essen noch ein bequemes Bett erkaufen. Geld regiert für gewöhnlich die Welt.

Was zur Hölle ist hier schiefgelaufen?

Am meisten belastet mich allerdings Josies Tod. Ich kann es manchmal noch gar nicht fassen, dass diese quicklebendige Frau nicht mehr unter uns weilen soll. Unentwegt habe ich mich während der letzten Tage gefragt, ob ich die Verantwortung dafür trage. Womöglich besteht ja ein Zusammenhang zwischen ihrer Ermordung und dem Insiderhandel.

Normalerweise bin ich die Verschwiegenheit in Person, schon allein, da ich niemandem traue. Wie konnte ich nur so dämlich sein und Josie von dem bevorstehenden Verkauf der Fluglinie erzählen? Diese Information könnte ihr zum Verhängnis geworden sein.

Glücklicherweise ist der Zugang zu ihrem Apartment mit einer Überwachungskamera versehen, die den Besuch eines weiteren Mannes aufgezeichnet hat, sonst wäre ich sicher nie aus diesem Loch herausgekommen.

In ihrer Wohnung wurde jedoch vorwiegend meine DNA vorgefunden, was kein Stück hilfreich ist, um den wahren Mörder zu überführen. Und solange sich dieser Kerl auf freiem Fuß befindet, stehe ich weiterhin unter Verdacht. Da Josies Leiche erst Tage später von einer Freundin entdeckt wurde, kann dummerweise auch der Zeitpunkt ihres Todes nicht haargenau bestimmt werden.

Ich versuche, meine wirren Gedanken zu sortieren. Es gibt einfach zu viele Unbekannte in diesem Mordfall, und egal wie oft ich mir den Schädel darüber zerbreche, ich komme auf keinen grünen Zweig.

Nachdenklich sitze ich jetzt neben Catwick im Fond einer noblen schwarzen Limousine, die von einem Chauffeur gesteuert wird. Doch der Fahrer bringt mich nicht zu meiner Wohnung, sondern lenkt den Wagen nach New Jersey.

Ein ungutes Gefühl steigt in mir auf. Nach der Sache mit Ava traue ich diesem verfluchten Circle alles zu.

„Wohin fahren wir?“

Catwick wirft mir einen prüfenden Seitenblick zu. „Zuerst eine Frage: Sind Sie schuldig?“

„Natürlich nicht. Sie wissen genau, dass ich kein Mörder bin. Und Insiderhandel? Halten Sie mich wirklich für so dämlich? Ich hatte über Jahre hinweg ein Verhältnis mit Josie und habe blöderweise den Verkauf der Fluglinie erwähnt. Womöglich wollte sie sich an mir rächen, da ich Ava geheiratet habe.“

Vor dem breiten Garagentor eines heruntergekommenen Hauses stoppt der Wagen plötzlich. Diverse Horrorszenarien schießen mir in diesem Augenblick durch den Kopf, denen ich keinen weiteren Raum gewähren möchte, sonst schlage ich Catwick die Zähne ein, stürze aus der Limousine und ergreife die Flucht.

Er wendet sich mir zu. „Haben Sie eine Ahnung, wer dahinterstecken könnte?“

Provozierend ziehe ich eine Augenbraue hoch und suche nach seinem Blick. „Der Secret Circle? Empfand man es als zu gefährlich, dass ich mir eine Geliebte halte?“

Mein Gesprächspartner schüttelt erzürnt den Kopf. „Eric, das FBI hat bis auf Weiteres Ihre kompletten Konten eingefroren. Was glauben Sie wohl, wer die Kaution gestellt hat?“

Ups, das hatte ich bislang nicht in Betracht gezogen.

„Dann sollte ich mich wohl bedanken?“

„Ja, ich denke, das wäre angebracht“, äußert er mit verschnupftem Unterton. „Aber eines interessiert mich: Wozu benötigen Sie eine Geliebte, wo Sie doch eine erstklassige Ehefrau haben?“

„Es lag in meiner Absicht, klare Verhältnisse zu schaffen, doch das ging völlig in die Hose. Versteh einer die Frauen.“ Ich seufze. „Hätte der Circle mich nicht derart unter Druck gesetzt, wäre das sicher niemals geschehen.“

Er fixiert mich aus schmalen Augen. „Eric, ich kann nicht alles unter den Tisch kehren. Der Circle ist bereits mit dem FBI, der Mordkommission und der Börsenaufsicht in Kontakt. Verschwinden Sie fürs Erste von der Bildfläche! Irgendjemand könnte Ihnen ebenfalls nach dem Leben trachten und wir hegen wahrlich kein Interesse daran, uns schon wieder einen neuen Vorsitzenden suchen zu müssen."

Er sinniert einen Augenblick, ehe er erneut ansetzt: „Gehen Sie der Polizei aus dem Weg. Kein Telefon, kein Internet. Computer sind generell tabu. Kommen Sie ja nicht auf die Idee, sich irgendwo einzuhacken! Geben Sie nirgendwo Ihren richtigen Namen an und benutzen Sie einzig Bargeld. Und verlassen Sie um Himmels willen nicht das Land! Sobald wir das Problem aus der Welt geschafft haben, werden Sie von uns hören."

Er blickt in Richtung der Garage. „Ava wird Sie begleiten, denn solange dieser Killer frei herumläuft, könnte auch sie in Gefahr schweben. Ich wünsche Ihnen beiden viel Glück."

„Danke, George. Ehrlich gesagt, fällt es mir gerade echt schwer, Ihnen in vollen Zügen zu vertrauen. Ich gehe jetzt einfach mal davon aus, dass Sie auf meiner Seite sind." Per Handschlag verabschiede ich mich von ihm, verlasse den Wagen und steuere das Garagentor an. Erst in dieser Sekunde nehme ich Catwicks kahlköpfigen Bodyguard wahr, der die Straße zu bewachen scheint.

Sollten wir wirklich einer derartigen Bedrohung ausgesetzt sein? Ich kann es mir kaum vorstellen.

Kurz nicke ich dem Mann zu und betrete dann durch eine schmale Seitentür das Innere der Garage.

Überrascht mustere ich meine Ehefrau. Sie trägt Jeans sowie ein eng anliegendes Shirt. Die Haare hat sie zu einem Pferdeschwanz zusammengebunden und auf ihrem Kopf thront eine riesige Sonnenbrille.

Würde ich ihr so auf der Straße begegnen, hielte ich sie für eine Fremde.

Ava sitzt auf einem kleinen Tisch und lässt die Beine baumeln. Neben ihr parken ein BMW-Sportwagen und ein Mercedes SUV.

„Na, endlich“, murmelt sie mit vorwurfsvollem Unterton. „Ich dachte schon, Catwick hätte dich nicht freibekommen.“

„Ava, am besten verschwindest du auf der Stelle. Ich möchte dich nicht auch noch mit in die Sache hineinziehen.“

Sie hüpft von dem Tisch herunter. „Dafür ist es jetzt zu spät, denn das hast du bereits getan. Obendrein hat unser herzallerliebster Notar mich quasi gezwungen, dich bei deiner Flucht zu begleiten. Und da ich ein ganz klein wenig an meinem Leben hänge, halte ich es für klüger zu gehorchen. Noch dazu folgt mir seit deiner Verhaftung dieser Gorilla da draußen auf Schritt und Tritt. Entweder wollen sie verhindern, dass ich flüchte oder sie denken, ich würde ebenfalls in Gefahr schweben.“

„Letzteres. Wenn es wirklich jemand auf mich abgesehen hat, könnte auch deine Sicherheit gefährdet sein.“ Ich nehme die beiden Luxuskarossen genauer unter die Lupe. „Die Wagen, wem gehören sie?“

„Mir. Dein Vater hat sie mir vererbt. Wie einige andere Fahrzeuge laufen sie auf die Bank. Die Ortungschips haben wir entfernen lassen. Wir sollten darin sicher sein.“

„Verstehe. Dieser Gorilla wird uns aber hoffentlich keine Gesellschaft leisten, oder?“

„Nein. Catwick vertritt die Meinung, als Paar wären wir relativ unauffällig. Außerdem hat er dich kämpfen gesehen, das hat ihn wohl beruhigt."

„Okay, lass uns auf der Stelle von hier verschwinden, und dann setze ich dich irgendwo ab."

Sie schüttelt den Kopf. „Ich glaube nicht, dass das in Catwicks Sinn liegt. Darüber hinaus hast du mir das Leben gerettet. Es wäre schäbig von mir, dich jetzt hängen zu lassen."

Ich nicke gedankenverloren. „Einverstanden. Welchen Wagen nehmen wir?"

„Dahin wo ich dich bringe … den SUV."

„Würde es dir viel ausmachen, mich über unseren Zielort in Kenntnis zu setzen?"

„Das erzähle ich dir unterwegs."

Ich verziehe das Gesicht. „Das bedeutet, du willst fahren?"

„Schon mal was von Emanzipation gehört?" Mit diesen Worten marschiert sie auf die Fahrertür zu und öffnet sie.

Ein wenig widerwillig klettere ich auf den Beifahrersitz. Kontrollfreak eben. Es fällt mir schwer, mein Schicksal in die Hände anderer Menschen zu legen. Und dass ich für den Moment nicht einmal weiß, wohin die Reise geht, trägt zusätzlich zu meinem Unwohlsein bei.

Interessiert sehe ich mich in dem nagelneuen Fahrzeug um. Es ist mit allen möglichen Extras ausgerüstet, vor allem die noble Lederausstattung beeindruckt mich. Ein Schnäppchen war das sicher nicht. „Keine Pflanzen?", erkundige ich mich, nachdem Ava gegenüber eingestiegen ist.

„Was nicht ist, kann ja noch werden", flötet sie,

während sie irgendetwas neben dem Lenkrad sucht. „Verdammt, wo ist denn bei diesem Ding das Zündschloss?“

Ich stöhne. „Du bist aber schon mal Auto gefahren, oder?“

„Natürlich. Das ist allerdings einige Zeit her. In Manhattan benötigt man nun mal keinen fahrbaren Untersatz.“

„Verstehe. Die neuen Wagen haben keine Zündschlösser mehr. Drück einfach auf den unübersehbaren roten Knopf auf dem Armaturenbrett.“

Sie späht verunsichert zu mir herüber. „Im Ernst?“

„Jep.“

Nachdem die kleine Startschwierigkeit behoben ist und der Motor läuft, öffnet sich wie von Geisterhand bewegt das Garagentor. Ava manövriert den Wagen vorsichtig hinaus, auf den Highway gen Süden. Sie ist konzentriert und ihre Finger umschlingen das Lenkrad viel zu fest.

„Soll nicht vielleicht doch besser ich fahren?“, frage ich mit belanglosem Unterton. Ich kenne sie inzwischen: nur keine Schwäche zugeben.

Sie schüttelt den Kopf. „Geht schon, ich muss mich nur an den Wagen gewöhnen.“

„Alles klar.“

Nach und nach wird ihr Fahrstil souveräner. Im Grunde genommen bewundere ich ihren Kampfgeist.

Wir fahren in Richtung Washington.

„Verrätst du mir jetzt, wohin die Reise geht?“

„Nur wenn du mir versprichst, keinen Aufstand zu machen.“

Oje, das kann ja heiter werden.

„Es ist ja nicht so, als ob ich eine Wahl hätte.“

Avas Zögern bleibt mir nicht verborgen. „In einen Trailerpark in der Nähe von Richmond, Virginia, in dem ich früher gejobbt habe“, äußert sie schließlich.

„Okaayyy.“

Was für eine Offenbarung!

Sie wirft mir einen kurzen Seitenblick zu. „Dort wird uns niemand finden, versprochen.“

„Was würdest du von einem abgelegenen Hotel halten?“

Sie schüttelt den Kopf. „Wenn wir nicht in einem billigen Motel absteigen wollen, benötigen wir eine Kreditkarte, und die sind meines Wissens nach gesperrt. In dem Park können wir alles mit Bargeld regeln. Außerdem habe ich noch ein paar gute Freunde dort, die uns unterstützen werden, falls wir in irgendwelche Schwierigkeiten geraten sollten.“

Zischend lasse ich die Atemluft entweichen, lege jedoch keinen weiteren Einspruch ein, da ich das für vergebliche Liebesmüh halte. Diese Frau ist die Sturheit in Person.

„Du hast also in einem Trailerpark gearbeitet? Schwer vorstellbar, wenn man bedenkt, dass du heute eine Bank leitest.“

„Eric Carpenter, du weißt sehr vieles über mich nicht. Jemand der mit dem goldenen Löffel im Mund aufgewachsen ist, kann selten über seinen Tellerrand hinausblicken.“

Ich hülle mich in Schweigen. Vermutlich hat sie recht, denn ich kann mir nicht einmal ansatzweise vorstellen, welche Gepflogenheiten in einem Trailerpark herrschen. Aber ich ahne Fürchterliches.

Nachdenklich starre ich aus dem Fenster. Nachdem wir Washington passiert haben, verändert sich die Landschaft. Keine Hochhäuser mehr, dafür Felder, Wiesen, Rinder und Schafe. Ich habe nichts gegen ländliche Gegenden einzuwenden, aber dann sollten sie doch zumindest Gebirge besitzen, die das Skifahren ermöglichen.

Je näher wir Richmond kommen, desto höher steigt die Außentemperatur. Es ist zwar erst Juni, doch bereits in New York herrschte große Hitze. Ich befürchte, weiter im Süden wird es nahezu unerträglich sein.

„Hast du deine Freundin umgebracht?“, erkundigt sich Ava völlig unvermittelt.

„Natürlich nicht. Und sie war nicht meine Freundin, wir hatten einzig ein Verhältnis.“

„Hast du sie dafür bezahlt?“

„Du denkst, ich würde keine Frau ins Bett bekommen, ohne sie zu entlohnen?“

„Das habe ich nicht gesagt. Aber Millionäre, die sich aufgrund ihres Reichtums irgendwelche Betthäschen halten, sind ja wohl ein gängiges Klischee, oder?“

Ich verdrehe die Augen. „Zugegeben, so gesehen wurde ich diesem Klischee gerecht.“

Ava holt vernehmlich Luft. „Wie muss ich mir das vorstellen? Gab es einen Festbetrag oder hat sie dir Rechnungen gestellt? Hing die Rate von der Häufigkeit oder von der Erfolgsquote ab? Und wie ..?“

„Ava, hör auf damit!“, schneide ich ihr schroff das Wort ab. „Du solltest nicht so viel Zeit in der Bank verbringen, das tut dir nicht gut. Aber ja, am Anfang habe ich sie dafür bezahlt. Später stellte ich ihr eins meiner Apartments zur Verfügung, das war Ausgleich genug. Sie verdiente sich nebenher ein paar

Dollar als Visagistin, wovon sie recht gut leben konnte."

„Hm, verstehe."

Ich schiele zu Ava hinüber und bete zu Gott, dass das Thema hiermit beendet ist. Ihre verkniffene Miene drückt jedoch etwas anderes aus. Ich befürchte, so schnell wird sie mich nicht vom Haken lassen.

„Schläfst du grundsätzlich nur mit Frauen, die käuflich sind?", setzt sie nach kurzer Zeit tatsächlich erneut an.

„Hast du mir nicht zugehört? Ich habe sie am Schluss nicht mehr dafür bezahlt."

„Ja, ja, schon klar. Lass es mich anders formulieren. Hältst du jede Frau aus, auf die du dich einlässt?"

Stöhnend lasse ich den Kopf in den Nacken fallen. „Ava, auf was zum Teufel willst du hinaus?"

„Ich möchte bloß verstehen, warum man ein solches Verhältnis einer richtigen Beziehung vorzieht, das ist alles."

„Ich habe weder die Zeit noch das Interesse an einer Familie, daher kam mir Josie gerade recht."

„Erzähl mir von ihr!"

Ich seufze. „Wieso interessiert dich das so brennend?"

„Immerhin bin ich deine Ehefrau."

Dämliches Argument, aber einverstanden, vorher wird sie ohnehin keine Ruhe geben.

„Als ich sie kennenlernte, war Josie als Callgirl tätig. Das ist jetzt fast drei Jahre her. Mit der Zeit haben wir uns angefreundet, daher holte ich sie aus dem Milieu heraus und spendierte ihr besagtes Apartment …"

Ich halte inne und grüble. Nur nicht wieder irgendetwas Verwerfliches zum Besten geben. „Sie war eine aufregende und hübsche Frau, die den Tod sicher noch nicht verdient hat. Obendrein konnte sie gut zuhören und war mir in stressigen Zeiten eine große Hilfe. Ihr Herz saß einfach am richtigen Fleck. Früher gab es in meinem Leben viele Frauen, aber nie etwas Langfristiges. Mit Josie hat sich das geändert."

„Hast du sie geliebt?"

„Nein. Seit dem Tod meiner Mutter weiß ich überhaupt nicht, ob ich noch in der Lage wäre, irgendjemanden zu lieben."

„Das tut mir leid. Was ist mit diesen Flugaktien?"

„Ich habe Josie von unserer Hochzeit erzählt. Sie war verärgert und ging davon aus, ich würde zukünftig noch weniger Zeit für sie aufbringen können. Um mich zu rechtfertigen, berichtete ich ihr von dem Vorhaben, die Fluglinie zu verkaufen. Das ist alles."

„Unterschätze nie die Rache einer gedemütigten Frau."

„Ob Josie wirklich etwas damit zu tun hat, ist bislang ungewiss. Aber ich wähnte mich in Sicherheit, da sie eine Aktie nicht einmal erkennen würde, wenn sie sie anspringt."

„Das bedeutet, der Mörder könnte sich das Geld unter den Nagel gerissen und sie danach beseitigt haben."

„Das entspricht auch meiner Vermutung."

Sie späht zu mir herüber. „Es tut mir leid, Eric. Einzig ich trage die Schuld daran."

„Bitte, Ava, lass es einfach gut sein. Ich möchte nicht länger darüber reden oder nachdenken, sonst werde ich noch verrückt. Seit ein paar Wochen gleicht mein Leben einer nicht enden wollenden Achterbahnfahrt, bei der die Bremse nicht funktioniert. Ich rase von einem Tief in das nächste." Ich balle eine Hand zur Faust. „Hätte ich doch bloß niemals dieses verdammte Erbe angetreten!"

Kapitel 14

Ava

Den Rest der Fahrt geht jeder seinen eigenen Gedanken nach. Noch Hunderte von Fragen brennen mir auf der Zunge, doch ich möchte Eric nicht allzu sehr auf die Nerven fallen. Immerhin habe ich in den letzten Stunden mehr über ihn in Erfahrung gebracht als in den gesamten Monaten zuvor.

Ich weiß, ich bin ein dummes, einfältiges Huhn, doch aus irgendeinem Grund schmerzt die Vorstellung, dass Eric ein derart gutes Verhältnis zu seiner Geliebten hatte und er sich trotz unserer Hochzeit nicht von ihr trennen wollte.

Nach dem innigen Kuss in Vegas und Emmas Worten hatte sich eine unterschwellige Hoffnung in mir aufgebaut, wir würden uns mit der Zeit vielleicht aneinander gewöhnen. Ich bin nicht so naiv zu denken, unsere Ehe könnte funktionieren, aber es würde sich doch alles so viel einfacher gestalten, wenn wir zumindest Freunde wären. Diese beklemmende Atmosphäre, die grundsätzlich zwischen uns herrscht, macht mir zu schaffen. Eric hingegen scheint damit besser klarzukommen, er ist in dieser Hinsicht wesentlich abgebrühter und souveräner als ich.

Gedankenverloren steuere ich den SUV an Richmond vorbei. Dunkelheit legt sich bereits über die Umgebung, als wir den abgelegenen Trailerpark erreichen. Alles hier kommt mir vertraut und doch so fremd vor. Seit über sechs Jahren war ich nicht mehr in Virginia, und ich kann noch nicht einmal genau sagen, warum. Denn im Grunde genommen habe ich hier eine glückliche Jugend verbracht. Doch mein Job in der Bank hat mich dermaßen vereinnahmt, dass ich gar nicht auf die Idee kam, mal wieder einen Abstecher in meine alte Heimat zu unternehmen.

Ich stoppe den SUV vor der kleinen Blechhütte, in der sich die Anmeldung befindet, und schiele zu Eric hinüber. Mit Überraschung bemerke ich, dass er tief und fest schläft. Es passt nicht zu ihm, die Kontrolle abzugeben. Der Gefängnisaufenthalt scheint ihn mächtig geschlaucht zu haben.

Mein Blick wandert über sein zerzaustes schwarzes Haar und den Dreitagebart, der ihn durch und durch verwegen erscheinen lässt. Offensichtlich fehlte ihm die Zeit oder die Möglichkeit, sich zu rasieren. Seine Gesichtszüge wirken momentan entspannt und friedlich, eine Gemütslage, die man bei ihm im wachen Zustand eher selten antrifft.

Mit Gewalt reiße ich mich von dem eindrucksvollen Anblick des schlafenden Mannes los, schleiche aus dem Wagen und steuere das verkommene Gebäude an. Schwüle Hitze legt sich augenblicklich über mich und treibt mir den Schweiß aus den Poren.

Puh, hier ist es wesentlich wärmer als in New York, wie gut, dass ich fast ausschließlich dünne Kleidung eingepackt habe.

Neben der Eingangstür verharrt ein schwarzer Hund, ein Labrador genau genommen. Er hebt den Kopf, als ich mich nähere, mustert mich kurz, legt den Schädel dann jedoch wieder desinteressiert auf seinen Pfoten ab.

Früher hatte Ted einen Mischling, namens Spike. Da dieser schon ziemlich betagt war, könnte der Labrador sein Nachfolger sein.

In diesem Moment kommen mir Bedenken. Was wenn Ted gar nicht mehr der Besitzer des Trailerparks ist? Aus Sicherheitsgründen habe ich es unterlassen, mich vorab telefonisch oder im Internet davon zu vergewissern. Auch wäre dazu gar keine Zeit gewesen, denn Catwick hat mich gedrängt. Ich bete, dass seine Sorge unbegründet sein mag und nicht irgendein perverser Killer es tatsächlich auf Eric abgesehen hat.

Zaghaft klopfe ich an, öffne danach die Tür der Hütte und schiele hinein. Ein Mann mit Vollbart blickt von seinem Schreibtisch auf und mustert mich. Er stutzt. „Ava? Bist du es wirklich?“

In dieser Sekunde fällt mir ein Stein vom Herzen. „Ted, wie schön dich endlich wiederzusehen!“

Die Freude scheint nicht nur meinerseits zu sein, denn Ted schießt hoch, saust um den Tisch herum und schließt mich in seine starken Arme.

„Gut siehst du aus“, äußert er, nachdem er mich aus der Umklammerung entlassen und ausgiebig gemustert hat. „Was zum Teufel hat dich hierhergetrieben?“

„Flitterwochen“, antworte ich. „Doch wir sind nicht gerade reich. Karibik oder Hawaii fällt daher aus. Aber ein Trailer wäre genau das Richtige. Könntest du einen für ein bis zwei Wochen entbehren? Vielleicht auch ein wenig länger, das ist noch nicht ganz sicher.“

Ein Strahlen erhellt sein braun gebranntes, von der Sonne gegerbtes Gesicht. „Natürlich. Für dich doch immer. Ich gratuliere! Wo steckt der Glückliche?“

„Er schläft im Wagen. Hatte ziemlichen Stress in letzter Zeit.“

„Dann lerne ich ihn eben morgen kennen. Und wehe, er behandelt dich nicht gut." Ted wendet sich von mir ab und kramt einen Schlüssel aus einer Schreibtischschublade. „Ich gebe dir den Trailer am See. Du hast den Blick doch immer so geliebt."

Ich greife danach. „Danke, Ted, du bist ein Schatz. Wir sehen uns." Vor dem Verlassen der Hütte halte ich noch einmal inne. „Der schläfrige Labrador da draußen, ist das Spikes Nachfolger?"

„Wie man es nimmt. Der gute alte Spike ist schon lange tot, doch eigentlich wollte ich ihn nicht ersetzen. Der Besitzer von Trixie starb hier im Park an einem Herzinfarkt. Seitdem bewegt Trixie sich keinen Meter weg. Vermutlich denkt sie, ihr Herrchen würde irgendwann zurückkehren." Er seufzt leise. „Das Leben schreibt immer wieder die traurigsten Geschichten. Du kannst die Süße ruhig streicheln, sie ist die Gutmütigkeit in Person."

Ein wenig betroffen trete ich hinaus und sacke neben der treuen Labradordame auf die Knie. „Hallo, Trixie, schön dich kennenzulernen." Sanft kraule ich sie im Nacken. Erneut schaut sie aus ihren braunen Augen kurz zu mir auf, legt den Kopf jedoch rasch wieder ab. Ihre ganze Haltung drückt Schmerz aus. Das Tier derart leiden zu sehen, lässt mein Herz schwer werden. Wie gerne würde ich die Hündin ein wenig aufheitern, doch ich dringe überhaupt nicht zu ihr durch.

Nach einiger Zeit lasse ich von Trixie ab, erhebe mich und wandere wieder auf den SUV zu. Ich kann bloß hoffen, dass Ted den teuren Wagen nicht erblickt, denn wie sollte ich ihm das erklären, wo ich soeben einen auf mittellos gemacht habe.

Als ich das Fahrzeug kurz darauf hinter besagtem Trailer verstecke, erwacht Eric. Er blickt irritiert um sich, ehe er den in die Jahre gekommenen Wohnwagen aus schmalen Augen mustert. „Sicher, dass das Ding nicht beim Betreten in seine Einzelteile zerfällt?“

„Weißt du eigentlich, dass du ein verwöhnter Snob bist?“, fahre ich ihn an.

„Weißt du eigentlich, dass ich auf temperamentvolle Frauen stehe?“

Pah! Mit diesem Mann zu diskutieren, ist reine Zeitverschwendung.

Ich steige aus dem Wagen. „Fick dich“, murmle ich währenddessen. Für gewöhnlich nicht meine Art, aber Eric Carpenter gelingt es stets mühelos, meine schlechtesten Seiten zum Vorschein zu bringen.

Abgestandene Luft strömt mir entgegen, als ich den Trailer betrete. Das Licht flackert, bevor es das Innere des Wohnwagens schemenhaft erhellt. Er ist einfach eingerichtet, aber sauber. Rasch öffne ich alle Fenster, denn aus Erfahrung weiß ich, dass die uralte Klimaanlage keine bemerkenswerte Verbesserung bringen wird.

Eric verharrt derweil an der Tür und macht den Eindruck, als würde er jede Sekunde die Flucht ergreifen.

„Heilige Scheiße“, murmelt er, „da ist ja mein Badezimmer größer.“

„Tja, Mr. Neureich, da wirst du dich wohl ein wenig einschränken müssen. Diese Unterkunft bietet alles, was wir benötigen. Ein riesiges Bett, Sitzecke, Küchenzeile, eine kleine Dusche und Toilette. Falls dir das Bad zu eng sein sollte, gibt es vorne neben dem Haupthaus weitläufige Waschräume."

„Oh, heute muss mein Glückstag sein!", spottet er, während er herausfordernd eine Augenbraue hochzieht. „Einzig ein Bett?"

„Die Sitzecke kann man ebenfalls zum Bett umbauen."

„Verstehe."

„Holst du bitte die Taschen aus dem Wagen. Ich hatte leider nicht viel Zeit zum Packen, da Catwick mir im Nacken saß. Daher habe ich rasch ein paar Klamotten hineingeworfen, die mir geeignet erschienen. Aber hier gibt es auch einen kleinen Supermarkt, in dem man das Nötigste erstehen kann."

Wortlos verlässt Eric den Trailer. In dieser Sekunde kann ich mir ein Grinsen nicht verkneifen. Ein wenig Bodenständigkeit wird diesem Mann gewiss nicht schaden.

„Findet man hier, irgendetwas Vernünftiges zu essen?", will er wissen, nachdem er gehorsam mit den beiden Reisetaschen zurückgekehrt ist.

„Aber sicher doch. Es gibt einen Lieferservice, einen Schnellimbiss und besagten Supermarkt."

„Aha!"

Ich unterdrücke ein Schmunzeln.

Begeisterung hört sich anders an.

„Wie viel Geld trägst du bei dir, Eric?"

Er zuckt mit den Schultern. „Höchstens hundert Dollar. Nur Loser zahlen mit Bargeld."

„Okay, Catwick hat mir 500 Dollar in die Hand gedrückt. Wir müssen es uns einteilen. Will heißen, keinen Kaviar oder Champagner während der nächsten Tage."

„Als ob es das hier gäbe!", zischt Eric.

„Könnte sich dein verwöhnter Gourmetmagen eventuell mit einer Pizza anfreunden?“

„Hört sich gut an. Genehmigst du mir zumindest ein Glas Wein dazu, denn das könnte ich jetzt wirklich gebrauchen?“

Ich gebe vor, angestrengt nachzudenken. „Ausnahmsweise“, äußere ich zu guter Letzt.

Kapitel 15

Eric

Als ich am Morgen erwache, benötige ich einige Sekunden, um zu realisieren, dass ich mich allen Ernstes in einem verkommenen Wohnwagen befinde. Ungeachtet dieser Tatsache habe ich geschlafen wie ein Toter. Die letzten Tage sind nicht spurlos an mir vorbeigegangen. Vor allem die Zeit in der Untersuchungshaft, in der ich kein Auge zugetan habe. Mit einer völlig ungewissen Zukunft in einem winzigen Raum eingesperrt zu sein, hat mich massiv aus meiner Komfortzone gerissen.

Mir entfährt ein unterdrücktes Seufzen. Bei genauerer Betrachtung meiner Umgebung hat sich meine Lage nur unwesentlich verändert. Immerhin kann ich dieses blecherne Gefängnis problemlos verlassen, allerdings bin ich jetzt an einen verfickten Trailerpark gebunden.

Ich schiele neben mich. Natürlich schlummert Dornröschen noch. Am Vorabend waren wir beide zu erschlagen, um das zweite Bett aufzubauen. Während ich die Waschräume aufgesucht habe, da ich in der klitzekleinen Nasszelle des Trailers einen klaustrophobischen Anfall bekommen hätte, hat Ava sich in ein langes Shirt gehüllt und ist unter der Bettdecke verschwunden.

Was dem Aufenthalt in einer Sauna gleichkommen muss.

Obwohl ich auf der Decke liege und nichts am Leib trage außer Boxershorts, stehen mir die Schweißperlen auf der Stirn. Denn das Einzige, was diese uralte Klimaanlage produziert, ist Lärm.

Aber dass meine Angetraute in sexueller Hinsicht ein wenig verklemmt ist, habe ich ja bereits in Vegas bemerkt. Dennoch kann ich nicht leugnen, mich mit ihr an meiner Seite wohlzufühlen. Seltsamerweise spendet sie mir Trost in dieser schwierigen Zeit.

Es ist absolutes Neuland für mich, von der Gunst anderer abhängig zu sein. Aber in der Not frisst der Teufel ja bekanntlich Fliegen. So kann ich für den Moment bloß hoffen, dass mir eine Gefängnis- oder sogar Todesstrafe erspart bleibt und ich recht bald wieder an mein Geld komme.

Ich darf gar nicht darüber nachdenken, welches Durcheinander wahrscheinlich gerade in meiner Firma herrscht, da niemand so genau weiß, was mit mir geschehen ist und wann ich wieder auftauchen werde. Und auf gar keinen Fall will ich mich mit Josies Tod beschäftigen, sonst übergebe ich mich postwendend auf den Boden dieses ramponierten Wohnwagens. Offenbar wurde ihr mit einem schweren Gegenstand der Schädel eingeschlagen. Hoffentlich musste sie zumindest nicht leiden.

Ich schwöre bei Gott, sollte ich ihren Mörder jemals in die Finger bekommen, wird er büßen, was er ihr angetan hat. Obwohl ich Josie in letzter Zeit selten gesehen habe, fehlt sie mir. Diese immer gut gelaunte, bildhübsche Person, die mir jeden Wunsch von den Augen ablas.

Im Geiste erscheint mir unsere erste Begegnung, die auf einer luxuriösen Party in der Villa eines gemeinsamen Bekannten stattfand. Josie trug ein eng anliegendes knallrotes Abendkleid, das farblich perfekt zu den auffallend geschminkten Lippen passte.

Ihre blonde Mähne und die herrlichen Rundungen wurden dadurch gekonnt in Szene gesetzt und sie wirkte wie die vollkommene Lady.

Ihr verärgerter Ausruf: *Nimm sofort deine Flossen von mir, du elender Wichser!,* machte das Bild der gut erzogenen Dame allerdings im Handumdrehen zunichte.

Ich fuhr herum und nahm zur Kenntnis, dass ein Betrunkener sie belästigte. Wie ferngesteuert marschierte ich zu den beiden hinüber. Da ich kein Aufsehen erregen wollte, brach ich dem Kerl nicht gleich alle Knochen, sondern packte ihn lediglich am Kragen, als er erneut eine seiner Pranken auf Josies Hintern legte. Ich drehte ihm den Arm auf den Rücken und schob ihn zum Hinterausgang hinaus.

Als ich mich umwandte, lief ich um ein Haar auf Josie auf, die mir gefolgt war.

Sie schenkte mir ein verführerisches Lächeln. „Ich danke Euch, edler Ritter“, säuselte sie. „Verratet Ihr mir Euren Namen?“

„Aber sicher doch, wertes Burgfräulein, Ihr dürft Eric zu mir sagen.“

Sie streckte mir eine Hand entgegen. „Josie.“

Ich griff danach und wir beide brachen in Gelächter aus.

Von diesem Moment an war die stinklangweilige Party ein Hochgenuss. Wir verbrachten den ganzen Abend miteinander, lachten, erzählten und dezimierten den Champagnerbestand des Gastgebers.

Als Josie mir letztendlich gestand, dass sie von ihrem Job als Kosmetikerin und Visagistin mehr schlecht als recht leben konnte, und daher nebenbei als Escort-Dame tätig war, zögerte ich keine weitere

Sekunde, um sie nach ihrem Preis zu fragen. Ich hatte mir niemals zuvor ein Callgirl ins Bett geholt, da ich Frauen normalerweise bekam, ohne dafür Geld hinzublättern. Aber für Josie hätte ich jede Summe gezahlt.

Als wir zu später Stunde in meiner Villa landeten, fielen wir übereinander her wie die Tiere. Der Sex war schmutzig, gierig und das Beste, was ich jemals erlebt habe, denn es ging einzig um die Befriedigung primitiver Instinkte. In dieser Nacht lebten wir all unsere geheimen Wünsche aus. Niemals zuvor hatte ich mich so gehen lassen können wie bei Josie.

Am Morgen bat ich sie um ein Wiedersehen und bezahlte ihr genügend Geld, sodass sie auf weitere Freier verzichten konnte. Von da an sahen wir uns regelmäßig. Josie war für mich die perfekte Alternative zu einer festen Freundin oder Ehefrau. Da sie in einer winzigen Bude hauste, stellte ich ihr schon bald das luxuriöse Apartment in San Francisco mit Bay View zur Verfügung.

Erst der Tod meines Vaters und der Eintritt in den Circle verursachten mir einen derartigen Stress, dass ich sie vernachlässigte. Und dann überstürzten sich die Ereignisse geradezu: die vielen Firmen, die ich geerbt habe, die Hochzeit mit Ava, und als Krönung mein unrühmlicher Auftritt bei Josie, wo ich sie einzig als Ventil benutzte, um den unerträglichen Druck zu mindern, der sich in mir aufgebaut hatte.

Wie in aller Welt soll ich jemals mit dem Gedanken klarkommen, womöglich ihren Tod verschuldet zu haben? Vor allem, da ich bis heute nicht weiß, ob es ein unglücklicher Zufall war, der Circle dahintersteckt, oder sie sich wirklich an mir rächen wollte.

Hoffentlich kann baldmöglichst Licht in die Sache gebracht werden, denn ich will mein Leben nicht mit dieser Ungewissheit verbringen.

Leise krieche ich aus dem Bett und schiele aus einem der kleinen Fenster. Ein wundervoller Morgen begrüßt mich. Eine dünne Nebelschicht, vermutlich ausgelöst durch die hohe Luftfeuchtigkeit, liegt über dem idyllischen See. Die ersten Sonnenstrahlen, die den Dunst an manchen Stellen durchdringen, lassen das Wasser glitzern.

Im Grunde genommen ein herrliches Stück Natur, wenn nur diese altersschwachen Trailer nicht wären. Erneut steigt Unmut in mir auf, genau wie das Verlangen nach einem doppelten Whiskey. Hilflos schaue ich mich in dem Wohnwagen um, auf der Suche nach etwas, das ich zertrümmern könnte.

Mein Blick fällt auf die Reisetasche, die Ava für mich gepackt hat. Ich spähe hinein und entdecke zu meiner großen Freude Shorts und Turnschuhe.

Ein kleiner Lichtblick in dieser verkorksten Zeit.

Ein paar Minuten später jogge ich auf einem schmalen Feldweg um den See herum. Die Bewegung tut mir gut und so langsam bekomme ich den Kopf wieder frei. Tief sauge ich den würzigen Duft der Natur in meine Lungen ein. Überraschenderweise vermittelt mir diese Einöde ein Gefühl der Sicherheit, das ich seit Tagen nicht mehr verspürt habe. Ich beschleunige meinen Schritt und entscheide, den See ein weiteres Mal zu umrunden.

Als ich völlig ausgepowert zurückkehre, sitzen Ava und ein bärtiger Typ auf den Stühlen vor dem Trailer. Die beiden plaudern miteinander und wirken sehr vertraut. Eigentlich sollte mir das egal sein, doch nachdem Josie mir in den Rücken gefallen sein könnte, überkommt mich plötzlich die Angst, das Gleiche bei Ava durchmachen zu müssen.

Verdammt, ich habe tatsächlich Wunden aus der Sache mit Josie davongetragen. Ihr vermeintlicher Verrat hat mich stärker getroffen, als mir bislang klar war. Es ist ja nicht so, als ob ich nicht bereits genügend emotionale Altlasten mit mir herumtragen würde, weswegen ich auf weitere liebend gerne verzichte.

Mit großen Schritten nähere ich mich den beiden und nehme erst in diesem Moment den wunderschönen, gepflegten Labrador wahr, der zwischen ihnen auf dem Boden liegt.

Als wir noch in New Jersey gelebt haben, hatten wir ebenfalls einen solchen Hund, allerdings in Braun. Er war das treuste und gutmütigste Tier, das man sich vorstellen kann. Schon mehrfach habe ich darüber nachgedacht, mir wieder einen zuzulegen, aber ich bin einfach zu viel unterwegs.

Als Ava mich erblickt, springt sie auf. „Eric, da bist du ja. Ich habe mir bereits Sorgen gemacht.“ Sie läuft auf mich zu und fällt mir um den Hals. „Los, spiel mit!“, flüstert sie mir indessen zu.

Ich zucke zurück. „Ava, nicht, ich bin völlig verschwitzt.“

„Vollkommen gleich. Nun komm schon. Ted denkt, wir wären in den Flitterwochen.“

Sie haucht mir einen sanften Kuss auf die Lippen, lässt von mir ab und greift nach meiner Hand. Rasch zieht sie mich auf den Trailer zu. „Ted, darf ich dich mit meinem Ehemann bekannt machen, Eric.“ Sie zeigt mit der Hand in Richtung des bärtigen Typen. „Das ist Ted, der Besitzer des Trailerparks. Wir kennen uns seit einer Ewigkeit."

Als der Kerl im Holzfällerhemd sich erhebt, steht mir ein Koffer von einem Mann gegenüber. Er mustert mich eingehend, ehe sich ein Schmunzeln um seine Lippen legt. „Eric, schön dich kennenzulernen", äußert er, während er auf mich zukommt. „Du bist ein wahrer Glückspilz."

Das ist sicher Ansichtssache, denn meine Vorstellung von einem Glückspilz entspricht nicht einmal annähernd meiner momentanen Situation.

Ted schielt zu Ava hinüber. „Behandle meine Kleine ja gut, sonst bekommst du es mit mir zu tun." Er schlägt mir kumpelhaft auf die Schulter, was mich einen Schritt zur Seite taumeln lässt. So muss es sich anfühlen, wenn einem ein Bär einen Hieb versetzt.

„Keine Sorge, Ted. Ava ist bei mir in besten Händen", äußere ich rasch.

In diesem Moment erhebt sich der Labrador und tappt ein wenig schwerfällig auf mich zu.

„Dein Hund?", erkundige ich mich bei Ted, froh darüber, das Gespräch in eine andere Richtung lenken zu können.

Ted nickt. „Könnte man so sagen. Sie heißt Trixie."

Trixie schnuppert derweil vorsichtig an meinem Bein und blickt dann zu mir auf, um mich mit ihren treuen Knopfaugen neugierig zu begutachten.

„Das glaube ich jetzt nicht", nuschelt Ted in seinen Bart. „Normalerweise interessiert sie sich für niemanden."

Ich beuge mich zu der Hündin hinunter und streiche ihr sanft über das seidige Fell. Als sie sich an mein Bein schmiegen möchte, weiche ich jedoch einen Schritt zurück. „Ich bin völlig verschwitzt. Vielleicht reagiert sie darauf."

Ted nickt gedankenverloren. „Möglich."

In diesem Moment erklingt hinter meinem Rücken das Plärren einer Hupe. Ich wirble herum und entdecke einen uralten Range Rover, der in der Nähe der Anmeldung parkt.

Ted winkt dem Fahrer zu. „Ich komme ja schon!", brüllt er in einer Lautstärke, die mich erneut einen Satz zur Seite machen lässt.

„Wir sehen uns heute Abend", äußert er noch, ehe er mit großen Schritten, die den Boden erbeben lassen, davonstapft. „Komm, Trixie!"

Die Hündin blickt unschlüssig zwischen ihm und mir hin und her, bevor sie sich an seine Fersen heftet und ihm mit hängendem Köpfchen folgt.

In dieser Sekunde realisiere ich erst, dass ich nach wie vor Avas Hand halte. Ruckartig entledige ich mich ihrer Finger und werfe ihr einen anklagenden Blick zu. „Heute Abend?"

„Ja, er hat uns zum Barbecue eingeladen. Das ist immer total lustig."

„Mit Sicherheit! Und was, falls ich keine Lust auf Barbecue haben sollte?"

Sie legt den Kopf schief. „Ach, Eric, sei doch nicht so verbohrt. Das ist echt lecker. Irgendetwas müssen wir doch essen."

„Läuft da etwa was zwischen dir und diesem Gorilla?"

Sie lacht auf. „Himmel, nein! Ich habe jahrelang für Ted gearbeitet. Wir sind bloß gute Freunde. Er hat uns übrigens frisches Brot mitgebracht. Du hast sicher noch nicht gefrühstückt. Soll ich uns einen Kaffee machen?“

Ich blicke an mir hinab. „Ich brauche zuerst eine Dusche. Gibt es hier eine Reinigung?“

Ava starrt mich einige Wimpernschläge lang irritiert an und bricht dann in schallendes Gelächter aus. „Aber sicher doch, zwischen dem Delikatessenladen und der Champagnerbar.“

Ich verziehe das Gesicht. „Haha, sehr witzig.“

„Vorne in den Waschräumen gibt es erstklassige Waschmaschinen. Wenn du möchtest, kümmere ich mich später um deine Sachen. Oder werden deine Designerklamotten depressiv, wenn sie mit meinen Südstaatenoutfits ins selbe Wasser getaucht werden.“

Ich schlucke den boshaften Kommentar, der mir auf der Zunge brennt, hinunter. Ich wusste doch vom ersten Tag an, dass diese Frau nicht auf meiner Wellenlänge liegt.

„Danke, ich kann mich um meine Wäsche durchaus selbst kümmern. Ich gehe schnell duschen, beschere meiner Designerwäsche den Schock ihres Lebens, und danach wäre mir ein Kaffee recht. Vorzugsweise einen Latte macchiato, aber den Milchschaum bitte fluffig.“ Wenn sie mich schon für einen neureichen Möchtegern hält, kann ich mich auch dementsprechend verhalten.

Sie grinst verschmitzt, wendet sich wortlos ab und steigt in den Trailer. Vermutlich muss ich jetzt auch noch lernen, wie man Kaffee kocht, da Ava mir gewiss eine ungenießbare Brühe vorsetzen wird.

Völlig unbeabsichtigt heftet sich mein Blick auf ihren knackigen Arsch in den knappen Shorts und mir bleibt kurzzeitig die Luft weg. Wer hätte gedacht, dass sich derartige Rundungen unter diesen spießigen Kostümen verbergen? Zugegeben, als Model würde meine Gattin nicht durchgehen, dafür hat sie ein paar Kilo zu viel auf den Rippen, doch ich finde ihre weiblichen Formen überaus ansprechend.

„Ähm, Baby, ich kenne die Gepflogenheiten in den Südstaaten zwar nicht, aber trägst du nicht etwas zu wenig Stoff am Leib?“

Sie fährt herum und winkt ab. „Ach was, kurze Röcke und Hosen sind hier vollkommen normal bei der Hitze. Mach dir darüber mal keine Gedanken.“

Ich soll mir keine Gedanken machen? Na, die Frau hat Nerven!

„Bilde dir ja nicht ein, ich würde dich retten, falls einer der hiesigen Hillbillys über dich herfällt.“

„Ich versichere dir, solange Ted hier das Sagen hat, wird das nicht geschehen. Aber Eric, eine ganz andere Sache: Ich bin 32 Jahre alt und leite eine der größten Privatbanken der Welt. Ich würde es daher sehr begrüßen, wenn du mich nicht Baby nennen würdest.“

Bestürzt nehme ich sie ins Visier. Was ist an dem Ausdruck so schlimm? Bisher hat sich noch keine meiner Liebschaften darüber beschwert.

Doch ich will das jetzt nicht ausdiskutieren. Kopfschüttelnd schiebe ich mich ebenfalls in den Trailer, greife mir ein paar frische Klamotten aus meiner Tasche und mache mich auf den Weg zu den Waschräumen.

Glücklicherweise erklärt mir eine nette Oma, wie die Waschmaschinen funktionieren. Ich gebe es ja ungern zu, aber Ava meine verschwitzte Kleidung mitsamt Unterwäsche waschen zu lassen, missfällt mir. Immerhin bin ich ihr Boss und muss vermeiden, dass sie auch noch den letzten Rest Respekt vor mir verliert.

Nachdenklich runzle ich die Stirn.

Hatte sie den überhaupt jemals?

Am Abend sitzen wir auf Bierbänken und verzehren mit ein paar mir unbekannten Menschen Würstchen und Steaks. Ich gestehe, es schmeckt hervorragend. Und nachdem ich mich halbwegs damit abgefunden habe, dass die Leute hier mit mir umgehen, als würden sie mich seit Jahren kennen, fühle ich mich sogar einigermaßen wohl. Vielleicht werde ich mich ja auch irgendwann noch an Holzfällerhemden, Muscle-Shirts und abgeschnittene Jeans gewöhnen, denn das ist hier der letzte Schrei. Glücklicherweise ist der Südstaatendialekt in dieser Ecke Amerikas noch nicht ganz so ausgeprägt wie in manch anderer Region, so bleiben uns zumindest ernsthafte Verständigungsprobleme erspart.

Ava sitzt neben mir, Ted hat gegenüber von uns Platz genommen und Trixie liegt zu meinen Füßen, als würde sie zu mir gehören. Mittlerweile weiß ich auch, warum er derart überrascht war, dass die Hundedame meine Nähe gesucht hat. Seitdem ihr Herrchen verstorben ist, hat sie sich offensichtlich von allen Menschen zurückgezogen.

Während ich Trixie mit Fleischstückchen versorge, die sie gierig inhaliert, schwelgen Ava und Ted in Erinnerungen an längst vergangene Zeiten.

„Du kannst echt stolz auf deine Frau sein“, äußert Ted plötzlich in meine Richtung. „Sie ist ein wahres

Arbeitstier. Wie die Kleine hier geschuftet hat, kannst du dir gar nicht vorstellen. Sie war sich für nichts zu fein. Putzen, kochen, Bäume fällen, einfach alles."

„Ach, Ted, jetzt übertreibst du aber", versucht Ava, ihn einzubremsen, der diese Lobeshymne sichtlich peinlich ist.

Er schüttelt den Kopf. „Kein Stück. Du erinnerst dich? Als ich damals krank war, hast du den Laden ganz alleine geschmissen." Ted wendet sich mir erneut zu. „Dieses Mädchen ist so was von ehrgeizig. Hilfe hat sie grundsätzlich abgelehnt. Eine richtige kleine Einzelkämpferin."

Nachdem ich mit eigenen Augen gesehen habe, was Ava in der Bank vollbracht hat, glaube ich ihm das aufs Wort. In dieser Sekunde wird mir klar, dass sie nicht der Typ Frau ist, der mit meinem Vater geschlafen hätte, um sich einen Vorteil zu verschaffen. Sie ist das genaue Gegenteil von Josie, die in vielerlei Hinsicht käuflich war.

Mannomann, mein vieles Geld muss mir mittlerweile zu Kopf gestiegen sein. Warum sonst habe ich bloß konstant das Gefühl, jede Person wäre korrupt?

„Wir waren ganz schön aufgeschmissen, als Ava nach New York gezogen ist, das kannst du mir glauben", reißt Ted mich aus meinen Gedanken. „Wo wohnt ihr jetzt?"

„San Francisco", antworte ich intuitiv.

„Manhattan", äußert Ava zeitgleich.

Ted mustert uns verdutzt.

Scheiße!

„Eric arbeitet in San Francisco in einer Computerfirma", stellt Ava rasch klar. „Und ich in New York in einer Bank. Wir müssen noch eine Lösung finden, wie wir das künftig handhaben werden."

Ted zupft nachdenklich an seinem Bart herum. „Schickst du deiner Mutter immer noch regelmäßig Geld?"

Ava verschluckt sich an ihrem Bier und hustet. „Hin und wieder", äußert sie letztendlich. „Sie ist mittlerweile verheiratet und lebt mit meiner Stiefschwester in Kalifornien. Wir telefonieren gelegentlich."

Nie haben wir detailliert über Avas Familie gesprochen, doch ich höre heraus, wie sehr das Thema sie belastet. Ich nehme einen großen Schluck von meinem Bier. Teufel aber auch, was bin ich bloß für ein oberflächliches Arschloch? Wie oft habe ich gedacht, ich wäre der Einzige, der von einem Elternteil schlecht behandelt worden ist. Niemals kam mir in den Sinn, dass fehlende familiäre Zuwendung andere noch viel schlimmer getroffen haben könnte. Meine Bewunderung für Ava steigt.

„Und junger Mann hat alles mit der Wäsche geklappt?", reißt mich in dieser Sekunde eine weibliche Stimme aus meiner inneren Moralpredigt.

Ich fahre herum. Neben mir steht die Oma, die mir die Waschmaschine erklärt hat.

Ich will ihr jetzt nicht an den Kopf werfen, dass mein teures Designer-Shirt ab sofort Trixie passen wird. Irgendwie kam mir das mit der Kochwäsche gleich seltsam vor, aber nach dem Theater mit Ava hatte ich echt keine Lust auf weitere Diskussionen. Wenn mir die Klamotten ausgehen, werde ich eben auch Muscle-Shirts tragen.

Meine Güte, Carpenter, wie tief kann man sinken?

Mit einem aufgesetzten Lächeln wende ich mich der alten Frau zu. „Alles perfekt, dank Ihrer Hilfe."

„Freut mich, immer wieder gerne", murmelt sie schmunzelnd und stiefelt davon.

Ich begegne Avas Blick. Das schelmische Glitzern in ihren Augen spricht für sich. Sie weiß, dass ich in meinem ganzen Leben noch keine Waschmaschine bedient habe.

Ob der Absurdität der Situation muss nun auch ich schmunzeln. Bis vor Kurzem sind offenbar viele Dinge des täglichen Lebens an mir vorbeigezogen. Einzig mein Job hat mich interessiert. Selbst als Student hatte ich bereits eine Haushälterin. Mit kochen, waschen oder einkaufen habe ich mich niemals beschäftigt. Und vor allem habe ich nie gelernt, mit Geld umzugehen, es war einfach immer genügend da.

Ted mustert uns derweil aus wachsamen Augen. Ich befürchte, er ahnt, dass hier irgendetwas nicht mit rechten Dingen zugeht. Einem Instinkt folgend lege ich Ava einen Arm um die Schultern und ziehe sie an mich. Ihre weichen Locken kitzeln an meiner Wange, während der blumige Duft ihres Shampoos mir in die Nase steigt. Sie riecht wirklich wie die Pflanzen, mit denen sie sich unablässig umgibt – ein wahrer Genuss.

Zum Glück begreift sie prompt und lehnt sich vertraulich an mich. „Du bist süß, wenn du lächelst", haucht sie mir währenddessen ins Ohr. „Solltest du häufiger tun."

Ich kann es nicht ändern, aber ihr warmer Atem in Verbindung mit ihrer Nähe bringen meinen Körper zum Prickeln.

Kapitel 16

Ava

Natürlich ist Eric bereits aufgestanden, als ich am nächsten Morgen erwache. Aller Voraussicht nach umrundet er wieder in mörderischem Tempo den See. Aber gut, wenn Sport ihn zur Ruhe bringt, will ich dem nicht im Wege stehen. Mit der eingeengten Atmosphäre im Trailer kommt er ohnehin kaum zurecht, denn er erweckt ständig den Eindruck eines eingesperrten Tigers im Zoo. Daher ist es vielleicht besser, wenn er sich so oft wie möglich im Freien aufhält.

Bei vielen seiner Kommentare spüre ich, wie sehr es ihn in den Fingern juckt, seine Kreditkarte zu zücken und in ein Luxushotel umzusiedeln. Allerdings kann ich mir nur ansatzweise vorstellen, in welchem Ausmaß ihn das hier belasten muss. Ich bin mittellos und in beengten Verhältnissen aufgewachsen und habe trotz meines gut bezahlten Jobs in der Bank niemals die Bodenhaftung verloren.

Wenn ich ehrlich zu mir selbst bin, genieße ich es, die Nächte an der Seite dieses verführerischen Mannes zu verbringen. Eric vermittelt mir ein Gefühl der Geborgenheit, das ich lange nicht mehr verspürt habe, denn meine letzte Beziehung ist eine Ewigkeit her und war alles andere als ein Glücksgriff. Ich scheine einfach kein Händchen für Männer zu haben. Kein Wunder, dass ich meine Berufung in der Arbeit gesucht habe.

Ein seltsamer Gedanke durchfährt mich. Könnte ich mich scheiden lassen, falls Eric für alle Zeiten hinter schwedischen Gardinen verschwinden müsste, oder wäre ich an ihn gebunden? Aber wie käme Eric überhaupt mit einer Gefängnisstrafe klar?

Ich gehe davon aus, nur wenig könnte diesen stolzen Mann brechen, aber eine winzige Zelle wäre sein Untergang.

Ich glaube ihm, dass er seine Geliebte nicht umgebracht hat. Wäre er ein Mörder, hätte er mich nicht gerettet. Doch sollte der wahre Täter nicht gefasst werden, wird es sicher kein Kinderspiel, Erics Unschuld zu beweisen. Nun kann der Secret Circle einmal zeigen, über welche Macht er wirklich verfügt.

Ich springe aus dem Bett, schlüpfe in Shorts und Bluse und marschiere in Richtung Supermarkt, um uns etwas fürs Frühstück zu besorgen.

Neben der Einfahrt zum Trailerpark entdecke ich Ted, der mit mehreren Männern Bäume fällt. Der Park wirft ausreichend Gewinn ab, daher möchte er vergrößern.

Ungläubig heften sich meine Augen auf einen der Kerle, der mit nacktem Oberkörper gerade auf einen Baum einhackt, als hätte dieser ihn gebissen.

Mein Blick wandert über die perfekt definierten schweißnassen Muskelstränge und ich halte die Luft an. Zwar habe ich Eric bereits mehrmals ohne Hemd gesehen, aber das Schauspiel, das sich mir hier gerade bietet, ist wirklich ganz großes Kino.

Diese kraftvolle und auch wütende Energie ist absolut heiß. Wie schon am Vorabend hat Trixie seine Nähe gesucht, denn sie liegt wenige Meter von ihm entfernt im Gras. Irgendwie hätte ich Eric gar nicht zugetraut, dass er sich für einen Hund begeistern kann. Es hat mich echt erstaunt, wie liebevoll er sich beim Barbecue um das Tier gekümmert hat.

Ich husche ein Stück näher und lehne mich mit dem Rücken gegen einen Baum, während meine Augen unablässig auf diesem aufregenden Mann ruhen. Eric reagiert sich hier eindeutig ab. In gewisser Weise kann ich ihn sogar verstehen, denn er befindet sich momentan in einer echt schwierigen und für ihn ungewohnten Situation.

Meine Libido ist nicht sonderlich ausgeprägt, aber bei dem Spiel seiner Muskeln, könnte ich schwach werden. Ich stelle mir vor, wie ich meine Fingerspitzen über seinen Brustkorb hinabgleiten lasse. Ich möchte sein Sixpack ertasten und meine Hände um seinen straffen Hintern legen, bevor ich ihm die Klamotten vom Leib reiße. Um es auf den Punkt zu bringen: Ich würde für mein Leben gerne mit diesem Mann schlafen, denn ich könnte wetten, dass er im Bett eine Granate ist.

In Gedanken versetze ich mir einen Tritt. Himmel, soeben rächt sich meine mir selbst auferlegte Abstinenz der letzten Jahre. Allein ein nackter Männeroberkörper reicht aus, um mich in schlüpfrigen Sexfantasien zu verlieren.

In dieser Sekunde lässt Eric die Axt sinken und blickt in meine Richtung.

Verflixt, jetzt hat er mich beim Starren erwischt!

Er hebt eine Hand und winkt mir zu. „Frühstück, in einer halben Stunde“, ruft er.

Ich nicke, reiße mich von dem sexy Anblick los und mache mich wieder auf den Weg, um mein eigentliches Vorhaben durchzuführen.

Am Nachmittag studieren wir ausgiebig die Tageszeitung. Da wir unsere Handys abgegeben haben, will Catwick uns über einen Zeitungsartikel in der New York Times informieren, sobald wir zurückkehren können. Doch egal wie lange wir das Papier auch durchsuchen, wir finden keinen Hinweis.

Enttäuscht lassen wir die Zeitung letztendlich sinken. Mit einer Hand wische ich mir ein paar Schweißperlen von der Stirn. Heute ist ein extrem heißer Tag, die Luft scheint geradezu zu flirren. Für den Abend sind glücklicherweise Gewitter gemeldet, das sollte ein wenig Linderung bringen.

Plötzlich taucht Trixie bei uns auf, in einiger Entfernung gefolgt von Ted. Schnurstracks jagt die Hündin auf Eric zu und schmiegt sich an sein Bein, wobei sie mich geflissentlich ignoriert. Lächelnd streicht mein mir angetrauter Ehemann ihr über das seidige Fell, was ihr ein zufriedenes Jaulen entlockt.

„Eric, könntest du mir noch einmal kurz zur Hand gehen?“, erkundigt Ted sich, nachdem er ebenfalls bei uns angekommen ist. „Ich bräuchte einen starken Mann.“

Ohne eine Sekunde zu zögern, springt Eric auf. „Klar doch.“

Ungläubig schaue ich den beiden Männern und dem Labrador hinterher, der aufgeregt neben Eric her hüpft. Nach und nach erwacht das Tier aus seiner Lethargie. Hoffentlich behält Trixie diese Stimmung bei, sobald wir wieder abgereist sind.

Schmunzelnd schüttle ich den Kopf. Wenn Ted wüsste, dass er hier gerade einen Multi-Millionär mit Baumfällarbeiten beschäftigt, würde er vom Glauben abfallen.

Am nächsten Tag regnet es, was Eric eine miserable Laune beschert. Nachdem er die Tageszeitung mehrmals nahezu auswendig gelernt hat, feuert er sie verärgert in eine Ecke des Trailers und späht gelangweilt aus dem Fenster. Mehrfach versuche ich, ihm ein Gespräch aufzudrücken, ernte jedoch nur einsilbige Antworten. So schnappe ich mir ein Buch, lege mich auf das Bett und lese. Eine Tätigkeit, die ich in letzter Zeit schändlich vernachlässigt habe, da ich fast rund um die Uhr im Büro saß.

Nach einigen Minuten springt Eric auf, wobei er sich an einem der Hängeschränke den Kopf stößt, was ihm mindestens schon zehnmal passiert ist. Leise fluchend reibt er sich die Stirn. „Diese Warterei treibt mich noch in den Wahnsinn. Ich weiß weder, was in meiner Firma vor sich geht, noch ob der Circle überhaupt ein Interesse daran hat, mir zu helfen."

Ich lege das Buch beiseite. „Du bist ihr neuer Vorsitzender. Warum sollten sie dich hängen lassen?"

Unbeherrscht schlägt er mit einer Faust gegen den Kleiderschrank. „Ich kann ja noch nicht einmal mit Bestimmtheit sagen, dass es nicht der Circle war, der Josie aus dem Weg geräumt hat. Damals bei Kennedy und Marylin Monroe hatten sie offenbar auch ihre Finger im Spiel."

„Wow, wer hätte das gedacht! Aber willst du wirklich die Leitung eines Vereins übernehmen, der Menschen ermorden lässt."

„Ich versichere dir, sobald ich erst Entscheidungen treffen darf, wird es keine Leichen mehr geben. Und die Bekannten, die ich an Bord holen möchte, sehen das mit Sicherheit genauso."

„Das freut mich. Irgendwie fällt mir die Vorstellung schwer, Paul könnte etwas Derartiges geduldet haben.“

Eric zuckt mit den Schultern. „Ich weiß mittlerweile gar nicht mehr, was ich noch glauben kann. Vielleicht sollte ich die Suche nach Josies Mörder selbst in die Hand nehmen, ich bin nicht gut darin, auf andere angewiesen zu sein.“

„Untersteh dich! Ich habe Catwick hoch und heilig versprochen, dich zurückzuhalten, falls du auf diese Idee kommen solltest. Und was willst du überhaupt anstellen ohne deine Millionen, die dir normalerweise Tür und Tor öffnen?“

Er stößt zischend die Luft aus. „Erstens habe ich noch ein paar gute Freunde, die weder am Hungertuch nagen noch diesem verfickten Circle angehören. Und zweitens benötige ich einzig einen vernünftigen Rechner, um mich in fast jede Datenbank dieser Welt einzuloggen.“

Er fährt herum, um abermals aus dem Fenster zu starren, wobei er eine Blumenvase vom Tisch fegt. Klappernd fällt das Teil herunter. Das Wasser und die wunderschönen Virginia Bluebells, die ich am Tag zuvor gepflückt habe, verteilen sich auf dem Fußboden.

„Ach, Eric, nicht schon wieder!“, tadle ich ihn.

Mithilfe von verschiedenen Blumensträußen und Topfpflanzen versuche ich unentwegt, den Trailer gemütlicher zu gestalten. Außerdem überdeckt der süße Blumenduft den stickigen Geruch der alten Möbel. Doch ständig wirft Eric meine kleinen Lieblinge um.

Ich springe auf und klaube die Blümchen vom

Boden auf. „Kommt her, meine Süßen“, flüstere ich ihnen zu. „Ich gebe euch frisches Wasser.“

„Könntest du endlich aufhören, mit diesem Grünzeug zu reden!“, fährt Eric mich gereizt an.

„Das müsste ich nicht, wenn du einen Hauch unterhaltsamer wärst.“

Er ignoriert meinen Einwand und schielt erneut aus dem Fenster. „Der Regen hat nachgelassen. Ich sehe mal, ob ich Ted helfen kann. Er hat schon wieder irgendein Problem mit seinem PC. Vielleicht kann ich ja auch noch eine Runde joggen“, informiert er mich und macht Anstalten, den Trailer zu verlassen.

„Eric, tu mir den Gefallen und hacke dich nicht in irgendwelche Regierungscomputer ein, bitte.“

Er zögert sekundenlang, dann nickt er leicht und verlässt wortlos den Wohnwagen.

Seufzend wische ich die Wasserpfütze vom Boden auf. Jetzt kann ich nur beten, dass er keine Dummheit begeht.

Es muss eine unglaubliche Qual für meinen Gatten sein, sich einen Trailer mit mir zu teilen, denn in Wirklichkeit schüttet es draußen nach wie vor wie aus Eimern. Aber wenn er den Regen meiner Gesellschaft vorzieht, kann ich das auch nicht ändern. Daher widme ich mich aufs Neue meinem Krimi und genieße das Geräusch der aufs Dach prasselnden Regentropfen. Endlich habe ich einmal wieder die Gelegenheit, ein wenig zu relaxen.

Kapitel 17

Eric

Während ich Teds vorsintflutlichen Rechner repariere, die Programme neu installiere und Tonnen von Spammails sowie anderen Blödsinn lösche, muss ich an mich halten, um mich nicht doch in die Daten der Börsenaufsicht oder des FBI einzuhacken. Wie einfach wäre es, mich auf den neuesten Stand der Ermittlungen zu bringen.

Viele Informatiker sind wahre Profis in Bezug auf Cyberkriminalität, immerhin ist es ein Teil des Studiums. Auch ich könnte meinen Lebensunterhalt problemlos als Hacker bestreiten. Häufig teste ich die Sicherheitssoftware von Secur eigenhändig aus, bevor sie auf Firmen- und Regierungscomputer aufgespielt wird. Folglich kenne ich alle Schwachstellen und es wäre mir ein Leichtes, mich in hochbrisante Daten einzuloggen. Doch ich weiß auch, dass die minimale Chance besteht, Teds IP-Adresse zurückzuverfolgen. Und auf gar keinen Fall möchte ich irgendjemandem einen Hinweis auf unseren momentanen Unterschlupf geben.

Ob Catwick darüber im Bild ist, wo wir uns aufhalten?

Ich nehme mir vor, Ava bei Gelegenheit danach zu fragen.

So begnüge ich mich damit, mir die Nachrichten verschiedener Tageszeitungen anzuschauen, in denen jedoch nichts über den Mord an Josie erwähnt wird. Offenbar hat der Circle dafür gesorgt, dass keinerlei Informationen an die Öffentlichkeit dringen.

Nachdem ich mir noch die aktuellen Börsenkurse verinnerlicht und mit Erleichterung zur Kenntnis genommen habe, dass es keine Negativschlagzeilen über Secur gibt, starre ich geistesabwesend aus dem Fenster der alten Blechhütte. Nach wie vor schüttet es.

Ich denke, ich sollte dennoch joggen gehen, der Regen verfügt immerhin über eine angenehme Temperatur. Nur so kann ich mich ein wenig von den Sorgen ablenken, die mich seit Tagen verfolgen wie eine wärmegesteuerte Rakete.

Als ich am Abend bis auf die Haut durchnässt, aber schon wesentlich entspannter zurückkehre, riecht es im Trailer verführerisch.

Ava steht am Herd und brutzelt irgendetwas. Als sie mich hört, fährt sie herum. „Oh, Eric, du kommst genau zur richtigen Zeit, die Burger sind fast fertig." Sie mustert mich von Kopf bis Fuß. „Bist du versehentlich in den See gefallen?" Rasch greift sie nach einem Handtuch, das auf einem Sideboard liegt, und wirft es mir zu.

Ich fange es mit einer Hand auf. „Die Beleuchtung da draußen ist eine einzige Katastrophe. Einen Schritt zu weit, und zack, liegt man im Wasser."

Ava runzelt nachdenklich die Stirn, wägt ab, ob ich scherze oder nicht. Ihr Blick fällt auf meine verschlammten Sneakers. „Du warst bei diesem Wetter joggen?"

Ich zucke mit den Schultern. „Irgendwie musste ich den Drang bekämpfen, mich in die Computer des FBI einzuhacken." Ich werfe ihr einen herausfordernden Blick zu. „Sex wäre natürlich auch eine Alternative gewesen, aber da die meisten Frauen hier im Park entweder uralt oder mit drei nervigen Kindern gesegnet sind, steht das leider nicht zur Diskussion."

Sie schluckt vernehmlich. „Ich bin dir also zu alt?", haucht sie, während sich eine entzückende Röte über ihre Wangen legt und sie den Blick zu Boden senkt.

Himmel, ist diese Frau süß! Aber seit wann stehe ich auf süß?

Automatisch nehme ich ihren Körper in den kurzen Shorts und dem engen Shirt genauer in Augenschein. Diese Rundungen sind einfach phänomenal.

Nein, Carpenter, du wirst schön deine Finger von ihr lassen. Ava hat einen Kerl verdient, der ihr eine Zukunft bieten kann.

Ich hole tief Luft und zwinge mich, meine Gedanken in eine andere Richtung zu lenken. Gar nicht so einfach, wenn man mit einer derart scharfen Braut tagelang auf engstem Raum eingepfercht ist.

„Nein, Ava, du bist genau im richtigen Alter, aber ich käme mir schäbig vor, sollte ich die Situation ausnutzen."

Ihre Augenlider flattern verunsichert. „Aber wenn es in beiderseitigem Einverständnis geschehen würde, wäre das doch in Ordnung, oder?"

„Bietest du mir etwa gerade deinen Körper an?"

Sie zuckt leicht mit den Schultern. „Wenn es dir hilft."

Ich schüttle den Kopf. „Ava, hör auf damit, bevor ich dich wirklich noch aufs Bett werfe und wie ein wildes Tier über dich herfalle." Rasch wirble ich herum, ehe sie noch bemerkt, dass allein die Vorstellung meine Hose zu eng werden lässt. „Bin gleich zurück“, murmle ich und mache mich auf den Weg zu den Waschräumen.

„Huch, die Burger!“, vernehme ich noch Avas entsetzten Aufschrei aus dem Hintergrund.

Großartig! Jetzt muss ich vermutlich mit Briketts vorliebnehmen.

Als ich nach einer kühlen Dusche zurückkehre, hat sich mein Schwanz zum Glück wieder beruhigt. Von Tag zu Tag fällt es mir allerdings schwerer, mit Ava in einem Bett zu schlafen, ohne sie zu berühren. Sollten wir gezwungen sein, noch länger hier auszuharren, muss ich mir irgendetwas einfallen lassen.

Handbetrieb? Eine andere Frau? Ein anderer Trailer?

Mein knurrender Magen weist mich auf ein weiteres Bedürfnis hin.

Wider Erwarten sind die Burger genießbar, genau genommen schmecken sie köstlich. Ava weicht meinem Blick während des Essens aus. Vermutlich ist es ihr peinlich, sich mir quasi aufgedrängt zu haben. Ich kann von Glück sagen, dass meine süße Ehefrau nicht mit irgendwelchen Verführungsstrategien vertraut ist, sonst wäre ich so was von geliefert.

In der Nacht lässt mich ein Geräusch hochschrecken.

„Nein“, flüstert Ava, „nicht.“ Sie wirft sich umher. „Eric“, haucht sie. „Nein, o mein Gott.“

Ich kann nicht einschätzen, in welche Richtung ihre Träume gehen, aber wenn sie noch ein paarmal meinen Namen keucht, geschieht ein Unglück. Demzufolge packe ich sie an den Oberarmen. „Wach auf,

Ava!“

Da es in dem Trailer nie richtig dunkel ist, registriere ich, dass sie blinzelt. Allerdings kommt sie nicht zu sich.

„Nun komm schon, Baby, mach die Augen auf!“

In diesem Moment schreckt sie hoch und blickt verwirrt um sich. „Was ist passiert?“ Sie versucht, sich aus meinem Griff zu entwinden. „Eric, lass mich auf der Stelle los!“

„Ava, beruhige dich. Es war nur ein Traum.“

Nach und nach kommt sie zur Ruhe. „Gott, Eric, ich habe geträumt, sie würden dich verurteilen.“ Sie schluckt vernehmlich. „Zu einer Todesstrafe.“

„Scheiße!“ Jetzt ist es ihr tatsächlich gelungen, mich ebenfalls nervös zu machen. „Daran will ich im Moment lieber nicht denken, sonst setze ich mich doch noch bei Nacht und Nebel ab.“

Sie legt mir vertraulich eine Hand auf den Oberarm. „Ich würde dich begleiten.“

Fassungslos starre ich sie an. Ihre Worte geben mir das Gefühl, nicht völlig auf mich gestellt zu sein. „Warum solltest du so etwas Dummes tun?“

„Ich trage an allem die Schuld, daher würde ich dich niemals hängen lassen.“

Vor Rührung schließe ich sekundenlang die Augen, dann greife ich nach Avas Hand, die nach wie vor auf meinem Oberarm ruht. „Komm her, Baby, ich will dich spüren.“ Ich lege ihr einen Arm um die Schultern und ziehe sie zu mir herüber.

Ohne eine Sekunde zu zögern, schmiegt sie sich an mich. Dass sie nicht einmal gegen das Kosewort interveniert, verwundert mich. Dieser Ausdruck ist der Macht der Gewohnheit geschuldet, aber vielleicht sollte ich ihn mir wirklich abgewöhnen, wenn Ava ihn nicht mag.

Sie legt den Kopf auf meiner Schulter und die Hand auf meiner nackten Brust ab, während mir ihr blumiger Duft in die Nase steigt.

Ein unterdrücktes Stöhnen entfährt mir. Das Gefühl, sie im Arm zu halten, ist besser als jeder Orgasmus.

Dennoch würde ich jetzt für mein Leben gerne mit Ava schlafen, aber vermutlich würde ich damit alles zerstören. Ich darf sie nicht näher an mich heranlassen, diese Frau macht mich verletzlich. Gleich morgen früh werde ich wieder auf Abstand gehen, aber heute Nacht genehmige ich mir diese kleine Schwäche, denn Avas Nähe ist Balsam für meine geschundene Seele.

Kapitel 18

Ava

Hatte ich gemutmaßt, wir wären uns in der Nacht, die ich in Erics Armen verbracht habe, ein wenig nähergekommen, werde ich schnell eines Besseren belehrt. Während der nächsten Tage geht er mir aus dem Weg, wann immer möglich. Eine richtige Kommunikation zwischen uns findet nicht statt. Jeden Morgen stürzen wir uns auf die Tageszeitung, nur um sie dann enttäuscht wieder sinken zu lassen.

Da inzwischen die Sonne wieder vom Himmel lacht, hilft mein Göttergatte Ted einmal mehr bei den Umbauarbeiten. So schnappe ich mir mein Buch, wandere hinüber zum See und setze mich am Ufer in den Schatten. Der Regen hat die schwüle Luft ein wenig reingewaschen, was die Temperaturen erträglicher gemacht hat.

Sollten wir noch länger im Trailerpark festhängen, werde ich Ted natürlich auch zur Hand gehen, doch zuerst möchte ich ein paar Tage die Seele baumeln lassen, denn das habe ich seit einer Ewigkeit nicht getan.

„Ach, hier steckst du“, reißt mich einige Zeit später Erics Stimme in die Realität zurück. Er kommt auf mich zu und sinkt neben mich.

„Wenn dich Ted zu sehr mit Beschlag belegt, dann sag es ihm einfach. Er ist ein Arbeitstier und kennt es nicht anders.“

Eric winkt ab. „Kein Thema, ich wüsste ohnehin nicht, wie ich die Zeit sonst totschlagen sollte. Außerdem will er mich dafür entlohnen. Gesetzt den

Fall, wir sollten noch ein paar Wochen hier festsitzen, kann das sicher nicht schaden."

Erleichterung durchfährt mich, da er sich offenbar mit der Situation abgefunden hat. Im Gegensatz zu Eric vertraue ich darauf, dass der Circle ihm helfen wird. Ich kann zwar die Skrupellosigkeit dieser Organisation nicht einschätzen, aber aus logischer Sicht macht es nicht den geringsten Sinn, Eric aus dem Knast zu holen, um ihn dann fallen zu lassen. Doch vielleicht bin ich in dieser Hinsicht auch viel zu blauäugig.

Mein Blick fällt auf seine Socken und ich kann ein Kichern nicht unterdrücken. „Gab es die im Angebot, da sie unterschiedlicher Farbe sind?"

Erics Augen folgen meinem Blick und er stößt ein frustriertes Stöhnen aus. „Diese verfluchte Waschmaschine bringt mich noch um den Verstand. Dauernd fehlt etwas, ist verfärbt oder eingegangen. Gestern hat mir obendrein jemand eins meiner besten Hemden gestohlen. Wenn das so weitergeht, laufe ich bald nackt herum."

Provozierend scanne ich mit meinen Augen seinen Körper. „Also damit könnte ich leben."

Er wirft mir einen vernichtenden Blick zu. „Ich habe mir schon überlegt, Ted um Geld anzuhauen, damit ich uns ein paar Klamotten und vernünftiges Essen besorgen kann. Sobald ich wieder an meine Konten komme, würde ich es ihm natürlich mit Zinseszins zurückzahlen."

„Was genau behagt dir an meinen Kochkünsten nicht?"

„Rein gar nichts. Wenn du nicht wärst, wäre ich längst verhungert. Aber mir kommen die Burger,

Eier und Steaks schon zu den Ohren heraus. Die Essensauswahl hier ist einfach so eingeschränkt. Mir fehlt ein schicker Italiener, ein Asiate oder ein gutes Fischrestaurant."

„Ach, Eric, mit ein wenig Glück sind wir bald wieder in New York. So lange wirst du es doch mal ohne diese Gourmettempel aushalten."

Er rupft ungehalten ein paar Grashalme aus dem Boden. „Ich glaube, ich werde lieber sterben, als ins Gefängnis zu wandern. Weiß Catwick eigentlich, wo wir uns befinden?"

Ich schüttle den Kopf. Die Qual in Erics Stimme tut mir im Herzen weh. Auch wenn er ein verwöhnter Millionär ist, hat er das sicher nicht verdient. „Nein, er bat mich, uns irgendwo zu verstecken, wo wir nicht gefunden werden können. Ich denke, meine Spur zu dem Trailerpark kann nicht nachverfolgt werden, denn ich war hier niemals offiziell beschäftigt. Meine Oma ist tot und meine restliche Familie lebt mittlerweile in Kalifornien. Man würde uns also eher dort vermuten."

„Das heißt, falls alle Stricke reißen sollten, bliebe mir immer noch die Möglichkeit zur Flucht. Allerdings käme ich dann nie mehr an mein Geld." Er wirft mir einen verzweifelten Blick zu. „Wie gut, dass du mich gerade zum Sparen erziehst."

„Sei doch nicht so pessimistisch. Sie werden den Mörder sicher finden. Obendrein ist Vermögen nicht alles. Für mich ist wahrer Reichtum etwas, das man nicht mit allem Geld der Welt bezahlen kann."

„Wovon genau sprichst du?"

„Liebe, gute Freunde, eine Familie, Gesundheit. Ich würde Paul sein Erbe auf der Stelle zurückzahlen, wenn er nur wieder bei mir wäre.“

Eric antwortet nicht, doch er scheint sich inzwischen ein wenig beruhigt zu haben, denn jetzt spielt er versonnen mit einem Grashalm, unterlässt es aber, weitere auszureißen. „Erzähl mir etwas von deiner Jugend. Niemals hätte ich vermutet, dass die steife Geschäftsführerin meiner Bank in Wirklichkeit ein waschechtes Cowgirl aus den Südstaaten ist.“

Ich grinse. „Als ob Ted nicht schon genug ausgeplaudert hätte.“

„Außer dass du hier gearbeitet hast, weiß ich nicht viel. Ich befürchte, er hat noch kein richtiges Vertrauen zu mir gefasst.“

„Klar, du bist ein Yankee. Also gut, ich habe ja bereits erwähnt, dass ich in erster Linie bei meiner Oma aufgewachsen bin. Sie wohnte ein paar Kilometer von hier entfernt. Sie war eine großartige Frau und gab mir all die Zuwendung, die meine eigene Mutter mir versagte. Omi hauchte mir Selbstvertrauen ein und pflanzte mir die Idee in den Kopf, nach New York zu gehen. An ihrem Sterbebett versprach ich ihr, das mit dem Studium durchzuziehen. Etwas, was ich nie bereut habe.“

Ich richte den Blick in die Ferne. „Meine Großmutter war nicht gerade reich, daher jobbte ich nach der Schule hier, manchmal auch abends oder nachts. Es hat mir großen Spaß bereitet. Ich konnte sogar ein wenig Geld beiseitelegen, was mir den Neuanfang in New York erträglicher gemacht hat.“

„Echt mutig, einfach alles hinter sich zu lassen und in das Haifischbecken des Big Apple einzutauchen. Viele scheitern daran.“

„Ich weiß, aber was hatte ich denn schon zu verlieren? Ich hätte jederzeit zurückkehren können."

„Wohl wahr. Warum hast du kaum Kontakt zu deiner Mutter?"

Ich verziehe das Gesicht. „Sie ist die totale Chaotin und hält das Dasein für einen riesigen Jahrmarkt. Dass sie eine sehr hübsche Frau ist, hat ihr diesen Lebensstil erleichtert. Sie ließ sich grundsätzlich von irgendwelchen Typen aushalten." Ich blicke zu Boden. „Deswegen bin ich wahrscheinlich derart ehrgeizig. Ich wollte nie so enden wie sie und von anderen Menschen abhängig sein. Wir telefonieren gelegentlich, auch bittet sie mich häufiger um Geld. Es tut mir nicht weh, daher überweise ich ihr von Zeit zu Zeit ein paar Dollar. Zudem möchte ich meiner wesentlich jüngeren Stiefschwester ein angenehmes Leben ermöglichen."

„Interessiert es dich gar nicht, wer dein Vater ist?"

„Nicht mehr. Ich kenne einige der Typen, mit denen meine Mutter sich eingelassen hat, und will gar nichts Genaueres erfahren."

Eric schweigt sekundenlang. „Es tut mir leid, dass ich dir ein Verhältnis mit meinem Dad unterstellt habe."

„Schon gut, du bist nicht der Erste, der diese Vermutung geäußert hat. Meine steile Karriere war einigen ein Dorn im Auge."

Er lässt seinen Blick über die Umgebung schweifen. „Diese Stelle ist richtiggehend gemütlich. Ein wenig versteckt, aber gesegnet mit einer wundervollen Aussicht auf den See. Wären die Umstände andere, könnte es mir hier gefallen."

Ich nicke. „Es ist ein ganz besonderer Ort für mich. Genau hier bekam ich meinen ersten Kuss. Ich war damals vierzehn. Er hieß Ben und verbrachte mit seinen Eltern den Urlaub im Trailerpark. Ich war bis über beide Ohren in ihn verliebt und wir wollten uns im folgenden Jahr wiedersehen." Ich seufze theatralisch. „Doch er ist niemals wieder aufgetaucht."

„Aber du trauerst ihm nicht immer noch hinterher, oder?"

„Natürlich nicht, aber ich denke, keine Frau vergisst den ersten Kuss oder ihre erste große Liebe." Ich halte einen Augenblick inne. „Eric, darf ich dich etwas fragen, ohne dass du dich über mich lustig machst?"

Verwundert sucht er nach meinem Blick. „Nur zu."

„Dieser Kuss in Vegas geht mir nicht aus dem Sinn. Ich weiß, wir beide sind uns nicht sonderlich sympathisch und leben obendrein in völlig unterschiedlichen Welten, aber dennoch hatte ich den Eindruck, die Chemie hätte in diesem Moment zwischen uns gestimmt. Bin ich naiv und habe mir das lediglich eingebildet?"

In Erics Augen blitzt etwas auf, das ich nicht deuten kann. Einige Wimpernschläge lang mustert er mich wortlos, dann rutscht sein Blick zu meinen Lippen ab. „Lass es uns doch erneut versuchen." Er beugt sich zu mir herüber, greift mit zwei Fingern unter mein Kinn, um meinen Kopf anzuheben, und legt seine Lippen auf meine.

Kapitel 19

Ava

Die Berührung trifft mich wie ein Stromschlag. Sekundenlang bin ich völlig versteinert. Eric knabbert zärtlich an meiner Unterlippe, bevor er seinen Mund fester auf meinen presst. Der herbe Duft seiner Seife steigt mir in die Nase, während ich um Atem ringe. Seine Lippen auf meinen zu spüren, fühlt sich unsagbar gut an und setzt prompt ein Glücksgefühl in mir frei.

Als er bemerkt, dass ich mich nicht gegen den Kuss sträube, nimmt er die Hand von meinem Kinn, schlingt mir einen Arm um die Taille und zieht mich näher an sich. Nur zu gerne lasse ich es geschehen. Wie automatisch legen sich meine Hände um seinen Nacken und meine Finger vergraben sich in seinem weichen Haar.

Seine Zunge stupst gegen meine Lippen, die sich bereitwillig für ihn öffnen. Ein leises Stöhnen entfährt mir, als er den Kuss vertieft und mit der Zunge meinen Mund erkundet.

Ich verstehe die Reaktion meines Körpers nicht, denn ich schmelze in Erics Armen förmlich dahin.

Dieser Mann schmeckt köstlich, und küssen kann er!

Die Zeit scheint stillzustehen, nichts ist mehr wichtig, außer Erics Nähe. Mein Atem beschleunigt sich und ich dränge mich fester an ihn. Als unser Kuss leidenschaftlicher wird, unterbricht er ihn jedoch schlagartig.

„Ist deine Frage hiermit beantwortet?“, haucht er

gegen meine Lippen. Auch sein Atem geht rasch. Ich bin also nicht die Einzige, die der Kuss angetörnt hat.

„Ich bin mir nicht sicher. Könnte ich eine weitere Kostprobe erhalten?“

„Ich denke, das lässt sich einrichten.“ An seiner Stimme höre ich, dass er lächelt. „Baby, ich versichere dir, du schmeckst eindeutig nach mehr.“

„Du sollst mich nicht Baby nennen“, brummle ich halbherzig, da es mir im Moment ehrlich gesagt gleich ist, wie er mich anspricht. Hauptsache er hört nie wieder auf, mich zu küssen.

Er drückt mich mit dem Oberkörper nach hinten, sodass ich jetzt rücklings im Gras liege. Danach beugt er sich über mich und verschließt mir abermals mit seinen Lippen den Mund. Eric küsst mich derart intensiv, dass ich schon nach kurzer Zeit um Atem ringe. Wie von selbst finden meine Finger den Weg auf seinen Rücken und krallen sich dort fest.

Er stöhnt leise, was nun wiederum mich zum Stöhnen veranlasst. Dieser Mann bringt mich gerade völlig aus dem Konzept und so langsam könnte er alles mit mir anstellen. Seine Hand gleitet an meiner Seite hinab, streift dabei meinen Busen und legt sich um meinen Hintern. Erregung packt mich und jagt heiße Wellen der Lust durch meinen Unterleib. Automatisch dränge ich mich näher gegen Erics Körper. Zu meiner Überraschung weicht er jedoch zurück.

Nach einiger Zeit löst er sich schwer atmend erneut von meinen Lippen und schaut mir in die Augen. Seine Pupillen haben einen etwas dunkleren Blauton angenommen, in dem ich ganz tief versinken könnte.

„Wir müssen damit aufhören“, raunt er mit heiserer Stimme.

„Verrätst du mir auch, warum?“

Er nickt. „Das ist schnell beantwortet. Du bist keine Frau für eine Affäre und ich bin kein Mann für eine Beziehung.“

Verwirrt runzle ich die Stirn. „Ich verstehe nicht. Willst du dich nicht mit mir einlassen, weil ich deine Mitarbeiterin bin?“

Er schüttelt den Kopf. „Dornröschen, du bist auf der Suche nach Liebe, doch die kann ich dir nicht geben.“

„Ich denke, ich habe mich mittlerweile damit abgefunden, die ganz große Liebe niemals zu finden.“

Er lässt mich los und fällt rücklings neben mir ins Gras. „Aber du hast die Hoffnung darauf noch nicht aufgegeben, ich hingegen schon. Daher sollten wir es bei diesem Kuss belassen.“

„Vielleicht hast du ja recht“, murmle ich und atme mehrmals tief durch, um den Aufruhr in meinem Körper unter Kontrolle zu bekommen. „Küsst du jede Frau so, für die du rein gar nichts empfindest?“

„Wie habe ich dich denn geküsst?“

„Als ob es ums nackte Überleben ginge.“

Er lacht leise. „Du bist heiß, Ava, und deine offensichtliche Unschuld bringt einen Mann wie mich heftig auf Touren. Zu gerne würde ich dir vor Augen führen, wie es sich anfühlen kann, verrucht und sündhaft zu sein. Aber es wäre besser, wenn das ein Kerl in Angriff nimmt, der dich liebt und hinterher auffängt.“

Ich überlege mir, wie es wäre, mit Eric eine unverbindliche Affäre einzugehen, komme jedoch zu keinem Ergebnis. Denn im Prinzip liegt er richtig:

Sex ohne Liebe ist nicht das, was mir vorschwebt.

Schweigend liegen wir noch einige Zeit im Gras und blicken in den herrlich blauen Himmel hinauf, bis Erics knurrender Magen uns ans Abendessen erinnert.

Schon am Mittag habe ich ein Chili zubereitet, welches mein Göttergatte kurz darauf gierig verschlingt. Eventuell gewöhnt er sich ja doch noch daran, nicht jede Mahlzeit in einem Sternerestaurant einnehmen zu müssen. Er hat sich ja auch rasend schnell damit abgefunden, dass die körperliche Betätigung im Trailerpark der perfekte Sportersatz ist.

Manchmal habe ich den Eindruck, es verschafft ihm sogar Genugtuung, Ted unter die Arme greifen zu können. Allein die Sorgfalt, die er grundsätzlich bei Teds uraltem Computer an den Tag legt, ist faszinierend. Wobei es eine wahre Freude ist, Eric dabei über die Schulter zu schauen. Seine Finger bewegen sich in vollkommener Perfektion über die Tastatur, ähnlich einem Virtuosen, der sein Musikinstrument nicht nur beherrscht, sondern obendrein liebt.

Nach und nach leuchtet mir ein, wie Eric zu seinem Reichtum gekommen ist. Er ist ein wahrer Überlebenskünstler, der sich relativ schnell an veränderte Lebensbedingungen anpassen kann.

Diese Flexibilität ist mir leider fremd.

Es war für mich damals unglaublich schwer, in New York Fuß zu fassen. Häufig wollte ich zurückkehren. Einzig der Ehrgeiz, nicht wie meine Mutter zu enden, hat mich immer wieder motiviert. Ich denke, von meinem Ehemann könnte ich noch so einiges lernen.

Als Eric nach dem Abendessen das zweite Bett im Trailer zurechtmacht, bin ich erstaunt, denn bisher haben wir die Nächte in einem Bett verbracht.

„Habe ich wieder im Schlaf gesprochen?“, erkundige ich mich mit schlechtem Gewissen.

Er sieht mich schmunzelnd an, und mein Herz macht einen kleinen Hüpfer. Dieser Mann ist so unsagbar sexy, wenn er lächelt.

„Daran habe ich mich mittlerweile gewöhnt. Und manchmal ist es durchaus interessant, dir zuzuhören. Aber nein.“ Er sucht nach meinem Blick und hält ihn fest. „Ava, sollte ich die Nacht heute mit dir in einem Bett verbringen, kann ich nicht mit Bestimmtheit sagen, ob ich die Finger von dir lassen kann.“ Mit diesen Worten wendet er mir den Rücken zu und kriecht unter die Decke.

Auch die kommenden Tage sind wir gezwungen, in dem Trailer auszuharren. Inzwischen schuften wir beide für Ted. Nicht weil wir das müssten, sondern weil es uns Ablenkung verschafft. Von Tag zu Tag wird mir klarer, dass Eric nicht bloß ein verwöhntes Millionärssöhnchen ist. Nein, der Mann kann richtig zupacken und ist sich für keine Arbeit zu schade.

Nach wie vor schläft er in dem zweiten Bett und hat mich seit dem leidenschaftlichen Kuss nicht mehr angerührt. Die Stimmung zwischen uns ist wieder genauso unterkühlt wie zuvor. Jammerschade, seine Nähe war angenehm, aber ich weiß auch, dass ich mich nicht zu sehr an ihn gewöhnen darf, denn irgendwann würde er mir wehtun.

Um Eric ein wenig kulinarische Abwechslung zu bieten, führe ich ihn eines Abends zu einem kleinen

Restaurant auf der anderen Seite des Sees. Vor einer Holzhütte gruppieren sich brüchige Plastikstühle um bunte Tische. Der Anblick ist nicht gerade verlockend, aber hier gab es früher das leckerste Pulled Pork diesseits des Mississippi. Selbstverständlich kann man dieses Gericht auch in New York bekommen, doch niemals erschien es mir im Big Apple so köstlich wie hier, was natürlich einzig der Südstaaten-Atmosphäre geschuldet sein könnte.

Glücklicherweise ergattern wir auf Anhieb einen Tisch in der Nähe des Sees. Der würzige Geruch von Gegrilltem liegt in der Luft und aus einer Box dringt leise Jazzmusik zu uns herüber. Trotz der Idylle drückt Erics Miene Abneigung aus. Dass es hier einzig Flaschenbier und keinerlei erlesenen Wein gibt, lässt seine Laune um ein Weiteres sinken.

Als Minuten später die gigantischen Burger gefüllt mit übereinandergeschichteten Schweinefleischstücken serviert werden, schaut er erst recht kritisch drein.

Ich umfasse meinen Burger mit beiden Händen. „Stimmt etwas nicht?“ Gierig schlage ich meine Zähne in das Fleisch.

Mhm, lecker.

Dass mir die Barbecue-Soße über die Finger und die Lippen rinnt, interessiert mich dabei nicht im Geringsten.

Eric hypnotisiert sein Essen weiterhin mit Blicken. Sollten seine verborgenen Zauberkräfte nicht extrem ausgeprägt sein, wird sich sein Pulled Pork ganz sicher nicht in ein Filet Mignon verwandeln, vollkommen gleich, wie lange er es noch anstarrt.

„Du kannst es ruhig in die Finger nehmen, das

stört hier niemanden", fordere ich ihn zu guter Letzt auf.

„Fingerfood, also?"

„Jep.

Letztendlich greift er ebenfalls zu und nimmt einen großen Bissen. Sein überraschter Gesichtsausdruck signalisiert mir, dass es ihm schmeckt. Er kaut genüsslich, bevor er erneut zubeißt. „Mist, verdammt", flucht er jedoch keine Sekunde später. „Das war mein letztes sauberes Hemd." Verdrossen rubbelt er mit einer Serviette über den roten Soßenfleck, der das teure Hemd jetzt verunstaltet.

Ich unterdrücke ein Grinsen. „Schmeckt es dir denn zumindest?"

Er nickt. „Es erinnert mich an meine Kindheit. Manchmal, wenn die spärlich bemessene Freizeit meines Vaters es zuließ, haben wir die Ferien in den Südstaaten verbracht. Nachdem er die Bank – und wie ich mittlerweile weiß, obendrein den Vorsitz des Circle - übernommen hatte, war das leider nie mehr der Fall." Er blickt auf seinen Burger. „Ich hatte ganz vergessen, wie lecker dieses marinierte Schweinefleisch sein kann."

Die Melancholie in seiner Stimme entgeht mir nicht. Ich kann nur zu gut nachvollziehen, welche Belastung es für ein Kind darstellt, vernachlässigt zu werden. Aus diesem Grund haben Eric und ich uns zu Kämpfern entwickelt. Allerdings trägt er einen unterdrückten Zorn in sich, den ich niemals verspürt habe, eher tat mir meine Mutter leid.

Just in dem Moment, als ich Eric weitere Details seiner Jugend entlocken will, ertönt hinter meinem Rücken eine laute Stimme: „Na, wenn das nicht unsere Belle ist!“

Erschrocken fahre ich herum. Zwei breitschultrige Typen in Muscle-Shirts nähern sich uns und bauen sich großspurig neben dem Tisch auf.

„Jack, Garrett“, begrüße ich die rothaarigen Brüder, die mir mit ihrer Aufdringlichkeit schon als Teenager den letzten Nerv geraubt haben. „Schön, euch mal wiederzusehen.“

Garrett beugt sich zu mir herab und wuschelt mir mit einer Hand durchs Haar. „Mensch, Belle, du bist genauso hübsch geworden wie deine Mutter. Wo warst du bloß all die Jahre, Frau meiner Träume?“

Das Knirschen, als Eric seinen Stuhl nach hinten schiebt, um sich zu erheben, lässt mich zusammenzucken. „Würde es Ihnen viel ausmachen, die Finger von meiner Frau zu lassen?“, fährt er Garrett mit bedrohlichem Unterton an.

Auweia! Aus Erfahrung weiß ich, dass Schlägereien bei den beiden Brüdern hoch im Kurs stehen.

„Du hast einen Yankee geheiratet!“, erkennt Jack sofort an Erics dialektfreiem Englisch. „Das glaube ich jetzt nicht.“

Ich zucke mit den Schultern. „Tja, wo die Liebe so hinfällt.“

Jack macht einen Schritt auf Eric zu. „Ruhig, Brauner“, haucht er meinem Ehegatten provozierend ins Gesicht.

Angesichts der Aggressivität, die urplötzlich in der Luft liegt, halte ich den Atem an. Im Geiste sehe ich schon, wie die beiden großmäuligen Brüder ihre Zähne sortieren. Sie strotzen zwar vor Kraft, sind im Vergleich zu Eric jedoch langsam wie Schnecken auf Valium.

„O mein Gott, eine Schlange!“, brülle ich und wedle mit dem ausgestreckten Arm wild in der Luft umher.

Garrett und Jack hüpfen sofort einige Meter zurück und sondieren panisch den Boden. „Ich habe etwas im Auto vergessen“, murmelt Jack und trollt sich mit großen Schritten.

Prompt hechtet sein Bruder ihm hinterher. „Warte, ich begleite dich. Wir sehen uns, Belle!“, ruft er mir noch über seine Schulter hinweg zu.

Eric scannt derweil ebenfalls mit seinen Augen den Boden.

Seufzend sinke ich wieder auf meinen Stuhl. „Komm, Eric, lass uns essen, bevor es kalt wird.“

„Keine Schlange?“

„Keine Schlange. Aber mir stand der Sinn im Moment nicht nach einem testosterongesteuerten Handgemenge. Glücklicherweise haben die beiden eine Heidenangst vor jedem zu groß geratenen Regenwurm.“ Ich greife erneut nach meinem Burger. „Du hättest dich wirklich für mich geschlagen?“

Eric zieht die Augenbrauen hoch. „Habe ich das nicht schon einmal getan?“

„Ach, richtig.“ Ich lasse mein Essen sinken und suche nach seinem Blick. „Es ist ein beruhigendes Gefühl, einen Menschen an der Seite zu haben, der sich jederzeit für mich einsetzen würde. Bislang war ich meistens auf mich gestellt.“

Eric schnappt sich jetzt auch wieder seinen Burger. „Obwohl ich annehme, du hättest meine Hilfe gar nicht benötigt. Das mit der Schlange war echt fies, Belle.“ Provozierend lässt er den Spitznamen über die Zunge rollen.

Ich grinse. „Die Bluebells haben mir diesen Ausdruck eingebracht. Ich trug die Glockenblümchen früher häufig im Haar."

Nun schmunzelt auch Eric. „Dachte ich mir schon. Noch ein Bier?"

Ich nicke und kann es kaum glauben, dass man sich mit Eric Carpenter tatsächlich bei Bier und Burgern amüsieren kann.

Während der nächsten Tage studieren wir weiterhin jeden Morgen die Zeitung, in der Hoffnung auf ein Lebenszeichen aus New York - doch stets lassen wir das Blatt enttäuscht sinken.

Und dann endlich, nach über zwei Wochen, starre ich während des Frühstücks ungläubig auf eine Anzeige: *Callgirl-Mörder gefasst.*

„Eric, sieh dir das an!"

Er stellt die Kaffeetasse ab und nimmt mir die Zeitung aus den Fingern. Schweigend legt er sie nach einiger Zeit beiseite, lässt den Kopf vornüber fallen und vergräbt das Gesicht in den Händen. „Ich kann es nicht fassen. Sie haben den Kerl wirklich geschnappt, wo ich mich bereits im Gefängnis gesehen habe."

Als er aufblickt, ist jegliche Farbe aus seinem normalerweise gebräunten Antlitz verschwunden. Das Thema hat ihn offenbar stärker beschäftigt, als er es erkennen ließ.

„Heißt das, wir können zurückkehren?"

„In dem Artikel steht, bis Anfang nächster Woche sollten die kompletten Umstände des Mordes geklärt sein. Ich denke, das ist ein Hinweis für uns."

„Ja, damit könntest du richtig liegen. Oh, Eric, ich

bin so froh, dass sich jetzt alles zu deinen Gunsten aufklärt."

„Frag mich mal!" Er springt auf und wandert in den Trailer. Kurz darauf kehrt er in Sportkleidung zurück. „Ich muss erst einmal den Kopf freibekommen", äußert er und spurtet in einem Wahnsinnstempo davon.

Gedankenverloren schaue ich ihm hinterher. Zugegeben, mir fehlt mein Job in New York, dennoch bedauere ich, dass unsere gemeinsame Zeit bald beendet sein soll.

Kapitel 20

Eric

Ich sitze vor dem Trailer, lasse mir die Sonne ins Gesicht scheinen, und habe das Gefühl endlich wieder durchatmen zu können, ohne dass mir eine unsichtbare Hand die Luft abstellt.

Eine tonnenschwere Last ist seit dem Sichten des Zeitungsartikels von meinen Schultern abgefallen. Offenbar kam der Mörder aus dem Rotlichtmilieu. Demzufolge besteht die Möglichkeit, dass Josie ihn kannte. Eventuell hat sie sich mehr als eine oberflächliche Affäre mit mir erhofft und sah ihre Felle davonschwimmen, als ich Ava geheiratet habe.

Sollte sie den Typen wirklich zu dem Airline-Deal befragt haben, hatte sie gewiss nicht den Hauch einer Ahnung, in welch finanziellen Dimensionen sich das Geschäft bewegte, sonst hätte sie vermutlich mehr Zurückhaltung an den Tag gelegt. Denn es ging nun mal um eine Summe, für die so mancher verzweifelte oder kaltblütige Mensch einen Mord begehen würde.

Arme, Josie. Hätte ich doch bloß den Mund gehalten!

Sie fehlt mir. Leider habe ich erst begriffen, wie sehr sie mir ans Herz gewachsen war, nachdem ich sie verloren hatte. Wäre ich das Ganze einen Tick diplomatischer und vorausschauender angegangen, würde sie womöglich noch unter uns weilen.

Aber auch Gewissensbisse werden Josie nicht wieder lebendig machen. Mit dieser Last muss ich wohl bis ans Ende meiner Tage leben. Doch eins habe ich gelernt, sollte ich mir jemals wieder eine

Geliebte zulegen, werde ich größere Vorsicht walten lassen.

Mir entfährt ein leises Seufzen. Nach und nach begreife ich das Verhalten meines Vaters. Ab sofort muss ich noch verschwiegener werden als bisher.

Glücklicherweise steht mir der Sinn im Moment ohnehin nicht danach, mir in nächster Zeit eine Frau in mein Bett zu holen, denn ich habe weiß Gott genügend andere Sorgen.

Meine Gedanken wandern zu Ava.

Nein, das ist gelogen.

Es gäbe da durchaus eine Frau, an der ich Interesse hätte. Nämlich an der, die mich seit Tagen mit ihren kurzen Shorts und den engen Oberteilen in den Wahnsinn treibt.

Ava lag leider richtig, obwohl wir uns manchmal spinnefeind sind, stimmt in sexueller Hinsicht die Chemie zwischen uns. Jedes Mal, wenn ich sie küsse oder im Arm halte, scheinen sich all meine Probleme kurzzeitig in Luft aufzulösen. Den Drang, sie mir zu nehmen, kann ich mittlerweile kaum noch unterdrücken, denn ich bin mir sicher, auch das wäre ein unvergleichlicher Genuss.

Daher schlafe ich seit Neuestem auf der anderen Seite des Trailers. Würde ich das nicht tun, hätte ich Ava gewiss schon um den Verstand gevögelt. Oftmals liege ich stundenlang wach, grüble und lausche den Worten, die sie im Schlaf von sich gibt. Wobei ich regelmäßig hart werde, wenn sie meinen Namen flüstert. Ich würde meine Hand dafür ins Feuer legen, dass Ava genauso scharf auf mich ist wie ich auf sie, und das macht mir die Zurückhaltung noch schwerer. Denn ich weiß, sie würde sich nicht wehren, sollte ich sie packen und kräftig hernehmen.

Ava ist geradlinig, kein Stück berechnend und würde mir niemals etwas vorspielen, um an mein Geld zu kommen. Was leider schon die eine oder andere Frau versucht hat. Früher hatte ich ein paar längere Beziehungen, doch nach dem Tod meiner Mutter kam das nicht mehr infrage. Nie wieder wollte ich diesen Schmerz verspüren, einen geliebten Menschen zu verlieren. Die Narben dieses Verlustes sind bis heute nicht verheilt und haben sich ganz tief in meine Seele gebrannt. Um mich von allem Zwischenmenschlichen abzulenken, arbeite ich seitdem rund um die Uhr.

Bislang ist mir ohnehin noch keine Frau begegnet, für die es sich gelohnt hätte, diese Einstellung zu überdenken. Und nachdem ich nun zudem den Secret Circle leite, ist diese Vorstellung in noch weitere Ferne gerückt. Daher muss ich meine Finger von Ava lassen, auch wenn es mir schwerfällt. Ich werde den Teufel tun und falsche Hoffnungen in ihr wecken.

Ich überlege mir, wie ich ihr eine kleine Freude bereiten könnte, denn dass sie in dieser schweren Zeit bedingungslos zu mir gehalten hat, rechne ich ihr hoch an.

Natürlich, ich könnte ihr etwas schenken: Schmuck, ein Fahrzeug, eine Gehaltserhöhung, eine Reise.

Allerdings befürchte ich, das wäre nicht die richtige Art, um bei dieser Frau zu punkten. Ich weiß, sie liebt Blumen und Pflanzen. Aber ein Rosenstrauß ist zu banal und darüber hinaus könnte sie ein solches Zeichen falsch deuten.

In diesem Moment kommt Ted auf mich zu,

selbstverständlich begleitet von Trixie, die sich sogleich schwanzwedelnd an meine Beine schmiegt. In den letzten Tagen ist die Hündin richtiggehend zum Leben erwacht. Gelegentlich hat sie mir sogar beim Joggen Gesellschaft geleistet, was ihr sichtlich Freude bereitete. Ich kann bloß hoffen, dass sie nicht in ihre depressive Phase zurückfallen wird, sobald wir abgereist sind.

Liebevoll streichle ich Trixie über das gepflegte Fell, was ihr ein glückliches Schwanzwedeln entlockt, bevor sie sich zu meinen Füßen niederlässt.

Danach begrüße ich Ted mit Handschlag, als wären wir alte Kumpels. Ich lasse Menschen selten nahe an mich heran, aber bei den Leuten hier im Trailerpark mit ihrer unverkrampften und offenen Art, kann man sich kaum dagegen wehren.

Er fällt auf den zweiten Stuhl. „Und Eric, alles okay? Was macht das junge Glück?“

„Alles bestens. Aber du kommst gerade richtig, ich würde Ava gerne eine Freude bereiten, bin jedoch ein wenig ratlos. Du kennst sie länger als ich, hast du eine Idee?“

Ted schaut suchend um sich. „Wo steckt sie überhaupt?“

„Sie hat irgendwelche alten Bekannten entdeckt, die heute angereist sind.“

„Verstehe.“ Gedankenverloren zupft er an seinem Bart herum. „Wie ist es um deine Finanzen bestellt?“

„Kein Problem … ich meine natürlich. Ja, das könnte ein Problem sein. Aber an was hast du gedacht?“

„Hier in der Nähe gibt es ein hervorragendes Steakhouse. So ein Schickimicki-Ding neben einem

Golfplatz. Ava liebt es. Ab und an, wenn ich es mir leisten konnte, habe ich sie früher dorthin eingeladen.“ Er sucht nach meinem Blick. „Ich werde dir deinen Lohn vorab auszahlen, dann kannst du sie damit überraschen.“

„Du könntest mir das Geld ebenso gut leihen und ich überweise es dir, sobald ich wieder flüssig bin.“

Ted mustert mich nachdenklich. „Warum zur Hölle willst du mein Geld nicht annehmen? Du hast mir in letzter Zeit unablässig unter die Arme gegriffen, sogar meinen Computer auf Vordermann gebracht, was vor dir noch keinem gelungen ist. Eine Gegenleistung hast du dir mehr als verdient.“

„Du weißt, dass ich dir gerne geholfen habe. Wenn du nicht gewesen wärst, hätte sich Ava niemals ein Studium leisten können und wir wären uns nicht begegnet.“

„Aus der Perspektive habe ich es noch gar nicht betrachtet.“ Er schmunzelt. „Sie ist eine tolle Frau.“

„Da stimme ich dir zu.“ Die Worte kommen mir außergewöhnlich leicht über die Lippen, denn Ava ist wirklich ein besonderer Mensch.

In dieser Sekunde treffe ich den Entschluss, das Thema Scheidung alsbald mit Catwick zu besprechen. Ava soll ihre Freiheit zurückerhalten. Darüber hinaus werde ich verhindern, dass sie sich weiterhin in der Bank versteckt. Ihre Chancen, doch noch den Mann fürs Leben zu finden, sind sicher größer, wenn sie hin und wieder einmal ausgeht.

Als mich eine kalte Schnauze anstupst, legt sich ein Schmunzeln über meine Lippen. Trixie fühlt sich offenbar vernachlässigt, daher beuge ich mich hinab und kraule sie sanft im Nacken, was ihr ein zufriedenes Jaulen entlockt.

Teds Augen heften sich derweil auf die Uhr an meinem Handgelenk. „Eine Wahnsinnsuhr hast du da. Sobald der Umbau abgeschlossen ist und der Trailerpark gut läuft, kann ich mir so etwas vielleicht auch leisten.“

Das wage ich zu bezweifeln, was ich ihm aber keineswegs auf die Nase binden werde.

Ohne lange nachzudenken, öffne ich den Verschluss und lasse dieses Meisterwerk ausgeklügelter Schweizer Technik von meinem Handgelenk rutschen. „Okay, Ted, ich hätte da eine Idee …“

Kapitel 21

Ava

„Erlaubst du es mir, meine Ehefrau heute Abend zum Essen auszuführen?“

Ich stoße einen kleinen Schrei aus, als Eric völlig unerwartet hinter mir auftaucht, während ich gerade eine Vase mit Wildblumen bestücke, die ich auf einer Wiese gepflückt habe. Hastig fahre ich herum. „Du weißt, dass unser Bargeldvorrat keine großen Sprünge mehr erlaubt.“

Er schmunzelt. „Lass das doch einfach meine Sorge sein.“

„Jetzt sag bloß, du kommst wieder an dein Geld?“

Er schüttelt den Kopf. „Nein, aber ich habe eine andere Lösung gefunden. Warum lässt du dich nicht überraschen?“

„Okay, einverstanden. Wohin gehen wir?“

„Wird nicht verraten. Hast du zufälligerweise ein Kleid oder etwas Ähnliches eingepackt. Nicht, dass mir deine sexy Shorts nicht gefallen würden, aber einen Hauch eleganter wäre nicht zu verachten.“

„Ich denke, das lässt sich einrichten.“

„Perfekt, mit ein wenig Glück finde ich auch noch ein ansehnliches Hemd, das die Waschmaschine nicht zerstört hat. Lass uns um sieben fahren.“ Mit diesen Worten verschwindet er in Richtung der Waschräume.

Als ich später neben Eric im Wagen sitze, bin ich aufgeregt. Wenngleich ich weiß, dass das ausgemachter Blödsinn ist, fühlt sich unser kleiner Ausflug an wie ein Date. Etwas, was ich seit Jahren nicht mehr hatte.

Eric trägt dunkle Jeans und ein weißes Hemd, wohingegen ich mich in ein kurzes Sommerkleid geworfen habe. Es ist tief dekolletiert und in Verbindung mit den Stilettos sollte ich eine recht gute Figur darin abgeben. Und falls nicht, kann ich es auch nicht ändern, denn das waren die schicksten Sachen, die ich bei unserer überstürzten Flucht eingepackt habe. Aber ich denke, in diesem Outfit kann ich hier in der Gegend überall bestehen, ohne schräge Blicke zu ernten.

Gedankenverloren zupfe ich am Saum meines Kleides herum, das durch die sitzende Position ein gutes Stück meine Oberschenkel hinaufgeklettert ist. Ich bin Miniröcke einfach nicht mehr gewohnt. In New York kleide ich mich selbst in meiner spärlich bemessenen Freizeit überaus sittsam, man weiß ja nie, ob einem nicht ein Kollege oder Bankkunde über den Weg läuft.

In dieser Sekunde fällt mir auf, dass Eric meine nackten Beine in Augenschein nimmt, danach streift sein Blick meinen Busen. Wie üblich ist seine Miene undurchdringlich, dennoch kann ich mich des Eindrucks nicht erwehren, ihm gefällt, was er sieht.

Seine Blicke geben mir das Gefühl, begehrenswert zu sein, eine Emotion, die mir seit sehr langer Zeit nicht mehr untergekommen ist. Schlagartig hebt sich meine Laune um ein Weiteres.

Als mein Chauffeur kurz darauf einen feudalen Golfplatz ansteuert, durchfährt mich eine Ahnung. „Jetzt sag aber nicht, wir gehen ins Lionels?“ Das Lionels ist eins der besten, aber auch teuersten

Steakhäuser, die ich kenne.

Eric schmunzelt. „Wäre das ein solches Vergehen?“

„In Anbetracht unserer Finanzen schon.“

Er blickt zu mir herüber. „Ich habe dir doch bereits gesagt, dass du das mein Problem sein lassen sollst.“

„Ich hoffe nur, du hast nichts Unüberlegtes getan.“

„Nichts liegt mir ferner.“

Ich verdrehe die Augen. Einem Mann, der Hals über Kopf eine Frau heiratet, einzig um sie zu retten, traue ich jede Menge Verrücktheiten zu.

Doch als wir einige Zeit später die fantastischen Steaks mit den hausgemachten Soßen und dem phänomenalen Kartoffelpüree genießen, ist es mir völlig gleich, wo Eric das Geld aufgetrieben hat. Schon lange habe ich nicht mehr so köstlich gespeist, denn auch in New York gönne ich mir einen derartigen Luxus selten.

Ausnahmsweise teile ich Erics Meinung heute einmal. Das hier ist wirklich nicht mit dem BBQ oder den Speisen vom Schnellimbiss zu vergleichen. Dennoch würde ich ihn gerne noch ein wenig länger davon überzeugen, wie aufregend und befriedigend das Landleben und eine gewisse Bodenständigkeit sein können. Denn ich befürchte, sobald wir zurück in der Großstadt sind, wird er wieder seinem gewohnt elitären Lebensstil verfallen.

Romantische Musik wabert durch den Raum, der lediglich von Kerzen und einer Flut kleiner Lämpchen erleuchtet wird. Das Restaurant ähnelt einer gigantischen Blockhütte und strahlt pure Gemütlichkeit aus.

Mir ist klar, dass der Tipp einzig von Ted kommen kann, denn als junges Mädchen war ich stets zutiefst beeindruckt, wenn er mich hierher ausgeführt hat, was in Anbetracht seiner mageren Finanzen allerdings nicht sehr häufig der Fall war. Ich kannte damals weder glänzendes Silberbesteck noch Kristallgläser. Allein die vielen Porzellantöpfchen, gefüllt mit den köstlichsten Soßen, haben mir grundsätzlich ein Lächeln entlockt. Und ich freue mich jetzt schon auf das Dessert, das an Professionalität und Ausgefallenheit kaum zu überbieten ist.

Ich schwelge in schönen Erinnerungen und bin rundum glücklich. Daher fällt es mir heute leicht, die Zeit mit Eric zu genießen. Wir reden über Gott und die Welt, sind völlig entspannt und streiten uns ausnahmsweise einmal nicht. In diesem Moment frage ich mich, wann ich zum letzten Mal einen derart angenehmen Abend erlebt habe.

„Erzähl mir von den Männern in deinem Leben, Dornröschen“, reißt Eric mich urplötzlich aus meiner Komfortzone.

Ich zucke mit den Schultern. „Da gibt es nicht viel zu erzählen. Während des Studiums war ich ein gutes Jahr mit einem Kommilitonen befreundet. Danach ging er nach Europa und wir haben uns nie wieder gesehen. Was kein Beinbruch war, da die Beziehung am Ende ohnehin kaum noch funktionierte.“

Ich nippe an meinem Wein. „Als Nächstes ließ ich mich blöderweise auf einen Angestellten der Bank ein, bis ich bemerkte, dass er einzig daran interessiert war, über mich an Paul heranzukommen. Ich schwor mir, niemals wieder etwas mit einem Kollegen anzufangen, denn ich hatte mein Lehrgeld bezahlt. Und da ich in den letzten Jahren sehr viel Zeit in der Bank verbracht habe, war es das auch schon mit den Männern."

„Wo wir schon beim Thema wären: Ich möchte, dass du zukünftig ein wenig kürzer trittst. Du bist bloß einmal jung, fang endlich an zu leben!"

Irritiert mustere ich ihn. „Ich verstehe nicht. Sollte nicht jeder Chef über eine Mitarbeiterin erfreut sein, die sich ausschließlich ihrem Job widmet?"

„Sicher, aber ich möchte vermeiden, dass du deine besten Jahre in einer langweiligen Bank vertrödelst."

Ich winke ab. „Eric, lass das doch meine Sorge sein. Mir bereitet der Job Vergnügen. Erzähl du mir lieber ebenfalls von den Frauen in deinem Leben, also ich meine vor der Zeit mit Josie."

Er schweigt sekundenlang und ich hoffe, ihm mit Josies Erwähnung nicht die Laune verdorben zu haben.

„Ich hatte ein paar Beziehungen, nichts Ernstes, bis zu dem Tag, an dem meine Mutter starb", setzt er letztendlich an. „Danach ließ ich mich bloß noch auf Affären ein."

„Ich kann also davon ausgehen, dass es viele Frauen in deinem Leben gab?"

Er spielt mit dem Stiel seines Weinglases. „Schon, aber es bedeutet mir nichts und ich rühme mich auch nicht damit, so wie andere Männer das häufig tun. Das Einzige, was mich wirklich interessiert, ist, was genau mit Josie geschehen ist. Ich werde erst ruhen, sobald ich alle Details ans Licht gebracht habe."

Seine Worte versetzen mir einen Stich.

Himmel, Ava, du wirst doch jetzt nicht eifersüchtig sein? Auf eine Frau, die ermordet wurde. Eric ist dein Boss und passt genauso wenig in deine Welt wie du ins Weiße Haus.

Ich räuspere mich. „Du sagtest, du hättest sie nicht geliebt, aber für mich hört sich das ganz danach an."

Er stößt zischend die Atemluft aus. „Sie war einfach immer für mich da. Egal, in welcher Verfassung ich mich befand. Sie hat all meine Launen stillschweigend ertragen, mich aufgemuntert und in meinen Entscheidungen bestärkt. Zugegeben, sie war eine wichtige Konstante in meinem Leben, vielleicht war ich auch ein wenig in sie verliebt, ich kann es nicht einschätzen. Und genau aus diesem Grund muss ich herausfinden, ob sie mir wirklich in den Rücken gefallen ist, oder ob ihr Tod einzig unglücklichen Umständen geschuldet ist."

Er lehnt sich zurück. „Aber genug davon! Das Thema beschert mir bloß schlechte Laune, erzähl mir mehr von deiner Jugend und dem Trailerpark!"

Ich lehne mich ebenfalls gemütlich nach hinten und frage mich, wie er die Details um Josies Tod in Erfahrung bringen will und ob es nicht besser wäre, diese schrecklichen Ereignisse auf sich beruhen zu lassen. Doch ich möchte das jetzt nicht vertiefen. Eric hat recht, es würde diesen wundervollen Abend zerstören.

So gebe ich ein paar lustige Anekdoten aus dem Trailerpark zum Besten, denn dort erlebt man schon die merkwürdigsten Sachen. Allein, was die Leute alles vergessen oder man beim Putzen findet. Von Sexspielzeug über Unterwäsche bis hin zu wertvollem Schmuck. Am witzigsten war es jedoch immer, wenn mich irgendein Besucher angegraben und Ted ihn in seine Schranken verwiesen hat. Einmal lieferte ich Essen aus und ein Kerl trug splitternackt seine Erektion zur Schau. Ich kann nicht mit Gewissheit sagen, ob der Typ hinterher überhaupt noch Sex haben konnte, nachdem Ted mit ihm fertig war.

Während wir uns köstlich amüsieren, merke ich gar nicht, wie die Zeit vergeht, bis ein Kellner uns höflich, aber bestimmt darauf hinweist, doch bitte die Rechnung zu bezahlen.

„Den Geschäftsführer, bitte!“, äußert Eric zu meiner Überraschung.

Auch dem Kellner fällt die Kinnlade herunter. Als hätte man ihn eines Vergehens ertappt, eilt er davon.

„Reicht das Geld nicht aus?“, erkundige ich mich vorsichtig.

Eric schüttelt den Kopf. „Keineswegs, aber ich hasse es, in einem Restaurant dieser Preisklasse, zum Gehen aufgefordert zu werden, bevor ich dazu bereit bin.“

Perplex nehme ich ihn ins Visier.

Okaayyy!

„Aber, Eric, wir sind die letzten Gäste.“

„Und? Erzähl mir nicht, du schließt die Bank, wenn einer deiner besten Kunden noch einen Wunsch äußert, sonst werde ich dich auf der Stelle feuern.“

„Das würde mir im Traum nicht einfallen. Aber das kann man doch überhaupt nicht miteinander vergleichen.“

„Ach, nein?“

„Nein. Außerdem bist du gerade nicht in der Situation, den größenwahnsinnigen Millionär heraushängen zu lassen. Hast du das etwa vergessen?“

Eric hebt fragend die Augenbrauen an. „Man hat den wahren Mörder gefasst, was kann mir jetzt noch passieren?“

Ich verziehe das Gesicht. „Eric, bitte, ich liebe dieses Restaurant. Verdirb mir den Abend nicht!“

„John Hoyden“, ertönt neben uns plötzlich eine energische dunkle Stimme. „Ich bin der Manager hier. Was kann ich für Sie tun?“

Eric studiert sekundenlang meine Miene, ehe er sich dem bulligen Mann zuwendet. „Ich wollte mich einzig für das köstliche Menü bei Ihnen persönlich bedanken.“ Er wirft mir einen Seitenblick zu. „Selten zuvor haben meine Frau und ich einen Abend dermaßen genossen. Sie müssen wissen, wir befinden uns in den Flitterwochen.“

Ich schiele vorsichtig zu dem Chef hinauf, um dessen Mundwinkel sich jetzt ein Schmunzeln bildet. „Herzlichen Glückwunsch! Aber warum haben Sie das denn nicht vorab gesagt?“

Seine Blicke flitzen zwischen mir und Eric hin und her. „Ein Glas Champagner, auf Kosten des Hauses?“

„Für meine Liebste sehr gerne.“ Eric nickt in meine Richtung, ehe ich ablehnen kann. „Mir hingegen könnten Sie mit einem Latte macchiato einen Gefallen tun. Dummerweise habe ich dem Chauffeur heute freigegeben und fahre selbst. Ach, den Milchschaum bitte recht fluffig.“

John Hoyden nickt. „Aber selbstverständlich. Kann ich Ihnen sonst noch etwas Gutes tun?“

Eric schnippt mit den Fingern einer Hand in die Luft. „Jetzt, wo Sie es sagen. Meine Frau hat sich in diese kleinen Töpfchen verliebt, in denen Sie Ihre Soßen servieren. Die sind doch sicher käuflich, oder?“

Mir steigt die Hitze in die Wangen.

Ist das peinlich!

Wenn Eric nicht auf der Stelle aufhört, das reiche Arschloch rauszuhängen, renne ich schreiend davon.

„Kein Thema, ich lasse Ihnen welche einpacken“, höre ich den General Manager zu meiner Bestürzung sagen.

Was in dieser verfickten Welt mache ich falsch?

Seitdem ich mich erinnern kann, habe ich diese Schalen aus der Ferne bewundert und mich gefragt, wo ich sie wohl erstehen könnte. Niemals hätte ich mich getraut, danach zu fragen, denn sie erschienen mir unerschwinglich.

Was sie vermutlich auch sind, eine Tatsache, die einen Menschen wie Eric Carpenter jedoch nur unwesentlich tangiert.

Während ich mit schlechtem Gewissen den kostenlosen Champagner schlürfe und mir Gedanken darüber mache, dass die Servicekräfte heute wegen Erics Sperenzchen nicht pünktlich nach Hause kommen, zerrt Eric ein Bündel Geldscheine aus seiner Hosentasche.

Verwundert beobachte ich ihn. Seinem Verhalten nach zu urteilen, bin ich davon ausgegangen, er hätte seine *Was kostet die Welt?-Kreditkarte* wieder.

„Du hast dir die Arbeit doch von Ted vergüten lassen?“

Mein Gegenüber schüttelt den Kopf. „Nein, da wäre ich mir schäbig vorgekommen. Immerhin lässt er uns fast umsonst übernachten.“

„Also hast du dir etwas bei ihm geliehen?"

„Auch das ist nicht der Fall."

Nachdenklich lege ich die Stirn in Falten. „Aber ich verstehe das nicht. Wir hatten nichts Wertvolles dabei. Das Fahrzeug besitzen wir noch. Deine Designer-Klamotten, die die Waschmaschine überlebt haben, passen Ted nicht …" Mein Blick gleitet über Eric und heftet sich auf sein Handgelenk. „Deine Uhr", hauche ich, als mich die Erkenntnis wie ein Schlag in die Magengrube trifft. „Nein, das hast du nicht wirklich getan?"

Er zuckt mit den Schultern. „Ted war von dem Teil völlig fasziniert. Leider hätte er sie sich niemals leisten können. Außerdem habe ich mindestens noch zehn weitere."

Ich schnappe nach Luft. „Was war sie wert?"

Er lehnt sich zu mir nach vorne und sucht nach meinem Blick. „Einen wundervollen Abend mit einer einzigartigen Frau."

Das Licht der Kerzen bricht sich in Erics graublauen Augen und verleiht ihm etwas Faszinierendes. Während ich in seinem Blick versinke, flutet eine köstliche Wärme meinen Körper, die mein Herz einen Tick schneller schlagen lässt.

„Flirtest du etwa gerade mit mir, Eric Carpenter?", murmle ich.

„Gut möglich."

„Weißt du, dass du absolut unberechenbar bist?"

Er schmunzelt. „Erzähl mir etwas Neues."

„Gott, Eric, wenn die Umstände andere wären, könnte ich mich glatt in dich verlieben." Ich habe die Worte kaum ausgesprochen, da begreife ich meinen Fehler.

In der Tat: Erics Miene verschließt sich. „Das solltest du lieber lassen, Dornröschen, denn ich bin weit davon entfernt, der Märchenprinz zu sein.“

„Schon klar.“ Ich deute auf die schmale goldene Uhr an meinem Handgelenk. „Sie war ein Geschenk deines Vaters. Ich habe mich unsagbar darüber gefreut, bis ich herausfand, was sie gekostet hat.“ Ich lehne mich nun ebenfalls verschwörerisch nach vorne. „Lass Ted niemals in Erfahrung bringen, was du ihm da vermacht hast, sonst wird er dir die Uhr vor die Füße werfen.“

„Hast du sie meinem Vater denn vor die Füße geworfen?“

„Das lag in meiner Absicht, doch sie hätte eine Überraschung für deine Mutter werden sollen. Er bat mich, sie anzunehmen, da ich ihm nach dem Tod seiner geliebten Frau am nächsten stand, und er die Uhr nicht zurückgeben wollte.“

Eric greift über den Tisch hinweg nach meiner Hand und sieht sich besagtes Schmuckstück intensiver an. „Das ist genau das Geschenk, das ich einer Frau zukommen lassen würde, die mir alles bedeutet. Zeitloses Gold, filigrane Brillanten, eine fast herzförmige Form, die so flach auf dem Arm aufliegt, als wäre sie angewachsen. Eine Uhr, die man zu jeder Gelegenheit tragen kann, ohne dass sie protzig wirkt.“

Ich nicke. „Perfekt auf den Punkt gebracht. Und wenn du mir jetzt wieder unterstellst, ich wäre seine Geliebte gewesen, dann werfe ich dich Ted zum Fraß vor.“

Lächelnd schüttelt er den Kopf. „Ich habe Josie auch häufiger Schmuck geschenkt, aber niemals etwas derartig Vollkommenes. Für gewöhnlich erstand ich die Artikel am Flughafen oder beauftragte meine Assistentin damit. Doch das hier schenkt man der Frau, die man von ganzem Herzen liebt, nicht seiner Gespielin." Er lehnt sich zurück und fährt sich mit einer Hand übers Gesicht. „Er hat die Wahrheit gesagt. Meine Mutter war ihm wirklich wichtig."

In dieser Sekunde komme ich mir wie eine Betrügerin vor. „Möchtest du, dass ich die Uhr ablege?"

Perplex starrt er mich an. „Weswegen?"

„Ich will nicht mit deiner Mum konkurrieren."

„Das sollst du auch nicht. Wenn mein Vater der Meinung war, die Uhr wäre bei dir gut aufgehoben, dann soll es auch dabei bleiben."

„Nun ja, in gewisser Weise bleibt sie ja in der Familie. Immerhin sind wir verheiratet."

Er schmunzelt. „Ach richtig, da war ja noch etwas."

In diesem Moment lachen wir beide los. Fasziniert betrachte ich Eric Carpenter, den ich niemals zuvor so gelöst erlebt habe.

Ich weiß, Geld spielt in seiner Welt keine Rolle. Dennoch kann ich nicht glauben, dass er eine Uhr, die mit Sicherheit mehrere tausend Dollar wert ist, für ein Essen mit mir quasi verschenkt hat.

Kapitel 22

Ava

Als wir zu später Stunde den Trailer betreten, sprühe ich geradezu vor guter Laune. Der Wein und der Champagner haben mich angeheitert und eine ungewohnte Leichtigkeit in mir losgetreten.

Schwungvoll wirble ich zu Eric herum, lege ihm die Arme um den Nacken und hauche ihm einen Kuss auf die Lippen. „Ich danke dir für diesen wundervollen Abend.“ Offenbar ist auch meine Hemmschwelle gesunken, denn in nüchternem Zustand hätte mir dazu gewiss der Mut gefehlt.

Er schmunzelt. „Gern geschehen.“

Unsere Blicke versinken ineinander. Diese graublauen Augen sind einfach phänomenal, vor allem da gerade eine Sanftheit und Zärtlichkeit in ihnen liegt, die ich bei Eric niemals zuvor gesehen habe.

„Ava, lass mich jetzt besser los!“, versetzt er mir jedoch Sekunden später einen heftigen Dämpfer. Seine Stimme klingt rau und bringt meinen Körper ungeachtet der offensichtlichen Zurückweisung zum Erbeben.

Trotzig dränge ich mich ihm weiter entgegen und suche nach seinem Blick. „Ist dir meine Nähe derart unangenehm? Warum verrätst du mir nicht einfach, wie ich dich in Stimmung bringen kann?“, hauche ich in einer Tonlage, die sexy klingen soll.

Während er leise seufzt, tanzt sein warmer Atem prickelnd über meine Wange hinweg. „Ava, dich zu spüren ist alles andere als unangenehm. Und ich versichere dir, mehr Stimmung geht nicht.“

Herausfordernd schaue ich ihn an. „Aber?“

Er schließt für einen Augenblick die Lider und atmet vernehmlich aus. „Also gut, du hast gewonnen. Aber sag hinterher nicht, ich hätte dich nicht gewarnt.“ Seine warme Hand legt sich auf meine Taille und hält mich fest.

Ich quieke überrascht auf, als seine Lippen auf meine treffen. Nicht so behutsam und zurückhaltend wie beim letzten Mal. Nein, dieses Mal küsst er mich hart und fordernd. Währenddessen presst er mich rücklings gegen den Kleiderschrank und drückt sich an mich. Sein muskulöser Körper fühlt sich unsagbar gut an und versetzt mich binnen Sekunden in Ekstase.

Erics Zunge gleitet in meinen Mund, um sich mit meiner zu duellieren. Er vereinnahmt mich, raubt mir den Atem und legt dabei eine Leidenschaft an den Tag, die ich niemals zuvor erleben durfte. Mein Puls schießt in die Höhe, während pures Verlangen meinen Schoß flutet. Durch das dünne Kleid spüre ich Erics anwachsende Erektion an meinem Becken. Dass ich ihn ebenfalls antörne, erregt mich um ein Weiteres.

Hartnäckig ignoriere ich die leise Stimme in meinem Kopf, die mich davor warnt, einen Fehler zu begehen, denn ich will diesen Mann gerade mehr als alles andere auf der Welt.

In diesem Moment löst er sich von meinen Lippen. „Ava, sag mir, dass ich aufhören soll!“, knurrt er.

Die erotische Spannung, die sich zwischen uns aufgebaut hat, beschert mir weiche Knie und entfacht in meinem Unterleib den unbändigen Drang nach

Befriedigung. Meine Hormone sind anscheinend aus ihrem jahrelangen Tiefschlaf erwacht und haben die Kontrolle übernommen.

„Einen Teufel werde ich tun. Du hast offenbar keine Vorstellung davon, wie sehr ich dich will. Nur diese eine Nacht, danach können wir meinetwegen wieder getrennte Wege gehen."

Er mustert mich sekundenlang, während in seinen Augen ein Feuer des Verlangens lodert, das mir unter die Haut geht. „Schwierig, solange du meine Frau bist."

„Jetzt, wo du es sagst." Provozierend lege ich den Kopf schief. „Findest du nicht, du solltest deinen ehelichen Pflichten dann endlich einmal nachkommen?"

Er blickt mir eindringlich in die Augen. „Wenn du das wirklich willst, werde ich ihnen in vollem Umfang nachkommen. Doch eine Sache sollte dir klar sein: nur Sex, mehr nicht. Kommst du damit zurecht?"

Will ich das gerade hören? Nein! Ich schalte jetzt einfach mal auf selektive Wahrnehmung um.

Ohne zu antworten, taste ich nach der Knopfleiste seines Hemdes, um es zu öffnen. Als Eric bemerkt, dass ich nicht kneife, fährt er mit den Fingerspitzen meine Arme hinauf und schiebt mir die Träger des Kleides über die Schultern, das raschelnd zu Boden geht. Sein Hemd folgt.

Bewundernd gleitet mein Blick über diesen entblößten Männeroberkörper. Spielerisch taste ich mit den Fingern über die Muskelstränge seines Brustkorbs, was Eric eine mächtige Gänsehaut beschert. „Das wollte ich schon lange tun", gebe ich unterdessen zu.

Doch er gönnt mir nicht die Zeit, ihn ausgiebig zu berühren, denn er drängt mich bereits rückwärts in Richtung Bett und schubst mich darauf. Kurz wandern seine Blicke über meinen Körper, bevor er mir mit einer schnellen Handbewegung das Höschen herunterzieht. Danach beugt er sich über mich, fasst um mich herum und lässt meinen BH aufspringen. Keine Sekunde später bin ich splitterfasernackt.

Meine Blöße ernüchtert mich. War ich eben noch die mutige Verführerin, keimt jetzt ein Anflug von Scham in mir auf. Mein Busen ist ein wenig zu groß geraten und mein Bauch ist nicht gerade der straffste. Peinlich berührt kneife ich die Schenkel zusammen und versuche mit einem Arm meine Brüste zu verdecken. Zwar sehne ich mich unsagbar nach Eric, aber es ist derart lange her, als mich zum letzten Mal ein Mann nackt gesehen hat, dass ich jetzt nicht weiß, wie ich damit umgehen soll.

Erics Blick gleitet erneut über meinen Körper hinweg. Die Hitze in seinen Augen scheint meine Haut in Brand zu setzen. „Versteck dich nicht vor mir! Du bist wunderschön. Lass mich dich anschauen."

Widerwillig nehme ich den Arm von meinen Brüsten.

Während Eric mich nach wie vor unverhohlen betrachtet, öffnet er seine Jeans, schiebt sie von den Hüften und tritt sie mitsamt Schuhen und Socken von den Füßen. Seine Boxershorts folgen.

Wow! Der Anblick seiner mächtigen Erektion lässt mich erbeben. Wie gebannt starre ich darauf.

Was meinen Ehemann nicht im Geringsten zu

verunsichern scheint. Im Gegenteil, ein Grinsen zuckt um seine Mundwinkel, das gewiss meinem bewundernden Gesichtsausdruck geschuldet ist. Ohne zu zögern, rutscht er über mich und drückt mich mit seinem kräftigen Körper in die Matratze.

„Ava, entschuldige, aber ich kann das heute nicht langsam angehen. Du treibst mich in den Wahnsinn."

Er greift nach meiner Hand und legt sie um seinen steifen Schwanz. „Spürst du, was du mit mir anstellst? Ich wollte das hier wirklich nicht, aber ich bin seit Tagen hart. Und mit diesem kurzen Kleid hast du mich heute Abend vollkommen verrückt gemacht."

Seine Erektion fühlt sich unglaublich gut in meiner Hand an. Als ich anfange, ihn vorsichtig zu streicheln, keucht Eric lustvoll auf. Davon ermutigt, umfasse ich ihn fester und lasse meine Hand an seinem Schaft auf und ab gleiten. Jetzt vibriert sein kompletter Körper. Diese unübersehbare Erregung reißt mich mit und entzündet ein Verlangen in mir, dem ich kaum mehr standhalten kann.

Eric streichelt indessen meine Brüste, danach gleiten seine Finger über meinen Bauch hinweg und letztendlich zwischen meine Schenkel. „Verdammt, Ava!", flucht er, als er meine Feuchtigkeit ertastet. „Du bist so geil. Ich brauche dich. Jetzt! Geht das für dich in Ordnung?"

Ich nicke, denn nach einem ausgiebigen Vorspiel steht auch mir gerade nicht der Sinn. Ich muss Eric endlich ganz tief in mir spüren. „Nimm mich, Eric! Ich will es auch."

Er zögert keine weitere Sekunde, spreizt mit seinem Bein meine Schenkel und sinkt dazwischen. Als sich seine Härte gegen meine empfindlichste Stelle drückt, löst sich aus meiner Kehle ein Stöhnen.

„Kondom", krächze ich.

Er schüttelt den Kopf. „Vertrau mir, es kann nichts passieren."

„Aber …", die Worte bleiben mir im Hals stecken, als Eric mit einem festen Stoß in mich eindringt. „O mein Gott!", entfährt es mir.

Er hält inne und blickt mir in die Augen. „Alles in Ordnung?"

Ich nicke. „Es ist lange her. Bitte gib mir ein wenig Zeit, um mich an dich zu gewöhnen. Aber Eric, ich nehme die Pille nicht und …"

„Ava, glaubst du im Ernst, ich würde das Risiko eingehen, dich zu schwängern?"

Natürlich nicht, er hat recht!

„Darling", flüstert er in dieser Sekunde, „mach dir keine Sorgen."

Wow, der Big Boss ist lernfähig! Darling hört sich doch um Längen besser an als Baby.

Das Kosewort bricht meinen Widerstand endgültig. Als er sich ein Stück aus mir herauszieht, um danach erneut zuzustoßen, geben wir zeitgleich ein lautes Stöhnen von uns.

„Verdammt, fühlst du dich gut an", keucht Eric.

Seine Härte ganz tief in mir zu spüren, entfacht in meinem Körper eine lodernde Flamme, bestehend aus Lust und süßem Schmerz. Mein Leib vibriert geradezu unter Erics kraftvollen und gezielten Stößen.

Seine Augen mustern mich derweil interessiert. Er hat die Lippen zusammengepresst und scheint, um Beherrschung zu ringen. Rasch werden seine Stöße härter, tiefer und schneller. Und auch mich reißt die

Leidenschaft mit. Ich pariere jede seiner Bewegungen. Gelegentlich entkommt mir ein lautes Stöhnen, das ich einfach nicht unterdrücken kann. Sex mit diesem Mann ist das Schärfste, was mir jemals widerfahren ist.

„Eric“, keuche ich. „Das ist so gut. Hör nie wieder damit auf.“

„Tut mir leid, aber das kann ich nicht. Du bist so verdammt eng und nass. Offenbar hast du keine Ahnung, wie sehr du mich während der letzten Tage an meine Grenzen getrieben hast.“

Ich kann kaum glauben, was Eric da sagt. Wo ich die ganze Zeit über die Meinung vertrat, ich würde ihn kein Stück interessieren.

Während er mich mit rhythmischen Stößen vögelt, legen sich seine Lippen auf meine und küssen mich. Das Gefühl beim Sex seine Zunge in meinem Mund zu spüren, ist derart intensiv, dass ich wimmere.

Meine Augenlider klappen zu und ich schmelze dahin. Die Emotionen, die dieser Mann in mir entfacht, lassen mich um Atem ringen. Hastig schnappe ich nach Luft, doch er küsst mich weiterhin.

„Eric“, keuche ich. „Das ist zu viel, ich halte das nicht aus.“

Schwer atmend lässt er von meinem Mund ab. „Dann komm für mich.“

„Ich kann nicht, ich …“ Ein Schrei entfährt mir, als Erics Hand unter meinen Hintern fährt, meine Pobacke umfasst und mich fest gegen sich presst. Durch die veränderte Position dringt er noch tiefer in mich ein. Ich reibe mich begehrlich an ihm, wodurch zusätzliche Funken der Begierde in meinem Schoß entfacht werden.

Nach und nach breitet sich in meinem Unterleib ein köstliches Ziehen aus. Mein Verlangen steigert sich um ein Weiteres und rollt wie eine Lawine über mich hinweg, reißt mich mit sich und scheint mich zu verschlingen. Eric treibt mich soeben auf einen gigantischen Orgasmus zu, das spüre ich.

Das Feuerwerk der Lust, das letztendlich in meinem Körper explodiert, lässt mich vor Wonne schreien. Ich sehe Sternchen und ringe um Atem. Wie aus weiter Ferne höre ich Erics raues Stöhnen, bevor er auf mich herabsinkt.

Als ich wieder zur Besinnung komme, registriere ich, dass sich meine Fingernägel in seinen Rücken gegraben haben. Rasch lockere ich den Griff. „Tut mir leid. Ich hoffe, ich habe dir nicht wehgetan."

Er holt vernehmlich Luft. „Ich habe nichts gespürt." Vorsichtig zieht er sich aus mir heraus und fällt neben mir auf den Rücken. „Bin ich zu hart mit dir umgesprungen?"

„Mache ich den Eindruck, es hätte mir missfallen?"

„In Anbetracht der Tatsache, dass deine Lustschreie gewiss den halben Trailerpark aufgeweckt haben, würde ich diese Frage mit einem klaren Nein beantworten."

„Oh, Mist! Das ist mir jetzt echt peinlich. Aber es war so unglaublich gut. Normalerweise bereitet es mir Schwierigkeiten, mich voll und ganz fallen zu lassen, doch eben war das gar kein Problem."

Eric lacht. Ein grollendes, faszinierendes Geräusch. „Dornröschen, du überraschst mich von Tag zu Tag aufs Neue. Niemals hätte ich in Erwägung gezogen, dass eine Frau, die grundsätzlich spießige

Kostüme trägt, im Bett derart aus sich herausgeht.“ Er greift nach meiner Hand und drückt sie. Eine unschuldige, aber dennoch intime Geste. „Wenn ich dich nicht allzu sehr geschlaucht habe, nehme ich dich später noch einmal. Doch eben wäre ich gestorben, hätte ich noch länger auf dich warten müssen.“

„Du wirst es vielleicht nicht glauben, aber das ist das Heißeste, was mir jemals ein Mann gesagt hat. Und was die Kostüme betrifft: Ich möchte einfach in der Bank eine gewisse Würde ausstrahlen. Früher habe ich mir obendrein die Haare hochgesteckt.“ Ich greife in meine wilden Locken. „Aber sie sind schwer zu bändigen, und irgendwann hat dein Vater mich überredet, sie offenzulassen.“

„Da muss ich meinem alten Herrn ausnahmsweise einmal dankbar sein. Mit einem strengen Dutt hat dich vermutlich jeder für den perfekten Vorzimmerdrachen gehalten. Meinetwegen darfst du dich gerne etwas legerer kleiden. Und mach dir keine Sorgen, bei deinen Beinen werde ich dich sicher nicht feuern, solltest du mal im Minirock in der Bank erscheinen.“

Ich schmunzle. „Nachdem mich dieser Typ aus der Bank verarscht hat, habe ich eine Barriere zwischen mir und den Kollegen aufgebaut.“

„Das kann ich gut verstehen. Meine Freunde sind meist Manager anderer Firmen, die ich auf der Uni oder irgendeiner Veranstaltung kennengelernt habe. Die Leute, die für mich arbeiten, halte ich ebenfalls auf Abstand, aber dazu benötige ich keinen dunklen Anzug. Respekt kann man sich auch anders verschaffen.“

„Ich werde mal darüber nachdenken. Habe ich dir eigentlich schon von Emma erzählt? Sie ist meine einzige richtige Freundin und betreibt eine schicke Bar in der Nähe meines Apartmenthauses. Ich war früher häufiger dort und irgendwann haben wir uns angefreundet. Falls du mal wieder in New York sein solltest, würde ich sie dir gerne vorstellen", plappere ich ohne Punkt und Komma. Da ich keine Ahnung habe, wie ich jetzt mit Eric umgehen soll, rede ich eben. „Aber eine ganz andere Sache: Ich habe noch nie mit einem Mann ohne Kondom geschlafen. Muss ich mir Sorgen machen?"

„Keineswegs, ich kann dich nicht schwängern. Außerdem bin ich sauber. Ich lasse mich regelmäßig untersuchen. Und du wirkst nicht wie eine Frau, die ständig durch fremde Betten rutscht."

„Du kannst mich nicht schwängern?"

„Nein, Vasektomie. Nachdem die erste Frau versucht hat, mir aufgrund meines Geldes ein Baby unterzujubeln, habe ich das durchführen lassen. Auch steht mir der Sinn beim besten Willen nicht danach, eine Familie zu gründen."

„Hm, kann ich irgendwie verstehen."

„Im Ernst? Die meisten Frauen sind schockiert, wenn sie es erfahren."

„Nun ja, da meine Mum selten für mich da war, kann ich nicht einschätzen, ob ich eine gute Mutter abgeben würde. Obendrein liebe ich meinen Job. Ich denke, ich werde ebenfalls kinderlos bleiben."

Wir schweigen ein paar Minuten. Das war mit Sicherheit eins der ernsthaftesten Gespräche, die wir je geführt haben. Eric hält immer noch meine Hand. Diese sanfte Berührung fühlt sich unglaublich gut an.

Letztendlich beugt er sich wieder über mich und schaut mir tief in die Augen, was mich verunsichert.

„Warum siehst du mich so an?“, frage ich.

Er schmunzelt und wirkt dabei so verführerisch, dass mein Herzschlag abermals ein paar Takte zulegt. „Hättest du bei unserer ersten Begegnung geglaubt, dass wir jemals miteinander im Bett landen würden.“

Nun muss auch ich grinsen. „Nicht in meinen kühnsten Träumen. Ich war wütend auf dich, da du deinen Dad all die Jahre über derart schäbig behandelt hast.“

„Und ich hielt dich für seine Geliebte.“

„Tja, so kann man sich täuschen.“

„Die Vorstellung, mit der Frau etwas anzufangen, die mein Vater in seinem Bett hatte, hat mich massiv abgeschreckt.“

Ich stutze. „Das hast du dir vorgestellt?“

„Allerdings. In Vegas. Dein Morgenmantel war verrutscht. Du stöhntest im Schlaf meinen Namen und wolltest von mir genommen werden.“

Hitze steigt mir in die Wangen, während ich ihn ungläubig anglotze. „Lieber Gott“, murmle ich. In dieser Sekunde fällt mir das schelmische Glitzern in Erics Augen auf. „Du nimmst mich auf den Arm, richtig?“

Er bricht in Gelächter aus. „In Wirklichkeit sagtest du: hilf mir! Ich vermute, die Ereignisse des Vortags saßen dir damals noch in den Knochen.“

Ich schlage ihm mit der Faust spielerisch gegen die Brust. „Beinahe hätte ich es dir abgekauft“, knurre ich. „Das wirst du mir büßen. Das war es dann für heute mit dem Sex.“ Mit diesen Worten entwinde ich mich aus seinen Armen, was er bereitwillig zulässt.

Hm, eigentlich hatte ich mir erhofft, er würde mich zurückhalten. Eric Carpenter ist offensichtlich kein Mann, mit dem man Spielchen spielen kann.

Um mein Gesicht zu wahren, springe ich auf und wandere in den kleinen Waschraum, wo ich mich zuerst ein wenig frisch mache und danach mit dem Rücken gegen die Wand lehne.

Die Frau, die mir aus dem Spiegel entgegenblickt, wirkt wie eine Fremde. Meine Augen leuchten, meine Wangen haben einen rosigen Farbton angenommen und meine Haare sind völlig zerzaust. Ohne es zu wollen, habe ich soeben eine Grenze überschritten. Für kurze Zeit habe ich meinen Verstand in Urlaub geschickt und Gefühle ausgelebt, die ich seit einer Ewigkeit unterdrückt habe. Doch jetzt bin ich emotional komplett überwältigt und weiß gerade nicht, ob ich lachen oder weinen soll.

Musste es denn ausgerechnet mein Boss sein, den ich zur Befriedigung meiner Gelüste auserkoren habe? Wie sollen wir nach diesem intimen Erlebnis denn noch zusammenarbeiten, einander mit Respekt und dem gebührenden Abstand begegnen?

Irgendwie ist diese gefakte Ehe außer Kontrolle geraten und hat eine Eigendynamik entwickelt.

Aber was soll ich jetzt mit dieser angebrochenen Nacht anfangen?

Mich erneut in Erics Arme stürzen, oder doch lieber den geordneten Rückzug antreten?

Dieser Mann hat Emotionen in mir erweckt, die ich bislang nicht kannte. Vielleicht war die Idee, mit ihm zu schlafen echt dämlich. Und dennoch wollte ich es nicht missen, denn es hat sich unsagbar gut angefühlt.

Ich will gar nicht daran denken, dass wir den Trailerpark, der für mich einer Insel des Friedens gleichkommt, bald verlassen müssen und ich dann wieder allein in meinem Bett liegen werde.

Kapitel 23

Eric

Nachdem Ava fast fluchtartig in den Waschraum des Trailers gestürzt ist, lehne ich mich zurück, schiebe einen Arm unter meinen Kopf und starre nachdenklich die hässliche Lampe über mir an.

Mein schlechtes Gewissen regt sich. Ich hätte Ava nicht vögeln dürfen. Aber bei Gott, ich war einfach nicht imstande, ihr länger zu widerstehen. Völlig skrupellos bin ich über sie hergefallen, habe mir noch nicht einmal die Zeit für ein Vorspiel genommen. Josie konnte mit meiner ungestümen Art umgehen, aber Ava ist weder abgebrüht noch berechnend. Im Gegenteil, sie wirkt recht unerfahren.

Vorsichtig wie eine Blüte, die den ersten warmen Sonnenstrahlen entgegenblinzelt, hat sie sich mir geöffnet. Doch ähnlich einem todbringenden Nachtfrost werde ich diese empfindliche Blüte zerstören, denn ich kann dieser Frau nicht einmal ansatzweise geben, was sie verdient und sich höchstwahrscheinlich auch wünscht.

Aber verdammt noch mal, mit ihr zu schlafen, hat kurzzeitig meine Probleme in den Hintergrund gerückt. Alles, was mich belastete, ist in der Sekunde von mir abgefallen, als ich in Ava eingedrungen bin. Ich möchte ein weiteres Mal bis zum Anschlag in ihr stecken, sie verwöhnen und mich obendrein von ihr verwöhnen lassen. Das ganze Programm, nicht bloß eine schnelle Nummer.

Ihr Facettenreichtum fasziniert mich auf eine mir unbekannte Weise. Diese Frau ist so anders als meine früheren Liebschaften. Scharfsinn, Stolz aber auch eine berührende Verletzlichkeit haften ihr an. Diese Eigenschaften, in Verbindung mit Aufrichtigkeit und einem gewissen Maß an Sex-Appeal, ergeben eine explosive Mischung, die in mir das Interesse weckt, mehr über meine süße Ehefrau in Erfahrung zu bringen.

In dieser Sekunde öffnet sich die Tür des Waschraums. Ein wenig verunsichert tritt Ava neben das Bett. Mein Blick taxiert ihren nackten Körper. Sie ist wunderschön, was ihr offenbar selbst nicht bewusst ist. Die zerzausten Haare, ihre vom Küssen geschwollenen Lippen und die weiblichen Rundungen, lassen sie wirken wie die personifizierte Sünde und törnen mich erneut an.

„Eric, können wir kurz reden?"

Nun, das ist nicht ganz das, was ich hören wollte!

Ich nicke, auch wenn mir der Sinn definitiv nicht nach einem Gespräch steht.

Sie rutscht neben mich unter die Decke und sucht nach meinem Blick. „Das eben war unglaublich. Ich weiß nur nicht, was ich davon halten soll. Was ging währenddessen in deinem Kopf vor?"

Überrascht ziehe ich die Augenbrauen hoch. „Was lässt dich glauben, dass ein Mann noch imstande ist zu denken, wenn er eine heiße Frau wie dich unter sich hat? Aber Spaß beiseite, ich verstehe deine Frage nicht. Auf was willst du hinaus?"

Sie zögert sekundenlang. „Hast du dabei an Josie gedacht?", bringt sie letztendlich ihre Bedenken zum Ausdruck.

Verdutzt starre ich sie an. „Keine Sekunde. Wie kommst du denn jetzt darauf?"

Sie holt vernehmlich Luft. „Um es auf den Punkt zu bringen: Ich habe mich dir quasi an den Hals geworfen, was mir im Nachhinein betrachtet, echt peinlich ist. Ich hätte das nicht tun dürfen, du hast erst vor Kurzem eine Frau verloren, die dir nahestand, und …"

Ich lege ihr einen Finger auf die Lippen, um ihrem Redefluss Einhalt zu gebieten. „Ava, hör auf damit! Du bist eine wundervolle Frau und stehst Josie in Nichts nach. Man kann euch beide überhaupt nicht miteinander vergleichen. Du bist natürlich, echt, einfach nur du, beim Sex wie auch im Leben. Josie hingegen war ein Profi in Sachen Erotik. Am Anfang wusste ich oft nicht, ob sie mir lediglich etwas vorspielt, um mich zufriedenzustellen."

Zärtlich fische ich ihr eine Locke von der Wange. „Darling, das eben war pure Leidenschaft, womöglich aus der Verzweiflung oder der beengten Situation heraus geboren. Aber wir haben das beide dringend gebraucht." Ich beuge mich zu ihr hinüber und küsse sie sanft auf den Mund. „Lass mich dich ein weiteres Mal nehmen, doch dieses Mal werde ich dich im Vorfeld ausgiebig verwöhnen. Ich möchte dir noch mehr Lust schenken, denn ich habe den Eindruck, die Männer, mit denen du bisher zusammen warst, haben dir niemals das Gefühl gegeben, eine begehrenswerte Frau zu sein."

Sie zieht scharf die Luft ein, als ich spielerisch an ihrer Lippe knabbere. Meine Hand wandert zu ihrem Busen und umschließt eine ihrer Brüste, was meiner süßen Ehefrau ein heiseres Keuchen entlockt und ihren Körper erbeben lässt. Ihre Brustwarze versteift sich augenblicklich, als ich mit dem Finger darüberstreiche.

Ava löst sich von meinen Lippen und starrt mich an. Die goldenen Sprenkel in ihren Augen strahlen richtiggehend und sind dermaßen ausdrucksstark, dass ich den Blick kaum mehr abwenden kann. In Sekundenschnelle hat sich wieder dieses erotische Prickeln zwischen uns aufgebaut, das mir bereits zuvor die Fassung geraubt hat.

„Eric, wie wird das mit uns weitergehen, sobald wir zurück in New York sind?"

Ich stoße zischend die Atemluft aus. Diese Worte üben auf mich die Wirkung einer eiskalten Dusche aus. Teufel noch mal, vollkommen gleich, was ich jetzt antworte, ich werde Ava verletzen. „Müssen wir das wirklich sofort entscheiden?", versuche ich, das Minenfeld zu umschiffen.

„Keineswegs. Doch ich habe Angst, einen Fehler zu begehen. Ich möchte mich nicht allzu sehr an dich gewöhnen, wenn alles vorbei sein wird, sobald wir wieder zu Hause sind."

„Verstehe. Aber du wusstest vorab, dass ich kein Mann für eine Beziehung bin. Und eigentlich lag es schon in meiner Absicht, eine günstige Gelegenheit abzuwarten, um Catwick wegen der Scheidung zu befragen."

Ich spüre, wie Ava sich versteift.

Tut mir leid, Darling! Aber du hast die Wahrheit verdient.

„Autsch", murmelt sie. „Das hat gesessen."

„Sag nicht, ich hätte dich nicht gewarnt."

„Verdammt, Eric, du hast mir gerade den besten Sex meines Lebens beschert und jetzt denkst du über Scheidung nach. So langsam begreife ich, warum du dich niemals bei deinem Vater gemeldet hast. Du bist ein gefühlskalter Idiot."

„Ich habe dir nie etwas versprochen", rechtfertige ich mich.

Doch sie hüpft aus dem Bett, wirft sich rasch ihr Kleid über und verlässt im Eiltempo den Wohnwagen. Dass sie weder Schuhe noch Unterwäsche trägt, scheint sie nicht zu stören.

Sekundenlang bin ich versucht, ihr zu folgen. Aber vielleicht ist es besser, sie erst einmal zur Ruhe kommen zu lassen.

Seufzend lehne ich mich zurück. Irgendwie geht in letzter Zeit alles schief, was ich anpacke. Wie konnte mein Leben bloß derart aus dem Ruder laufen?

Als Ava nach einer gefühlten Ewigkeit noch immer nicht zurückgekehrt ist, springe ich in Jeans und Schuhe, ziehe mir ein Hemd über und begebe mich ebenfalls nach draußen. Im Hintergrund geht bereits die Sonne auf und schickt ihre ersten Strahlen über den See. Ein faszinierender Anblick, mit dem ich mich glattweg anfreunden könnte. Auch wenn die Luft am frühen Morgen schon aufgewärmt ist und es gewiss wieder ein extrem heißer Tag werden wird, finde ich das Klima gar nicht mehr so unangenehm. Im Gegenteil, ich habe mich rasend schnell an die schwüle Hitze gewöhnt.

Mittlerweile verstehe ich auch den vorherrschenden Bekleidungsstil. Im Anzug, mit Hemd und Krawatte, würde man hier in seinem eigenen Saft schmoren. Kein Wunder, dass Shorts und dünne Shirts dermaßen angesagt sind. Alles hier ist zwanglos, tolerant und verdeutlicht einem unentwegt, dass es Wichtigeres im Leben gibt als Designerklamotten.

Nicht, dass ich mir diese erzwungene Auszeit gewünscht hätte, aber ich habe mit Sicherheit einiges dazugelernt. Und das verdanke ich einzig der Frau, die ich mit meinen schroffen Worten soeben in die Flucht geschlagen habe. Kurz nachdem sie sich mir völlig enthemmt hingegeben hat.

Carpenter, manchmal kannst du ein richtiges Arschloch sein!

Ich vermute Ava an ihrer Lieblingsstelle am See und wandere dorthin. Überrascht nehme ich zur Kenntnis, dass sie sich dort nicht aufhält.

Jetzt fällt mir nur noch Ted ein.

Er wohnt in einer baufälligen Hütte auf der anderen Seite des Parks. Allerdings weiß ich nicht, ob ich eine Begegnung mit ihm überleben werde, sollte Ava wirklich in ihrer Wut bei ihm Unterschlupf gesucht haben.

Doch das ist mir gerade gleich.

Ich muss wissen, ob es Ava gut geht, das ist alles, was für den Moment zählt. Folglich marschiere ich zielstrebig auf Teds Häuschen zu.

Als ich dort ankomme, brennt im Inneren Licht. Was nichts Außergewöhnliches ist, denn er gehört ebenfalls der Fraktion der Frühaufsteher an. Vorsichtig klopfe ich an die verzogene Holztür.

Wenige Sekunden später wird sie quietschend geöffnet und Teds massige Gestalt erscheint im Türrahmen. Ehe ich auch nur ein einziges Wort zum Besten geben kann, trifft mich seine Faust am Kinn. Der Schlag vermittelt den Eindruck, ich wäre ungebremst in eine Abrissbirne gelaufen. Kurzzeitig wird mir schwarz vor Augen und ich gerate ins Taumeln.

„Wenn du meiner Kleinen noch einmal wehtust, wirst du dir wünschen, niemals geboren worden zu sein“, droht er mir, ehe er die Tür wieder von innen zuschlägt.

Schmerzerfüllt reibe ich mir das Kinn und sinke auf eine alte Holzbank neben der Hütte, da sich in meinem Schädel nach wie vor alles dreht. Fassungslos schüttle ich den Kopf. Kurz brandet Wut in mir auf und ich ziehe in Erwägung, die Tür dieser brüchigen Bretterbude einzutreten und mir mit Ted einen Kampf unter Männern zu liefern.

Da ich jedoch nicht davon ausgehe, dass Ava ihm die ganze Wahrheit offenbart hat, kann ich sein Verhalten bis zu einem gewissen Grad sogar nachvollziehen. Frustriert rapple ich mich auf und schlurfe zum Trailer zurück.

Womöglich habe ich den Schlag ja verdient.

Kapitel 24

Eric

Versonnen betrachte ich den grauhaarigen Mann, der mir gegenübersitzt. Nachdem ein weiterer Zeitungsartikel uns signalisiert hat, dass wir zurückkehren können, haben wir das prompt in Angriff genommen. Viel länger hätten wir es in dem beengten Trailer sowieso nicht mehr ausgehalten, ohne uns gegenseitig an die Gurgel zu gehen. Die Stimmung war nach unserer gemeinsamen Nacht am Boden und Ava zu keinem versöhnlichen Gespräch bereit.

Auf einen erneuten Schlagabtausch mit Ted habe ich wohlweislich verzichtet, somit konnte ich mich allerdings auch nicht von Trixie verabschieden. Ich kann bloß hoffen, dass die Hündin ihren frisch erlangten Lebensmut weiterhin genießen wird.

Das Strafverfahren gegen mich wurde mittlerweile eingestellt und alle Anklagepunkte fallen gelassen. Dass der Circle wirklich meinen Hals aus der Schlinge gezogen hat, kann ich noch gar nicht so richtig glauben.

„Ich weiß überhaupt nicht, wie ich dir jemals danken soll, George."

Catwick winkt ab. „Kein Thema. Nun hast du die Macht des Secret Circle am eigenen Leib erfahren. Wir erwarten keinen Dank, sondern Gegenleistungen."

Ich nicke. „So langsam verstehe ich das Prinzip. Verrätst du mir, wie ihr den Typen überführen konntet?"

„Wir haben ans Licht gebracht, wer der größte

Nutznießer des Kursanstiegs der Airline-Aktie war. Zum Glück ist eins unserer Mitglieder bei der SEC tätig, also der Börsenaufsichtsbehörde. Natürlich wurde der Kauf über eine Scheinfirma abgewickelt, aber dank unserer Kontakte konnten wir eruieren, wer dahintersteckt. Josie hat früher für diesen Typen gearbeitet. Er war in eine Vielzahl dubioser Geschäfte verstrickt: Prostitution, Drogen, Spielhallen, Geldwäsche und einiges mehr. Den Rest kannst du dir sicher denken."

Ich nicke. „Hat er gestanden?"

„Mittlerweile ja."

Ich schließe für eine Sekunde die Augen und fahre mir mit den Händen übers Gesicht. „Weißt du, ob sie leiden musste?"

„Ich denke nicht."

„Sie könnte noch am Leben sein, wäre ich nicht so ein gottverdammter Idiot gewesen."

„Wohl wahr. Aber vergiss nicht, sie wollte dir übel mitspielen. Hätte sie sich loyal verhalten, wäre es niemals so weit gekommen."

„Ich habe sie gedemütigt, das hat die Misere losgetreten. Mit dieser Schuld werde ich wohl bis ans Ende meiner Tage leben müssen. Zudem belastet mich, dass ich nicht nachvollziehen kann, was genau geschehen ist."

Catwick räuspert sich. „Willst du das wirklich wissen?"

Ich blicke auf. „Du hast mir nicht die ganze Geschichte erzählt?"

„Bei der Durchsuchung ihrer Wohnung fand die Spurensicherung zwei winzige Überwachungskameras, die im Wohnzimmer versteckt waren. Ich glaube, deine Gespielin war nicht ganz so harmlos, wie du annimmst."

Ich schlucke den Kloß, der sich soeben in meinem Hals gebildet hat, hinunter. „Wie komme ich an die Aufzeichnungen?"

Er zögert einen Augenblick, ehe er sich erhebt, in den Nebenraum verschwindet und kurz darauf mit einem Briefumschlag zurückkehrt, den er mir überreicht. „Es wird dich sicher nicht glücklich machen. Also überlege dir gut, ob du es dir wirklich zumuten willst. Vielleicht schaust du dir einzig die erste Aufnahme an."

Ich greife nach dem Umschlag. „Da brauche ich nicht lange nachzudenken. Halbwahrheiten haben mich schon immer in den Wahnsinn getrieben. Aber ein ganz anderes Thema: Welche Gegenleistungen kann ich für den Circle erbringen?"

Er mustert mich. „Was ist überhaupt mit deinem Kinn geschehen? Ich hoffe doch, du bist nicht erneut in Schwierigkeiten geraten."

Ich reibe mir über den blauen Fleck, der nach wie vor nicht abgeklungen ist. Wie gut, dass Catwick keine Ahnung hat, wie ich noch vor ein paar Tagen aussah. „Halb so wild, einzig eine Begegnung mit einem von Avas früheren Bekannten. Diese Südstaatenjungs sind manchmal recht impulsiv."

Er blickt ein wenig irritiert drein, verzichtet aber glücklicherweise auf weitere Fragen. „Also, zurück zum Circle: Wir würden uns freuen, wenn du dem Sohn eines Mitgliedes eine Führungsposition in deiner IT-Firma einräumen könntest. Er ist clever und wird dich sicher nicht enttäuschen. Darüber hinaus könnte deine Bank einen Kredit für den Neubau eines

Gewerbegebietes in New Jersey zur Verfügung stellen. Möglicherweise kann dieses Darlehen jedoch niemals zurückgezahlt werden. Und drittens hätte ich jemanden an der Hand, der Interesse an deiner Airline hat, denn der Verkauf wurde wegen des ganzen Theaters erst einmal gestoppt und der ursprüngliche Käufer hat sich zurückgezogen."

Ich hole tief Luft und fühle mich wie ein kleiner Junge, der mit seinen Kumpels Glasmurmeln oder Abziehbilder austauscht. Doch hier geht es nicht um Spielzeug oder Sammlergegenstände, vielmehr reden wir über Millionen.

Vor allem das mit dem Kredit bereitet mir Unbehagen, denn für die Abwicklung müsste ich den Kontakt zu Ava aufnehmen, und ich hege fürwahr keine Lust auf eine Diskussion mit ihr. Aber ich befürchte, mir bleibt keine Wahl.

„Einverstanden."

Catwick strahlt. „Perfekt, ich wusste, man kann auf dich zählen. Dein Vater wäre stolz auf dich."

Ich lehne mich nach vorne. „George, warum hat mein Dad den Selbstmord meiner Mutter zugelassen? Er hätte doch darauf drängen können, sie zu involvieren. So wie ich es auch getan habe."

„Das hat er, mein Junge. Leider hatten wir damals noch ein paar erzkonservative Hardliner an Bord. Sie hätten sich niemals damit angefreundet, einer Frau unsere Geheimnisse zu offenbaren. Ich kann dir garantieren, dein alter Herr war nicht glücklich darüber."

„Aber hätte er nicht aussteigen können?"

„Dazu war er zu geradlinig. Er war viele Jahre unser Vorsitzender und hätte es niemals mit seinem

Gewissen vereinbaren können, einfach hinzuwerfen."

„Verstehe."

Ja, so war mein Vater wirklich, er stand zu seinem Wort.

„Als die Situation mit deiner Mutter außer Kontrolle geriet, entschied er, sich eine Auszeit zu genehmigen." Catwick seufzt. „Doch da war es bereits zu spät. Nachdem er von einer Geschäftsreise zurückkehrte, hatte sie sich die Pulsadern aufgeschnitten. Du darfst ihn nicht weiterhin hassen. Er wollte nur das Beste für seine Familie."

Mein Gegenüber lehnt sich zurück und wirft mir einen provozierenden Blick zu. „Glaubst du ernsthaft, du hättest problemlos in Silicon Valley Fuß fassen können, ohne die Hilfe des Circle? Hat es dich manchmal nicht verwundert, mit welcher Leichtigkeit du Aufträge gewonnen hast, wohingegen namhafte Konkurrenten leer ausgingen?" Er greift in eine Schublade und zieht eine Akte heraus, auf der der silberne Oktopus prangt.

Ein eiskaltes Gefühl kriecht in dieser Sekunde meine Wirbelsäule hoch, denn ich ahne, was er da in Händen hält. Einzig deswegen habe ich im Tresor des Circle kaum Informationen über meinen Dad gefunden. Catwick hatte sie unter Verschluss.

Er reicht mir die Akte. „Ich wollte erst sichergehen, dass du unserer würdig bist, daher hielt ich Pauls Unterlagen zurück. Du weißt, wir gehen aus Sicherheitsgründen niemals ins Detail. Aber du wirst sicher verstehen, wie sehr dein Vater dich immer unterstützt hat."

„Oh, mein Gott", hauche ich. „Jetzt wird mir so einiges klar."

„Dass du dich von ihm abgewandt hast, brach ihm nach dem Tod deiner Mutter ein zweites Mal das Herz.“

In diesem Moment ist das Maß des Erträglichen überschritten. Zuerst die Geschichte mit Josie, und nun das. Übelkeit steigt in einer derart zerstörenden Art und Weise in mir auf, dass ich auf der Stelle Catwicks Büro verlassen muss.

„Entschuldige mich bitte kurz, George.“

Als würde mich eine Horde Wölfe jagen, haste ich aus dem Raum in die nahe liegende Toilette, sacke dort auf die Knie und übergebe mich. Das, was Catwick mir offenbart hat, muss ich erst einmal verkraften.

Kapitel 25

Eric

Meine Hand mit dem Whiskeyglas zittert, als ich Dads Akte beiseitelege. Abermals steigt bittere Galle in meiner Kehle auf. Nicht nur, weil ich begriffen habe, wie sehr mein Vater mich all die Jahre unterstützt hat, sondern weil ich genau genommen bereits seit einer gefühlten Ewigkeit in der Schuld dieser Loge stehe.

Schon bei der Vergabe des Grundstücks, auf dem meine Firma erbaut wurde, hatte der Circle die Finger im Spiel. Von den Konkurrenten, die sie über die Jahre hinweg plattgemacht haben, ganz zu schweigen.

Dieser Verein ist derart mächtig, dass sie mich problemlos von heute auf morgen über die Klinge springen lassen könnten. Und so langsam geht kein Weg mehr daran vorbei: Ich werde den Rest meines Lebens an diese Verbindung gekettet sein.

Erneut schenke ich mir einen Whiskey ein. Zurzeit befinde ich mich in meinem Flugzeug auf dem Weg nach San Francisco, denn ich muss in meiner Firma dringend Ordnung schaffen.

Ob ich es heute noch mental verkraften werde, mir die Informationen über Josie anzuschauen, kann ich für den Moment nicht einschätzen. Keineswegs will ich vollends zusammenzubrechen.

In dieser Sekunde wünschte ich mir, Ava wäre an meiner Seite, bei ihr könnte ich sicher Halt finden. Da ich Idiot sie jedoch verärgert habe, muss ich das jetzt wohl allein durchstehen.

Als ich zu später Stunde in meiner Villa in den Emerald Hills ankomme, siegt die Neugier. Ich öffne das Kuvert, das Catwick mir ausgehändigt hat, und entdecke zwei USB-Sticks. Unschlüssig starre ich darauf.

Letztendlich hole ich mir einen weiteren Whiskey, sinke im Büro auf meinen Schreibtischstuhl und fahre den Laptop hoch. Mit zittrigen Fingern stöpsle ich den USB-Stick ein, der mit einer Eins gekennzeichnet ist.

Die Aufnahme startet und meine Überraschung könnte nicht größer sein.

Wann zur Hölle hatten Josie und ich Sex in ihrem Wohnzimmer?

Bei dem Gedanken, dass Catwick und ein paar andere Mitglieder des Circle diese Szenen gesehen haben, würde ich diesen Menschen am liebsten niemals wieder unter die Augen treten.

Ich spule weiter. Hm, offenbar haben wir es häufiger auf dem Sofa getrieben. Ich kann bloß beten, dass sie diese Sexszenen nicht mit irgendeinem Hintergedanken aufgezeichnet hat.

Schließlich komme ich zu dem Abend, an dem ich ihr von meiner Hochzeit erzählt habe. Nachdem ich sie verlassen hatte, brach Josie weinend zusammen. Die Bilder tun mir im Herzen weh.

Gute Güte, was habe ich ihr angetan?

Gerade will ich weiterspulen, da ich ihren Schmerz nicht länger mit ansehen kann, als sie sich ruckartig aufrichtet. Sie wischt sich die Tränen von den Wangen, schnappt die Tasche, die ich ihr geschenkt habe, und feuert sie wütend gegen die Wand.

„Du verdammter Scheißkerl, ich habe dich geliebt! All deine Launen jahrelang ertragen. Ich hätte deine Frau werden sollen! Nicht irgendeine dahergelaufene Schlampe. Das wirst du mir büßen."

Der Zorn in ihrer Stimme schlägt mir aufs Gemüt. Was zur Hölle ist mit diesem sanftmütigen Wesen geschehen, niemals zuvor habe ich sie so erlebt. Zeigt sie gerade zum ersten Mal ihr wahres Gesicht?

Während ich noch grüble, greift Josie zum Telefon, erhebt sich und marschiert in die Küche, sodass ich nicht verstehen kann, mit wem sie spricht. Kurze Zeit später bricht die Aufnahme ab und startet wieder als ein großer, schlaksiger Typ in Lederjacke ihre Wohnung betritt.

„Raymond, wie schön, dass du kommen konntest", höre ich Josie flöten.

Er nimmt auf einem Sessel Platz, sodass ich die protzigen Goldketten und die riesige Uhr an seinem Handgelenk erkennen kann. „Für dich doch immer, Zuckerpüppchen."

Ich entsinne mich, dass sie den Namen Raymond hin und wieder erwähnt hat, da er früher ihr Arbeitgeber war. Allerdings hatte ich eine völlig andere Vorstellung von dem Chef einer Callgirl-Agentur, denn dieser Kerl hier wirkt wie ein billiger Zuhälter.

„Hör zu, ich hätte da eine Bitte", legt Josie auch schon los. „Du müsstest mir helfen, jemanden aus dem Weg zu räumen, der meine Existenz bedroht."

Raymond legt die Stirn in Falten. „Du sprichst von Mord?"

Als sie nickt, überkommt mich das Gefühl, sie hätte mir soeben bei lebendigem Leib, das Herz herausgerissen.

Das kann nicht sein. Wollte sie mich allen Ernstes umbringen lassen?

Raymond zieht vernehmlich die Luft ein. „Wow, du hast dich noch nie mit halben Sachen abgegeben. Um wen geht es? Belästigt dich einer deiner Freier? Das Problem können wir sicher auf andere Art lösen."

„Kein Freier. Der Mann, den ich liebe, hat geheiratet. Töte seine Frau und lass es wie einen Unfall aussehen."

Das Whiskeyglas rutscht mir aus der Hand und zersplittert mit einem lauten Knall am Boden.

Ava! Sie wollte Ava ermorden lassen!

Ich kann es nicht glauben. Dieser Frau habe ich all die Jahre vertraut und in Wirklichkeit ist sie ein kaltblütiges Monster. Jetzt verstehe ich, warum Catwick mich davon abhalten wollte, mir das Video zu Gemüte zu führen. Und ich begreife noch eine weitere Sache: Catwick wusste von Anfang an Bescheid. Er hat nicht mich geschützt, als er uns aus der Stadt jagte, sondern Ava.

„Wer ist sie?", durchdringt Raymonds Frage das Chaos in meinem Kopf.

„Sie leitet die Carpenter-Bank in New York und ist die Frau des Inhabers, Eric Carpenter. Ich habe keine Ahnung, wie sie heißt, aber das wirst du sicher herausfinden."

Erneut zieht ihr Gegenüber scharf die Luft ein. „Puh, dir ist aber schon klar, dass das teuer wird. Womöglich verfügt sie über Bodyguards, da kann ich keinen blutigen Anfänger schicken."

Josie nickt. „Ein paar deiner Leute kennen sich doch ganz gut mit Finanzgeschäften aus. Wie wäre es, wenn sie von dem Verkauf einer Firma erfahren würden, bevor es offiziell wird."

Ich schnappe nach Luft.

Nein, das plaudert sie nicht wirklich aus! Lieber Gott, sag mir, dass ich träume.

Raymond sinniert sekundenlang. „Das kommt auf die Firma an. Ich bräuchte nähere Informationen."

„Aus sicherer Quelle weiß ich, dass Global Airlines in den nächsten Tagen verkauft werden soll und der Wert dadurch ansteigen wird. Ich kenne mich damit zwar nicht aus, aber ich denke, dieser Gewinn sollte ausreichen, um einen Auftragskiller gebührend zu entlohnen, richtig?"

Vollkommen erledigt sacke ich in mich zusammen. Soeben hat sie den letzten Nagel in meinen Sarg geschlagen. Niemals wieder werde ich irgendeinem Menschen vertrauen können. Insgeheim wusste ich schon immer, dass Josie es faustdick hinter den Ohren hat. Ich wollte es nur nicht wahrhaben, da ich mich ansonsten damit hätte auseinandersetzen müssen.

Einem Instinkt folgend greife ich nach meinem auf dem Schreibtisch liegenden Handy und wähle Catwicks Nummer. Dass es in New York mitten in der Nacht ist, spielt keine Rolle.

Es dauert eine gefühlte Ewigkeit, bis er sich meldet. „Du hast dir die Aufzeichnungen angesehen?", fragt er prompt. Manchmal bewundere ich seinen Scharfsinn.

„Bisher nur die erste. Beantworte mir eine Frage, schwebt Ava weiterhin in Gefahr?"

„Falls deine frühere Gespielin nicht einen zweiten Killer engagiert hat, nicht. Wir haben den ganzen

Ring zerschlagen lassen.“

„Du hättest es mir sagen müssen.“

Er seufzt. „Eric, du hast Ava Hals über Kopf geheiratet, damit ihr nichts geschieht. Keiner weiß, wie du auf die Neuigkeit reagiert hättest, dass sie umgebracht werden soll. Wir dürfen nicht auffallen, begreife das doch endlich!“

Catwick hat recht, wahrscheinlich hätte ich Ava bei Nacht und Nebel aus dem Land geschafft, was in unserer damaligen Situation sicher nicht die klügste Variante gewesen wäre.

„Schon gut, entschuldige, die Emotionen sind soeben mit mir durchgegangen.“

„Eric, tu dir selbst einen Gefallen und schau dir das zweite Video nicht an. Die erste Aufnahme haben wir erhalten, während du dich in Untersuchungshaft befandest. Ich begriff, in welcher Gefahr Ava schwebte und legte euch daher nahe, schnellstmöglich unterzutauchen. Allerdings war ich verunsichert, was den Mord betraf. Ich wusste nicht, ob du eventuell von Josies Verrat erfahren hast und sie deswegen aus dem Weg räumen ließest.“

Er hält einen Moment inne. „Verzeih mir, dass ich an dir gezweifelt habe, aber ich weiß, wie impulsiv du sein kannst. Als dem FBI Tage später dieser Raymond ins Netz ging, gestand er zwar das mit dem Aktiengeschäft, leugnete jedoch den Mord. Daraufhin ließen wir Josies Wohnung erneut auf den Kopf stellen und fanden glücklicherweise die zweite Kamera.“

„Danke“, murmle ich, „aber entschuldige mich jetzt bitte, ich muss nachdenken.“ Bevor Catwick mir weiter ins Gewissen reden kann, lege ich auf, werfe den Kopf in den Nacken und nehme die Decke ins Visier.

Nicht auszudenken, wenn Ava etwas zugestoßen wäre!

Warum habe ich ihr nicht längst einen Bodyguard zugeteilt? Als meine Frau ist sie einer konstanten Gefahr ausgesetzt. Gut, bisher ist die Öffentlichkeit nicht über unsere Ehe informiert. Aber sobald das geschieht, muss ich handeln, auch wenn Ava mich dann für verrückt erklären wird. Sie ist ja schon nahezu ausgeflippt, als ich einen Chauffeur für sie abstellen wollte. Mir schwant, dass das keine einfache Diskussion werden wird.

Doch zuerst muss ich eine andere Entscheidung treffen: Soll ich Catwicks Rat befolgen und den zweiten USB-Stick am besten in der Toilette versenken?

Wenngleich ich mir den Rest zusammenreimen kann, nagt die Ungewissheit an mir.

Dumme, naive Josie!

Ohne es zu begreifen, hat sie sich in einen abgrundtiefen Sumpf begeben, der sie mit Haut und Haaren verschlungen hat.

Schlussendlich hole ich mir einen weiteren Whiskey und starte die zweite Aufnahme.

Raymond erscheint abermals in ihrer Wohnung. An und für sich ist es ja meine Wohnung, doch ich denke, ich werde sie verkaufen, da ich sie niemals wieder betreten will.

Meine Hand mit dem Whiskeyglas zittert, denn meine Nerven sind zum Zerreißen angespannt. Das hier fühlt sich an wie bei einem Horrorfilm: Man weiß, es wird gleich etwas Grausames geschehen, doch man ist nicht in der Lage, die Augen abzuwenden.

Josie trägt ein kurzes weißes Kleid und sieht darin einfach faszinierend aus. Erwartungsvoll starrt sie Raymond an.

Erneut fällt dieser großspurig in einen Sessel, als wäre er hier zu Hause.

Arschloch! Ich denke, ich sollte dafür sorgen, dass er im Knast nichts zu lachen haben wird.

„Josie, wir sind in ernsten Schwierigkeiten. Der Aktienkurs dieser verdammten Airline ist explodiert. Es geht hier um mehrere Millionen. Man könnte uns auf die Schliche kommen, daher habe ich entschieden, vorübergehend das Land zu verlassen. Wie wäre es, wenn du mich begleiten würdest?"

Josie reißt überrascht die Augen auf, während sie aufs Sofa plumpst. „Millionen? Wow! Äh, nein. Ich möchte hier eigentlich nicht weg. Aber was ist mit Erics Frau?"

Ich schließe die Augen.

Gott, Josie!

Der Typ spielt mit der protzigen Goldkette an seinem Hals. „Hör zu, ein Mord ist momentan zu gefährlich. Also, was ist, kommst du mit mir? Mit der ganzen Kohle können wir uns ein schönes Leben machen. Ganz, wie in alten Zeiten."

„Nein, Raymond, ich habe mich verändert. Das mit uns beiden passt nicht mehr."

Er fährt sich mit einer Hand hektisch durchs Haar. „Schätzchen, was denkst du, wird dieser Carpenter mit dir anstellen, wenn er erfährt, dass du ihn verarscht hast?"

„Lass das mal meine Sorge sein, ich habe Aufnahmen von ihm, die er sicher ungern in der Öffentlichkeit sehen möchte."

„So naiv kannst auch nur du sein!", fährt er sie ungehalten an.

Josie verzieht verärgert das Gesicht und weist mit dem Arm in Richtung Tür. „Verschwinde auf der Stelle aus meiner Wohnung und wage es nicht, jemals wieder hier aufzutauchen. Ich werde jemanden engagieren, der zuverlässiger ist als du. Niemals hätte ich dich für einen derartigen Jammerlappen gehalten." Sie springt auf, macht auf dem Absatz kehrt und beabsichtigt, den Raum zu verlassen.

Raymond erhebt sich nun ebenfalls, blickt suchend um sich und greift dann nach einer massiven Metallschale, die auf dem Wohnzimmertisch steht. Mit großen Schritten jagt er Josie hinterher und schlägt ihr das Teil mit voller Wucht auf den Hinterkopf. Sie schreit auf und stürzt zu Boden. Nachdem Raymond noch zwei weitere Male zugeschlagen hat, rührt sie sich nicht mehr.

Ich hingegen jage hoch, renne ins Bad und übergebe mich erneut.

Die Tränen, die mir dabei übers Gesicht rinnen, nehme ich bloß am Rande wahr. Ich glaube, ich habe seit dem Tod meiner Mutter nicht mehr geweint, doch jetzt heule ich wie ein kleines Kind. Um meinen Dad, und um Josie. Auch wenn sie mich verraten hat, war sie mir wichtig. Niemals habe ich diesen beiden Menschen mitgeteilt, wie viel sie mir bedeutet haben. Im Gegenteil, ich habe sie verletzt.

„Wo auch immer ihr jetzt seid, bitte verzeiht mir", murmle ich, den Blick zur Decke erhoben. Wohl wissend, dass meine Entschuldigung zu spät kommt.

Kapitel 26

Ava

Ich sitze in meinem Büro und versuche nach wie vor das Chaos, das in meiner Abwesenheit entstanden ist, zu beseitigen. Eric habe ich seit unserer Rückkehr nicht mehr zu Gesicht bekommen. Nicht verwunderlich, denn auch er muss bei Secur erst einmal nach dem Rechten sehen. Meines Wissens nach wurden alle Anklagepunkte gegen ihn dank des Circle fallen gelassen. Er sollte jetzt wieder ein freier Mann sein.

Die Nacht mit ihm werde ich in meinem ganzen Leben nicht vergessen. Sie war sagenhaft, der beste Sex, den ich je hatte. Aber auch ein gewaltiger Schlag ins Gesicht, als Eric von Scheidung sprach. Die winzigen Hoffnungsfunken, die sich während der Zeit im Trailerpark in mir entzündet hatten, erloschen wie eine Kerze im Wind.

Mittlerweile habe ich jedoch eingesehen, dass das mit uns beiden keinen Sinn macht und Eric mir im Prinzip einen Gefallen damit getan hat, mich rasch auf den Boden der Tatsachen zurückzuholen. Ich bin diesem Mann jetzt schon halbwegs verfallen, wären wir erneut miteinander im Bett gelandet, hätte ich mich unter Garantie in ihn verliebt.

Ich seufze theatralisch. Gesetzt den Fall, das ist nicht längst geschehen.

Aber ich habe keine Lust darauf, mir das Herz brechen zu lassen. Da widme ich mich doch lieber wieder meinem Job und versuche, die Erinnerungen an den Trailerpark zu verdrängen.

Was nur bis zu einem gewissen Grad möglich ist,

denn gestern hat Eric mir per Mail den Auftrag erteilt, die Finanzierung eines Projektes in New Jersey abzuwickeln. Nachdem ich mich näher mit diesem abgelegenen Gewerbegebiet befasst habe, bin ich nicht gewillt, seinen Anordnungen Folge zu leisten. Das Start-up einer völlig unbekannten Firma zu unterstützen, ist ein einziges Risiko. Aber das müsste Eric doch ebenfalls wissen.

Ich zögere noch eine Zeit lang, ehe ich zum Telefon greife und ihn anrufe.

„Ava." Allein der Klang seiner Stimme tritt ein Kribbeln in meinem Inneren los, das mir durch Mark und Bein geht.

Verflixt, ich sollte ihn mir schnellstmöglich aus dem Kopf schlagen. Ich kann nicht andauernd weiche Knie bekommen, wenn ich mit meinem Chef in Kontakt treten muss.

„Eric, ich möchte dich nicht lange stören. Nur eine Sache, diese Finanzierung in New Jersey … Ich benötige Businesspläne und Referenzen, sonst kann ich das Geld nicht zur Verfügung stellen."

„Das ist nicht nötig. Vertrau mir, diese aufstrebende Firma hat große Zukunftschancen."

„Aber was, wenn es in die Hose gehen sollte? Es gibt keinerlei Sicherheiten."

Er seufzt leise. „Ava, tu bitte einfach, was ich dir sage. Ich bin wieder ein freier Mann, daher dachte ich mir, im Gegenzug tue ich mal etwas Uneigennütziges."

In diesem Moment begreife ich, was er mir mitteilen will. Ich schlucke den Einwand, der mir bereits auf der Zunge liegt, hinunter. Ein paar Millionen bewusst in den Sand zu setzen, entspricht nicht meiner Mentalität. Doch es sieht ganz danach aus, als ob ich in diesem Fall über meinen Schatten springen müsste. „Alles klar. Ich werde zusehen, dass ich das Geld pünktlich freigeben kann.“ Ich ringe mich zu der nächsten Frage durch: „Wie geht es dir, Eric?“

„Es ging schon besser. Ich habe einige Dinge über meinen Vater und Josie in Erfahrung gebracht, die mir ziemlich auf den Magen geschlagen sind. Außerdem stecke ich knietief in der Arbeit, aber ich befürchte, bei dir sieht es ähnlich aus. Keine Firma steckt es weg, einfach mal ein paar Wochen ohne Führungskraft dazustehen.“

„Das kannst du laut sagen. Willst du mir erzählen, was du herausgefunden hast?“

„Vielleicht irgendwann, ich muss das erst einmal selbst verdauen. Und schon gar nicht am Telefon. Ich werde in zwei Wochen in New York sein, da ich zum Unternehmer des Jahres nominiert worden bin. Ich würde mich sehr freuen, wenn du mich zu der Preisverleihung begleiten könntest. Bei so einem Event allein aufzutauchen, lässt manche Frauen zu Hyänen werden. Obendrein möchte ich den Argwohn des Circle im Moment noch nicht wecken.“

Ich schnappe nach Luft.

Nein, auf gar keinen Fall!

Aber habe ich eine Wahl? Wohl eher nicht.

„Einverstanden. Genau wegen diesen Goldgräberinnen habe ich deinen Vater auch ab und an begleitet.“

Er schweigt sekundenlang. „Perfekt. Ich danke dir. Aber jetzt entschuldige mich, ich muss in ein Meeting.“

Nachdem ich aufgelegt habe, lehne ich mich gedankenverloren zurück. Ich verfluche mich dafür, dass mein Herz gerade schlägt wie verrückt. Die Vorstellung, Eric wiederzusehen, versetzt meinen ganzen Körper in Aufruhr und ich habe nicht den Hauch einer Ahnung, wie ich meine Gefühle für diesen Mann niederkämpfen soll.

Kapitel 27

Eric

„Eric, kann Secur das IT-Projekt im Pentagon übernehmen?“, fragt mich Bruce, ein hochrangiger Politiker, der gerade für einen Senatorenposten kandidiert.

„Liebend gerne, aber ich bin momentan mit den Kapazitäten am Limit. Zuerst benötige ich neue Mitarbeiter.“

„Kein Thema“, äußert Scott, der Bildungsminister. „Ich schiebe dir einige erstklassige IT-Absolventen zu.“

Ich nicke zufrieden. „Perfekt, dann sollte das mit dem Pentagon kein Problem sein. Ich bin übrigens mit unserer PKW-Leasingfirma ein wenig unglücklich. Hat einer von euch Beziehungen zu einer anderen?“ Mein Blick wandert zwischen den fünf Männern, die mit mir am Tisch sitzen, hin und her. Wir befinden uns mal wieder unter der New Yorker Kirche, von der Außenwelt völlig abgeschirmt.

„Ich habe einen Klienten, der in dieser Branche tätig ist“, äußert Catwick. „Ich werde ihn kontaktieren.“

„Hervorragend. War sonst noch etwas?“

Alle schütteln den Kopf.

Mittlerweile habe ich begriffen, wie der Hase beim Secret Circle läuft. Meine anfänglichen Hemmungen haben sich verflüchtigt, und ich kann nicht leugnen, dass mich das Vorgehen und der Zusammenhalt beeindrucken. Wir leiten die Geschicke der Vereinigten Staaten, schießen unliebsame Konkurrenten aus dem Rennen und fördern unsere Mitglieder, ihre Freunde und Bekannten. Dabei beeinflussen wir nicht nur die freie Marktwirtschaft und die Politik, sondern obendrein die Justiz und das Militär.

Darüber, ob dieses Verhalten strafbar oder moralisch bedenklich ist, mache ich mir längst keine Sorgen mehr. Denkt nicht jede Nation in erster Linie an sich selbst? Und wer könnte uns denn verurteilen, falls wir irgendwann auffliegen sollten? Einige der hohen Richter gehören nämlich dem Circle an.

Bis auf Catwick verlassen alle den Raum.

Als ich meine Akten zusammenpacke, setzt er sich mir gegenüber. „Hast du noch eine Minute?"

Ich schaue auf. „Natürlich."

Er räuspert sich. „Ava ist eine große Hilfe. Die Finanzierung hat sie meisterhaft abgewickelt. Wir wissen ihre Professionalität sehr zu schätzen." Er sucht nach meinem Blick. „Was ich eigentlich sagen will: Ich weiß, dass du sie bloß geheiratet hast, um sie vor dem Tod zu bewahren. Falls dich diese Ehe belastet oder einschränkt, würden wir dir eventuell genehmigen, dich scheiden zu lassen. Unter der Voraussetzung, dass Ava weiterhin für uns arbeitet, denn ich vertraue ihr inzwischen voll und ganz. Schon dein Vater hat sie in den höchsten Tönen gelobt. Daher gehe ich davon aus, sie würde keine Gefahr für uns darstellen, auch wenn sie nicht mehr deine Gattin sein sollte."

Ich betrachte ihn nachdenklich. „Und trotzdem hättest du sie umbringen lassen?"

Er zuckt mit den Schultern und weicht mal wieder meinem Blick aus. „Womöglich hätte sich ja noch eine Alternative aufgetan, die sie auf andere Art und Weise zum Stillschweigen verpflichtet hätte."

Dieses Schlitzohr! Er hat uns vorgeführt.

Es fällt mir schwer, ein Grinsen zu unterdrücken. „Über diese Alternativen solltest du mich recht bald einmal aufklären, denn ich würde es sehr begrüßen, meine Finger nicht mit dem Blut anderer Menschen zu beflecken."

Das von Josie reicht vollkommen aus, setze ich in Gedanken hinzu.

Er schmunzelt. „Kommt Zeit, kommt Rat. Aber was ist jetzt, soll ich mich bei Gelegenheit um die Scheidungspapiere kümmern? Oder hast du dich mittlerweile daran gewöhnt, eine Ehefrau an deiner Seite zu haben?"

Ich lehne mich zurück, werfe den Kopf in den Nacken und starre die Decke an. Momentan nehme ich an der Ehe mit Ava keinen Anstoß. Aber ich habe zurzeit auch viel zu viel um die Ohren, um mich mit Frauen zu beschäftigen. Außerdem muss ich das mit Josie erst einmal verarbeiten. Nichtsdestotrotz wäre es sicher für uns beide von Vorteil, wieder frei und ungebunden zu sein.

Ich nicke. „Klingt gut. Ich wäre dir sehr verbunden, wenn du dich um die Papiere kümmern würdest."

Kapitel 28

Ava

Überrascht halte ich inne, als ich am Abend den Fahrstuhl verlasse und im Penthouse herrscht mal wieder Festbeleuchtung. Zum Sparen werde ich meinen Ehegatten wohl in diesem Leben nicht mehr erziehen können.

„Eric?“

Prompt marschiert er aus dem Büro, eine Hand lässig in der Anzugshose vergraben. Die Krawatte hat er gelockert und den oberen Hemdknopf geöffnet.

Seit fast sechs Wochen habe ich ihn nicht gesehen und sogleich schlägt mein Herz bei seinem Anblick ein paar Takte schneller. Ein Sturm der Emotionen rast durch mich hindurch: Trauer, da das mit uns beiden nicht funktioniert. Wut, dass er derart gefühlskalt sein muss. Und letztendlich unterschwellige Hoffnung, wir könnten vielleicht doch noch zueinanderfinden.

Ich denke an die Nacht mit ihm zurück. Wie sich seine Küsse angefühlt haben, seine Liebkosungen, seine Härte in mir. Prompt schwappt eine heiße Woge der Lust durch meinen Körper.

„Ava, wie schön dich wiederzusehen. Ich habe entschieden, einen Tag früher anzureisen. Wie geht es dir?“

Er verkürzt die Distanz zwischen uns, zieht mich an den Oberarmen sanft an sich und küsst mich auf die Wange. Der herbe Duft seines Rasierwassers hüllt mich ein und lässt mich um ein Haar genüsslich seufzen.

Zu meinem großen Missfallen wendet Eric sich jedoch rasch wieder von mir ab. Jammerschade, denn ich würde mir mehr Verbundenheit wünschen. Das hier ist eine Begrüßung unter Freunden, aber sicher nicht unter zwei Personen, die eine heiße Nacht miteinander verbracht haben und obendrein verheiratet sind.

Möglicherweise nimmt er sich ja zurück, da ich ihn während der Rückfahrt vom Trailerpark mit Missachtung gestraft habe. Zugegeben, ich war wütend. Doch ich bin nun mal kein nachtragender Mensch und habe ihm längst verziehen.

Ich suche nach seinem Blick, um darin zu lesen. Die Kälte in seinen Augen erfüllt mich mit Schmerz. Nichts erinnert mehr an unsere gemeinsame Zeit und die leidenschaftliche Nacht.

Ich bin kein Mann für eine Beziehung!, hallen seine Worte in meinem Kopf wider.

Jep, offenbar war das kein leeres Gerede. Wie konnte ich nur so dumm sein und glauben, da wäre etwas zwischen uns.

„Danke, es geht mir gut. Viel Arbeit. Aber du weißt ja, ich brauche das.“ Mein Blick richtet sich auf sein Kinn. „Zum Glück ist der blaue Fleck in deinem Gesicht kaum mehr sichtbar. Das wäre schon ein wenig peinlich, wenn du damit einen Preis entgegennehmen müsstest. Ich möchte mich noch einmal dafür entschuldigen. Ich hätte nicht gedacht, dass Ted gleich derart überreagiert.“

Eric winkt ab. „Vielleicht hatte ich es ja verdient.“

„Nein, du warst immer ehrlich zu mir. Ich hatte meine Gefühle in diesem Moment nicht im Griff. Niemals zuvor habe ich mich mit einem Mann deines

Kalibers eingelassen. Meine beiden Exfreunde waren ziemliche Langweiler, auch in sexueller Hinsicht. Du hast mich in dieser Nacht an meine Grenzen getrieben. Tut mir echt leid."

„Halb so wild. Danke noch, dass du diese Finanzierung so schnell und problemlos über die Bühne gebracht hast."

„Kein Thema. Dir ist sicher bewusst, dass das für die Carpenter-Bank ein Minusgeschäft werden könnte."

„Durchaus, aber so funktioniert der Circle nun einmal. Sei mir nicht böse, dass ich dir am Telefon nichts Genaueres verraten habe. Nach alledem, was sich in letzter Zeit zugetragen hat, bin ich gerade übervorsichtig."

„Das kann ich verstehen. Aber bedeutet das, ich muss zukünftig häufiger in Projekte investieren, deren Lukrativität mich nicht überzeugt?"

„Wäre möglich. Hast du ein Problem damit?"

„Hast du denn ein Problem damit?"

„Mittlerweile nicht mehr."

Ich nicke. „Alles klar, mitgefangen – mitgehangen. Wir können uns ja die Gefängniszelle teilen, falls wir irgendwann auffliegen sollten."

Er schmunzelt. „Vertrau mir, das wird nicht geschehen." In diesem Moment knurrt sein Magen.

„Hunger?", frage ich. „Im Kühlschrank sollte noch ein Stück Hühnchen sein. Aber wir könnten uns auch etwas kommen lassen."

Er lächelt. „Hast du Lust, eine Kleinigkeit mit mir essen zu gehen? Vor ein paar Tagen hat hier in der Nähe ein neues Sternerestaurant eröffnet. Es gehört einem Bekannten, daher würde ich es gerne austesten.“ Er hält sekundenlang inne. „Ich war übrigens gerade zum ersten Mal am Grab meines Vaters.“

Verwundert betrachte ich ihn. „Du hast ihm verziehen?“

„Nicht ganz, doch inzwischen kann ich große Teile seines Verhaltens nachvollziehen. Aber ich erzähle dir nachher, was ich herausgefunden habe.“

Die ungewohnte Verletzlichkeit in Erics Stimme signalisiert mir, was für eine schwere Zeit er gerade durchmacht. Vielleicht hat er mittlerweile ja begriffen, dass er mehr für Josie empfand, als er sich eingestehen wollte.

Bei der Vorstellung jagt eisige Kälte durch meinen Körper, die mein Herz schwer werden lässt.

„Einverstanden, lass uns gehen“, äußere ich rasch.

Die Atmosphäre zwischen uns ist befangen, daher sind wir in einem öffentlichen Restaurant wahrscheinlich besser aufgehoben als in der Abgeschiedenheit der Wohnung. Zügig verlassen wir das Penthouse.

Als die schwarze Limousine am darauf folgenden Abend vor der prächtig beleuchteten New York Public Library zum Stillstand kommt, bin ich verunsichert. Medienrummel war noch nie mein Ding. Eric hingegen, der in seinem Smoking schlichtweg zum Niederknien aussieht, steckt das Ganze locker weg. Ich vermute, er ist daran gewöhnt.

Gentlemanlike hilft er mir aus dem Wagen, zwinkert mir währenddessen aufmunternd zu und reicht mir den Arm. Rasch hake ich mich bei ihm unter. Seine Nähe vermittelt mir ein wenig Selbstbewusstsein.

„Lächeln“, flüstert er, als uns ein paar Reporter mit Kameras ins Visier nehmen. „Du bist glücklich verheiratet, denk daran.“

Ich versuche, seinem Wunsch zu entsprechen, habe aber das Gefühl, mein aufgesetztes Lächeln gleicht eher einer Grimasse. Die Aufmerksamkeit, der ich ausgesetzt bin, ist mir unangenehm. Ich trage ein dünnes rotes Seidenkleid, das für meine Verhältnisse extrem figurbetont ist, und fühle mich darin nackt. Da ich mir von meinem Ehemann jedoch nicht wieder vorwerfen lassen wollte, ich wäre prüde, habe ich mir dieses Teil zugelegt. Vielleicht lag es ja auch ein ganz klein wenig in meiner Absicht, meinen Gatten zu beeindrucken. Aber wer weiß das schon so genau?

Seltsam, in den Südstaaten habe ich mit solchen Klamotten kein Problem, aber in New York bin ich in dieser Hinsicht gehemmt. Allerdings haben mir Erics bewundernde Blicke signalisiert, dass ich für den Anlass korrekt gekleidet bin, daher sollte ich mir nicht so viele Gedanken machen.

Wir steigen die Stufen empor und erreichen glücklicherweise recht schnell den Eingang der Bibliothek, zu der die meisten Journalisten offenbar keinen Zutritt haben.

Die wundervolle Astor Hall im Inneren ist geschmackvoll beleuchtet. Mit glitzernden Kristallgläsern und Silberbesteck dekorierte Tische vermitteln ein elegantes Ambiente. Prächtige Blumengestecke, die einen angenehm süßlichen Duft verbreiten, zieren die Säulen und Wände.

Eric steuert einen Tisch an, an dem bereits Dr. Catwick und ein mir unbekanntes älteres Paar ausharren. Ich erfahre, dass es sich bei dem Herrn um einen Senator handelt und kann mir schon denken, woher Eric ihn kennt. Gott sei Dank habe ich bislang nicht viel von den Machenschaften des Secret Circle mitbekommen, denn ich finde die Macht dieser Geheimloge beängstigend.

Nachdem sich noch ein jüngeres Pärchen zu uns gesellt hat, sind alle Plätze am Tisch belegt. Die Nachkömmlinge scheinen Freunde von Eric zu sein, denn die beiden Männer gehen sehr vertraut miteinander um. Er stellt mir den attraktiven dunkelblonden Mann als Brandon Quest vor und seine nicht minder hübsche Begleiterin als Emily. Bewundernd gleitet mein Blick über die Flut blonder Locken, die ihr kaskadenförmig über die Schultern fällt. Sollte das keine Perücke sein, habe ich niemals zuvor derart perfektes Haar erblickt.

Eric ist den Abend über sehr um mich bemüht und mimt ganz den verliebten Ehemann. Wüsste ich nicht, dass er hier einzig eine Riesenshow abzieht, würde ich ihm die Rolle abkaufen.

Nach einem vorzüglichen 4-Gänge-Menü beginnt die Preisverleihung. Mehrere Personen aus Politik und Wirtschaft werden geehrt und mit einer Medaille ausgezeichnet. Erst als Brandon Quest den Preis als Verleger des Jahres abgreift, kapiere ich, um wen es sich bei dem Mann handelt. Er ist der Besitzer des New York Observer, einer der wichtigsten überregionalen Tageszeitungen. Da ich mich jedoch nicht für Klatsch und Tratsch interessiere, bin ich einzig darüber im Bilde, dass sein Vater sehr jung verstorben ist und Brandon daraufhin das Familienunternehmen übernommen hat.

Ich trage mich mit dem Gedanken, Eric später weitere Informationen zu entlocken, zumal mich interessiert, ob Brandon ebenfalls dem Circle angehört.

Als die Wahl zum Unternehmer des Jahres startet, bin ich aufgeregter als Eric. Mit Sicherheit haben ihn bereits gut unterrichtete Quellen darüber informiert, wer der Preisträger des heutigen Abends sein wird. Womöglich haben ebendiese Quellen ja sogar dafür gesorgt, dass mein Ehemann die Auszeichnung erhält.

Als dann sein Name verlesen wird, bleibt mir dennoch um ein Haar das Herz stehen. Eric springt auf, schließt mit eleganter Anmut den Knopf seines Smokingjacketts und marschiert schnellen Schrittes auf die Bühne. Unter Applaus der anwesenden Gäste nimmt er die Medaille entgegen, hält eine kurze Rede und verlässt danach lächelnd wieder das Podium.

Ich bin zutiefst beeindruckt, dass er in solch jungen Jahren schon die gleiche Souveränität an den Tag legt wie sein Vater.

Nachdem er an den Tisch zurückgekehrt ist, gratuliert ihm jeder herzlich. Als auch ich ihm die Hand reichen will, zieht er mich an sich und drückt mir einen liebevollen Kuss auf den Mund. „Ohne dich würde ich heute nicht hier stehen. Ich danke dir“, flüstert er mir unterdessen zu.

„Was habe ich denn dazu beigetragen?“, erkundige ich mich leise, nachdem wir wieder Platz genommen haben.

„Ohne deine Hartnäckigkeit hätte ich meinen Vater niemals im Krankenhaus besucht und das Erbe höchstwahrscheinlich abgelehnt.“

„Das war mir nicht bewusst“, stammle ich. „Aber dann wäre dir wahrscheinlich auch einiges erspart geblieben.“ Mit schlechtem Gewissen denke ich daran, was er mir über Josies fürchterlichen Tod erzählt hat. Einzig ich trage die Schuld an diesem Dilemma.

„Ja, mittlerweile bin ich jedoch froh, alles über meinen Dad herausgefunden zu haben. Zugegeben, Josie hätte vielleicht nicht sterben müssen, aber ich begreife ohnehin nicht, was sie in unsere Beziehung hineininterpretiert hat. Selbst wenn du mir nicht über den Weg gelaufen wärst, hätte ich sie niemals geheiratet.“ Er schenkt mir ein etwas gezwungen wirkendes Lächeln. „Das Entzückende an dir ist, dass du auf dieser Welt unglaublich viel bewegst und es noch nicht einmal realisierst. Du bist ein herzensguter Mensch mit einem ausgeprägten Hang zum Understatement.“

Ich suche seinen Blick. „Eric Carpenter, flirtest du etwa gerade wieder mit mir?“

Er grinst. „Wäre das ein solches Vergehen?“

Aus dem Augenwinkel heraus beobachte ich Catwick, der uns mit unverhohlener Neugier mustert. In dieser Sekunde kommt mir die Erleuchtung: Eric befürchtet, wir könnten auffliegen.

Um unsere kleine Show glaubwürdiger zu gestalten, lehne ich mich zu meinem Ehemann hinüber und hauche ihm einen zärtlichen Kuss auf den Mund. Im ersten Moment erstarrt er, doch dann wirft er mir einen Seitenblick aus seinen graublauen Augen zu, der mich unter Strom setzt.

„Alles in Ordnung mit dir?“, erkundigt er sich.

„Schon, aber soeben habe ich erst begriffen, warum du meine Nähe suchst. Catwick beobachtet uns tatsächlich", hauche ich. „Meinst du, wir kommen echt genug rüber?"

Für einen kurzen Augenblick blitzt etwas in Erics Augen auf, das nach Überraschung aussieht. „Vielleicht sollten wir wirklich noch ein wenig an unserer Performance arbeiten", antwortet er und legt mir eine Hand auf den Oberschenkel.

Die intime Berührung lässt mich zusammenzucken. Während er sanft über mein Bein streichelt, ringe ich um Atem, denn durch das dünne Seidenkleid spüre ich die Hitze seiner Finger. Als hätte man ein Streichholz in einen Benzinkanister geworfen, entflammt in meinem Schoß ein Feuer der Lust.

Ich versteife mich, während Erics Hand sich weiter meinen Schenkel emporarbeitet.

Was zum Teufel hat er vor? Will er mich blamieren oder in den Wahnsinn treiben?

Ich suche in seiner Miene nach einer Antwort, doch sein Pokerface ist mal wieder undurchdringlich.

„Ach, übrigens, falls du mich mit dem Kleid beeindrucken wolltest, dann ist dir das gelungen", flüstert er mir ins Ohr. Sein heißer Atem, der über die empfindliche Haut an meinem Hals hinwegprickelt, jagt mir einen Schauer der Lust über den Rücken.

„Es ging mir lediglich darum, angemessen gekleidet zu sein", erwidere ich leise. „Ehrlich gesagt, fühle ich mich sogar ein wenig unwohl."

„Du bist wunderschön, Dornröschen." Er küsst mich sanft auf die Wange, was mich erneut erbeben lässt.

Natürlich bleibt auch unseren Tischnachbarn die erotische Spannung zwischen uns nicht verborgen, denn ihre Blicke taxieren uns neugierig. Um Brandon

Quests Lippen zuckt ein anzügliches Lächeln, das mir die Hitze ins Gesicht treibt.

Aber immerhin haben wir unser Ziel erreicht. Jetzt dürfte die Aufrichtigkeit unserer Ehe über alle Zweifel erhaben sein.

Als wir zu später Stunde wieder in die Limousine steigen, bin ich die Unruhe in Person. Erics Nähe und seine sanften Liebkosungen haben mich mordsmäßig angetörnt. Mein Höschen ist bereits seit Stunden feucht und ich kann mir nichts Schöneres vorstellen, als die Nacht in den Armen meines Ehemannes zu verbringen.

Erneut frage ich mich, ob ich emotional damit klarkäme, mich auf eine lockere Beziehung mit ihm einzulassen. Wäre ich bereit für einen gemeinsamen Abend und heißen Sex, sobald Eric in New York weilt? An und für sich entspricht das nicht meiner Zukunftsplanung. Aber vielleicht muss ich mich einfach in Geduld üben, bis es irgendwann doch noch zwischen uns funkt.

Ich zweifle mittlerweile keine Sekunde mehr daran, dass ich mich von ganzem Herzen in diesen Mann verlieben könnte. Doch wie ist es um seine Gefühle bestellt? Immerhin hat er erst vor nicht allzu langer Zeit eine Frau verloren, die ihm etwas bedeutet hat.

Unschlüssig schaue ich zu ihm hinüber.

Er wird darauf aufmerksam und erwidert meinen Blick. „Teufel noch mal, Ava!“, stößt er plötzlich aus. „Wenn du mich weiterhin so ansiehst, dann nehme ich dich noch hier in der Limousine.“

Ich schlucke vernehmlich. „Entschuldige, ich

weiß, das ist alles nur Show." Ich beäuge den Ehering an meiner Hand. „Aber deine Nähe bringt mich völlig durcheinander."

„Frag mich mal!", zischt er. „Weißt du überhaupt, wie verdammt hart ich bin, seitdem ich dich in diesem dünnen Kleid erblickt habe, das jede Kurve deines göttlichen Körpers unterstreicht? Und wie schwer es mir gefallen ist, in diesem Zustand eine vernünftige Rede zu halten? Aber so langsam ist es mit meiner Beherrschung vorbei."

Perplex mustere ich ihn. Für gewöhnlich verfügt Eric über eine unglaubliche Selbstkontrolle, daher überrascht mich seine Aussage.

Kann es sein, dass er mich wirklich begehrt?

„Ich hatte noch nie Sex in einer Limousine", purzeln die Worte über meine Lippen, ehe ich sie zurückhalten kann.

Eric holt hörbar Luft. „Das nenne ich mal eine Aufforderung."

Er beugt sich zu mir herüber, umfasst mit einer Hand meinen Nacken und küsst mich. Wild, besitzergreifend, gierig. Seine Zunge gleitet in meinem Mund, spielt mit meiner und lässt mich schon nach kurzer Zeit Sternchen sehen. Ich schmiege mich an ihn, während seine andere Hand sich unter mein Kleid stiehlt und meinen Oberschenkel emporwandert. Mir entfährt ein Keuchen, als er über mein feuchtes Höschen streicht.

„Herrje, Ava, du bringst mich noch um", raunt er gegen meinen Mund. Ein Finger bewegt sich unter meinen Slip und gleitet in mich hinein. „Seit wann bist du so verdammt nass?"

Ich stöhne voller Verlangen auf. „Da fragst du

noch! Du weißt doch haargenau, was du den Abend über mit mir angestellt hast.“

„Ava, ich versichere dir, hätte ich wirklich gewusst, wie bereit du für mich bist, dann wären wir schon vor Stunden in einer der Toiletten verschwunden. Ich hatte echt Angst, mein harter Schwanz würde irgendwann die Smokinghose sprengen.“

Die Vorstellung eines Quickies während dieser noblen Veranstaltung hat etwas derart Verwegenes, dass sich meine Erregung noch steigert. „Wenn du weiter so mit mir redest, werde ich noch völlig verrückt.“

Er küsst sich meinen Hals entlang. Als er sanft an meinem Ohrläppchen knabbert, läuft mir ein Schauer über den Rücken. „Hältst du es noch bis zu Hause aus, oder willst du auf der Stelle gevögelt werden?“, erkundigt er sich, während er seinen Finger in mir krümmt.

Ich wimmere vor Lust. „Wenn ich das bloß selbst wüsste.“

Er schmunzelt teuflisch und zieht seine Hand aus meinem Höschen. „Wer hätte das gedacht? Dich auf Touren zu bringen, ist jedes Mal ein wahrer Genuss. Wie schnell deine Zurückhaltung bröckelt, macht mich unsagbar geil. Los, setz dich auf mich!“

Aus großen Augen beobachte ich, wie er seine Hose öffnet, hineingreift und seinen steifen Penis herausholt, der fast senkrecht in die Luft ragt. Kaum zu glauben, Eric ist genauso erregt wie ich. Und offenbar will er das wirklich hier im Fahrzeug durchziehen.

Nervös flitzt mein Blick durch den Wagen. Die getönten Scheiben sollten uns von der Außenwelt abschirmen, obendrein trennt uns eine Wand vom Fahrer. Durch das kleine Fenster darin könnte er uns natürlich zusehen, aber hören wird er höchstwahrscheinlich nichts.

„Na los, Ava, auf was wartest du noch? Glaub mir, der Chauffeur hat bestimmt schon Schlimmeres beobachten müssen."

Ich zögere noch einen Moment, doch dann siegen die Lust und der Wagemut. Mein Sexualleben war bisher nicht sonderlich abwechslungsreich. Höchste Zeit auch einmal eine andere Seite auszutesten.

Ich raffe mein Kleid empor und halte mich mit einer Hand an Erics Schulter fest. Danach schwinge ich ein Bein über ihn und platziere meine Knie rechts und links von ihm. Ohne zu zögern, schiebt er mein Höschen beiseite, greift nach seiner Erektion und bringt sie unter mir in Position.

„Setz dich!", weist er mich an.

Ich gehorche und sinke auf seine Härte herab. Ein Schrei löst sich aus meiner Kehle, als er auf Anhieb tief in mich hineingleitet. Halt suchend krallen sich meine Finger in seine Schultern.

„O mein Gott, Eric!", entfährt es mir bei seinem ersten kraftvollen Stoß.

Er hält in der Bewegung inne und unsere Blicke treffen sich. Seine Augen sind dunkel und verhangen, während Erregung und Lust seine Miene dominieren. „Ich kann nicht einschätzen, wie lange ich durchhalten werde, aber keine Sorge ich nehme dich zu Hause noch einmal."

Seine Hand gleitet zwischen meine Schenkel und stimuliert geschickt meine empfindlichste Stelle, bis mir diese sanfte Liebkosung nicht mehr genügt und ich mein Becken rhythmisch auf und ab bewege. Die Gefühle scheinen mich zu zerreißen. Ich keuche, stöhne und wünsche mir, dass das hier niemals endet. Eric endlich wieder so nahe zu sein und ihn tief in mir zu spüren, raubt mir den Verstand und treibt mir die Tränen in die Augen.

Rasch schließe ich die Lider. Nein, er muss nicht wissen, wie sehr er mich überwältigt.

„Sieh mich an, Darling!“, fordert er mich allerdings nach kurzer Zeit auf.

Ich zögere, doch dann öffne ich die Augen und unsere Blicke versinken abermals ineinander, während mir heiße Tränen übers Gesicht kullern.

Zärtlich wischt er mir mit dem Daumen die Feuchtigkeit von der Wange. „Geht es dir gut?“

Ich nicke. „Zu viel Gefühl. Ich kann nicht anders. Tut mir leid.“

„Das braucht es nicht. Du bist wirklich eine einzigartige Frau.“

Mir ist nicht ganz klar, was er damit ausdrücken will. Doch ich möchte jetzt nicht reden, sondern einfach bloß genießen. Eric kommt meinen Bewegungen inzwischen entgegen und stößt in stetem Rhythmus von unten in mich hinein. Schon bald macht sich in meinem Schoß ein köstliches Ziehen breit, das einen nahenden Orgasmus ankündigt.

„Eric“, hauche ich, „das fühlt sich so gut an.“

Er stöhnt leise. „Meine Güte, Ava, du siehst so unsagbar sexy aus, wenn du kurz davor bist.“

„Bitte nicht aufhören“, wimmere ich. „Gleich … ah, ja!“

Um meine Lustschreie zu dämpfen, küsst Eric mich, als ich letztendlich komme. Heiße Wellen wogen durch meinen Unterleib und lassen mich alles vergessen. In meinem ganzen Leben habe ich noch nie einen derart intensiven Höhepunkt erlebt. Mein Kopf fällt gegen Erics Schulter. Ich war so weggetreten, dass ich nicht einmal mit Gewissheit sagen kann, ob er ebenfalls Erlösung gefunden hat.

„Verdammt, Ava, was soll ich bloß mit dir machen?“, dringen seine Worte wie durch einen Schleier zu mir durch, und ich frage mich, wie diese Aussage wohl gemeint sein mag.

Wir sind noch nicht richtig im Penthouse eingetroffen, als Eric mich auch schon unter Armen und Beinen packt und ins Schlafzimmer trägt. Vor dem Bett stellt er mich ab, öffnet den Reißverschluss meines Kleides und lässt es mir von den Schultern gleiten. Raschelnd geht der seidige Stoff zu Boden. Beim Anblick meiner schwarzen Unterwäsche und der halterlosen Strümpfe weiten sich Erics Augen. „Gott, bist du geil“, haucht er mit bewunderndem Unterton.

Ich unterdrücke ein Schmunzeln. Wenngleich ich mir nicht sicher war, ob Eric die Dessous jemals zu Gesicht bekommen würde, habe ich mich zu dem Kauf durchgerungen. Nicht zuletzt, da es eine Empfehlung der netten Verkäuferin war, die das Abendkleid für mich ausgewählt hat. Und in dieser Sekunde weiß ich: Die Investition hat sich definitiv gelohnt.

Ungeduldig reißt Eric sich die Fliege vom Hals, streift die Smokingjacke ab und lässt seine Hemdknöpfe aufspringen. „Zieh dich aus!“, befiehlt er unterdessen. „Ich brauche dich.“

Was ist mit Erics eiserner Kontrolle geschehen? Habe ich ihn heute Abend wirklich an seine Grenzen getrieben?

Die Ausbuchtung in seiner Hose lässt mich begreifen, dass er im Wagen nicht zum Zug gekommen ist. Ich denke, ich sollte mich dafür bedanken, dass er einzig auf die Befriedigung meiner Gelüste bedacht war.

Vielleicht würde es unserer schwierigen Beziehung ja ein wenig auf die Sprünge helfen, wenn ich endlich einmal diese störende Verklemmtheit ablegen könnte.

Wortlos schlüpfe ich aus BH und Höschen, bevor ich mir die Strümpfe abstreife.

Als Eric Anstalten macht, seine Hose zu öffnen, sacke ich vor ihm auf die Knie und greife nach seinen Händen. „Warte, lass mich das machen."

Ungläubig starrt er mich an. „Sagst du mir, was das werden soll?"

„Dreimal darfst du raten."

Flink ziehe ich den Reißverschluss herunter und schiebe ihm die Hose mitsamt Boxershorts so weit hinab, dass beides auf seinen Füßen zum Liegen kommt. Rasch tritt er sie sich zusammen mit den Schuhen von den Füßen. Sein harter Penis ragt vor meinem Gesicht auf und ist wunderschön anzusehen. Ich hauche ihm einen zärtlichen Kuss auf die Spitze, ehe ich daran lecke.

Eric versteift sich. „Ava, wenn du willst, dass ich auf der Stelle komme, dann mach nur so weiter."

„Was spricht dagegen?" Mit diesen Worten sauge ich seine Erektion in meinen Mund.

Ihm entfährt ein kehliges Stöhnen. „Das ist eine ganz schlechte Idee", murmelt er.

Als er jedoch bemerkt, dass ich nicht von ihm ablassen werde, legt er mir zwei Finger unters Kinn und hebt meinen Kopf an. „Dann sieh mich zumindest dabei an!"

Ich gehorche und stelle rasch fest, wie sehr es mich selbst erregt, Eric eine derartige Lust zu bereiten.

Sein Atem geht schwer, während er die Zähne zusammenbeißt. „Ava, du raubst mir den Verstand. Ich hielt dich bisher nicht für eine Frau, die einem kniend einen bläst. Und dich jetzt so zu sehen, macht mich gerade echt fertig."

Äh hallo, wir hatten soeben Sex in einer öffentlichen Limousine! Als ob ich dabei nicht bereits in für mich völlig unbekannte Gewässer vorgedrungen wäre.

Von seinen Worten angespornt, lasse ich seinen Schaft ein weiteres Stück in meinen Mund gleiten. Ich bin wahrlich kein Profi darin, aber Eric ist dermaßen hart, dass vermutlich selbst ich das hier nicht mehr vermasseln kann.

Wie zur Bestätigung vergräbt er seine Hände in meinem Haar und stößt ein tiefes Stöhnen aus. Seine Oberschenkelmuskeln verspannen sich und seine Knie zittern.

„Ava, ich halte das nicht länger aus", presst er mit fast schon verzweifeltem Unterton hervor.

Sein Kontrollverlust gefällt mir. Zum ersten Mal besitze ich Macht über ihn, denn er wirkt gerade ziemlich verloren.

Während ich mir noch durch den Kopf gehen lasse, ob ich es auf diese Art zu Ende bringen will, ergießt er sich bereits laut keuchend in meinen Mund. Ich bin so perplex, dass ich intuitiv schlucke. Ich habe das niemals zuvor getan und kann nicht behaupten, dass es sich um einen kulinarischen Hochgenuss handelt. Dennoch genieße ich es, Eric auf diese Art Befriedigung verschafft zu haben.

Seine Augen sind jetzt verhangen, die Pupillen geweitet. Pure Lust steht ihm nach wie vor ins Gesicht geschrieben. Während ich erneut in den Tiefen dieser wundervollen Augen versinke, begreife ich, dass es für mich kein Entkommen mehr gibt.

Ich habe mich bedingungslos in diesen Mann verliebt!

Kapitel 29

Ava

Als ich am Morgen erwache, ist das Bett neben mir verwaist. Ich rekle mich und spüre die Aktivitäten der vergangenen Nacht schmerzhaft zwischen meinen Schenkeln. Denn nachdem Eric sich von dem Blowjob erholt hatte, hat er mich ausgiebig mit Fingern und Zunge verwöhnt, bevor wir noch einmal miteinander geschlafen haben. Allerdings ist es ein süßer Schmerz und ich wünsche mir von ganzem Herzen, dass aus dieser Scheinehe vielleicht doch noch mehr wird. Ich sollte Eric einfach Zeit geben. Mit einem Fünkchen Glück wird seine undurchdringliche Fassade irgendwann bröckeln.

Ich springe aus dem Bett, werfe mir einen dünnen Morgenmantel über und mache mich auf die Suche nach meinem Göttergatten, kann ihn jedoch nicht finden. Erleichtert entdecke ich seinen Trolley im Gang. Zumindest ist er nicht sang- und klanglos abgereist. Auch im Büro hält er sich nicht auf, wenngleich der Schreibtisch mit Papierstapeln beladen ist. Über Langeweile wird dieser Mann sicher niemals klagen müssen.

Ich betrete den Raum und steuere ein Sideboard an, auf dem eine Pflanze steht, der ich ein welkes Blatt abzupfe.

Autsch, murmle ich leise vor mich hin.

Während ich mich wieder der Ausgangstür zuwende, fege ich dummerweise mit meinem Morgenmantel ein paar Papiere vom Schreibtisch.

Rasch bücke ich mich und sammle die Unterlagen

ein. Als mein Blick dabei auf ein mehrseitiges Dokument fällt, ringe ich um Luft. Ein Schmerz, der mich zu zerstören scheint, durchfährt meinen Körper.

Fassungslos starre ich auf die Scheidungsunterlagen in meinen Händen. Kurz bin ich versucht, sie in den Schredder zu stopfen. Doch dann nehmen meine Gedanken eine Wendung. Ungezähmte Wut steigt in mir auf.

Dieser Scheißkerl!

Vögelt mich die ganze Nacht um den Verstand, wohl wissend, dass er sich von mir trennen wird. Ich presse die Lider zusammen, um die Tränen zu verdrängen, die in meinen Augen aufsteigen. Zornig sinke ich auf den Schreibtischstuhl, greife nach einem Kugelschreiber und unterschreibe das Dokument. Gut sichtbar platziere ich es mitten auf dem Tisch.

Danach sause ich ins Schlafzimmer, ziehe mich hastig an, packe ein paar Klamotten in einen Trolley und verlasse das Penthouse. Während mich der Fahrstuhl nach unten bringt, rinnen mir nun doch die Tränen über die Wangen.

Verdammt noch mal, ich wollte mich nicht in Eric Carpenter verlieben und dennoch ist es geschehen. Und wie befürchtet, hat er mir soeben das Herz gebrochen.

Kapitel 30

Eric

Ich nutze den Aufenthalt in New York, um neue Mitglieder für den Circle anzuwerben. Daher sitze ich jetzt meinem Freund Brandon Quest gegenüber, einem Medienmogul, dem mehrere wichtige Zeitungen, Hörfunk- und Fernsehsender gehören. Es würde dem Circle sicher helfen, wenn wir ab und an die Presse beeinflussen könnten.

Brandon kenne ich bereits seit meiner Jugend. Wir sind etwa gleich alt und haben eine Zeit lang dasselbe College besucht. Und obwohl uns während der letzten Jahre satte 3000 Meilen trennten, haben wir niemals den Kontakt zueinander verloren. Aus diesem Grund hatte ich ihn auch gebeten, in der New York Public Library an unserem Tisch Platz zu nehmen. So konnte Catwick sich bereits ein erstes Bild von ihm machen.

Brandons Büro befindet sich in einem Gebäude des New Yorker Meatpacking District, einem angesagten Stadtteil, in dem sich in den letzten Jahren Hotels, Firmen, Restaurants und Nachtclubs angesiedelt haben. Mit den Klinkersteingebäuden und den gepflasterten Straßen steht dieses Viertel im Kontrast zu den modernen Neubauten des restlichen Manhattans. Aber Brandon ist in vielerlei Hinsicht ein ungewöhnlicher Mensch, daher passt diese schrille Umgebung zu ihm.

Mit dem leicht zerzausten dunkelblonden Haar und den aufregenden grünen Augen ist er ein wahrer Frauenmagnet, allerdings hat er die Dame noch nicht gefunden, an deren Seite er glücklich werden könnte.

Die hübsche Lady, die ihn für gewöhnlich begleitet, ist seine Schwester Emily. Eine Schauspielerin, die absolut wandlungsfähig ist, weswegen die Presse die Meinung vertritt, Brandon würde seine Partnerinnen tauschen wie andere die Unterwäsche. Denn genau wie ich hat er kein Interesse daran, stets eine Angriffsfläche für Frauen zu bieten, die auf der Suche nach einem vermögenden Mann sind.

„Dass du einmal heiratest, hätte ich echt nicht gedacht“, äußert er, nachdem wir uns ausführlich über alte Zeiten unterhalten haben.

„Ja, wenn ich Ava nicht kennengelernt hätte, wäre das sicher auch nicht passiert.“

Er schmunzelt. „Echt süß, die Kleine. Zwischen euch brennt ja förmlich die Luft. Ihr konntet die Finger überhaupt nicht voneinander lassen. Freut mich für dich.“

Ich räuspere mich. „Wohl wahr. Aber Brandon, warum ich eigentlich hier bin. Ich bin völlig unbeabsichtigt in eine sehr interessante Sache hineingeraten und wollte dich fragen, ob du vielleicht Ambitionen hättest, deine wirtschaftliche Macht weiter auszubauen?“

„Absolut! Wovon sprichst du?“

„Es gibt eine geheime Verbindung extrem mächtiger Menschen. Ich wäre dir sehr verbunden, wenn du sie dir einmal näher ansehen würdest. Bevor ich dir weitere Details offenbaren darf, müsstest du allerdings eine Verschwiegenheitserklärung unterschreiben.“

Seine Augen weiten sich vor Überraschung. „Jetzt hast du mein Interesse endgültig geweckt. Du weißt doch, ich bin zu jeder Schandtat bereit."

Ja, Brandon war schon immer spontaner als ich, daher überrascht mich seine Reaktion nicht.

„Perfekt, dann treffen wir uns übernächste Woche in Dr. Catwicks Kanzlei, einverstanden?"

Mein Gegenüber nickt. „Ich kann es kaum erwarten."

Nachdem ich mich verabschiedet habe, erwische ich glücklicherweise sofort ein Taxi, das mich zum Penthouse zurückkutschiert. Gut gelaunt erstehe ich bei einem nahe gelegenen Blumenhändler einen Strauß bunter Nelken für Ava.

So wie ich meine Angetraute kenne, schläft sie noch. Meine Gedanken wandern zum Vorabend. Ava bei der Preisverleihung in unmittelbarer Nähe zu haben, war eine Wohltat. Auch wenn man mir das normalerweise nicht anmerkt, war ich nervös. Und bei Ava weiß ich einfach, dass ich mich auf diese Frau verlassen kann, vollkommen gleich, was passiert. Selbst während sie nicht wusste, ob sie einen Mörder geheiratet hat, hielt sie zu mir. Das werde ich ihr niemals vergessen.

Ein Schmunzeln zuckt um meine Mundwinkel. Wenn sie wüsste, dass Catwick längst über unsere vorgetäuschte Ehe im Bilde ist, würde sie mich sicher verteufeln. Aber ich konnte der Versuchung nicht widerstehen, sie in dem Glauben zu lassen, wir müssten uns stärker ins Zeug legen. Da sie mich schon den ganzen Abend über mit ihrem figurbetonten Kleid geil gemacht hatte, kam mir das gerade recht.

Ich befürchte, ich hätte in der vergangenen Nacht

kein Auge zugetan, wenn ich nicht mit ihr geschlafen hätte. Ich kann nicht mit Bestimmtheit sagen, was mich an dieser Frau derart fasziniert, aber einer Sache bin ich mir gewiss: Ich will sie weiterhin in meinem Bett haben, da mich das Verlangen nach ihr innerlich zu verbrennen scheint.

Ich habe allerdings keine Ahnung, wie wir das handhaben sollen, denn dass Ava an mehr Interesse hat als an reinem Sex, ist unübersehbar. Allein wie sie meinen Namen gestöhnt hat, als ich sie unter mir hatte. Da lag nicht bloß Lust in ihrer Stimme, sondern auch Zärtlichkeit, Vertrauen, eventuell sogar Liebe.

Teufel noch mal! Was für eine Zwickmühle.

Ich möchte diese Frau nicht verletzen. Aber ich bin auch bis zu einem gewissen Grad Egoist, der es gewohnt ist, alles zu bekommen, was er will. Und momentan begehre ich Ava, in meinen Armen, in meinem Bett. Möglicherweise sogar langfristig in meinem Leben. Vielleicht gelingt es uns ja, ein Arrangement zu treffen, das uns beide zufriedenstellen könnte.

Als ich das Apartment betrete, überlege ich, ob ich das Thema ansprechen soll. Versonnen spähe ich ins Schlafzimmer und stelle fest, dass Ava bereits aufgestanden ist. Ich durchsuche die Wohnung, kann sie aber nirgendwo finden.

Sie wird doch am Wochenende nicht in die Bank gegangen sein?

Ich greife nach meinem Handy und wähle ihre Nummer. Sofort wird das Gespräch auf die Mailbox umgeleitet. „Hallo, Dornröschen, ich hoffe, du hast gut geschlafen. Ich bin wieder zu Hause, ruf mich doch kurz an und sag Bescheid, wann du zurück sein wirst. Bis dann."

Ich sinke auf meinen Schreibtischstuhl und bemerke die Scheidungspapiere, die vor mir auf dem Tisch liegen. Ich dachte, ich hätte sie beiseitegeschoben. Ich lasse meinen Blick über den Schreibtisch gleiten und stelle fest, dass weitere Dokumente sich nicht mehr an ihrem ursprünglichen Platz befinden. In dieser Sekunde schießt mir ein erschreckender Gedanke durch den Kopf.

Ava wird doch nicht hier herumgeschnüffelt haben? Und falls doch, was mag sie wohl gedacht haben, als sie die Scheidungsunterlagen entdeckt hat?

Ich blättere durch das Papierwerk und erstarre, als ich ihre Unterschrift darauf entdecke.

Lieber Gott, wie soll ich das bloß wieder ins Lot bringen?

Erneut greife ich nach meinem Handy und wähle Avas Nummer. Einmal mehr meldet sich die Mailbox. Offenbar will sie nicht mit mir reden.

„Ava, Darling, bitte ruf mich zurück. Ich muss dir das mit den Scheidungspapieren erklären. Catwick weiß Bescheid und hat nichts gegen eine Scheidung einzuwenden. Was ja nicht heißt, dass wir das wirklich durchziehen müssen. Bitte, lass uns einfach von Angesicht zu Angesicht darüber sprechen, wie es zukünftig mit uns beiden weitergehen soll."

Nachdem sie sich Stunden später immer noch nicht gemeldet hat, steigt Nervosität in mir auf. Warum habe ich ihr nicht längst einen Bodyguard zugeteilt? Zwar habe ich das Thema bereits angesprochen, doch wie erwartet, hat Ava sich mit Händen und Füßen gegen einen Aufpasser gewehrt. Sollte ihr etwas zugestoßen sein, würde ich mir das niemals verzeihen.

Vollkommen panisch fange ich an, New York auf den Kopf zu stellen. In ihrem Apartment scheint sie sich nicht aufzuhalten und auch in der Bank kann ich sie nicht finden. Sie hat mir mehrfach von ihrer Freundin Emma erzählt, die eine Bar in der Nähe von Avas Wohnung betreibt.

Rasch habe ich besagte Bar gefunden, in der aufgrund der frühen Uhrzeit noch nichts los ist. An einem Tisch sitzt eine Rothaarige und telefoniert. Als ich eintrete, legt sie das Handy beiseite und schreitet lächelnd auf mich zu. „Was darf ich Ihnen bringen?“ Plötzlich verblasst das Lachen auf ihrem Gesicht und Zorn blitzt in ihren Augen auf. „Sie wagen es, hier aufzutauchen!“, faucht sie mich an.

Doch dieses Mal bin ich vorbereitet und fange ihren Arm ab, ehe sie eine schallende Ohrfeige auf meiner Wange landen kann. So langsam weiß ich, mit welch schlagkräftigen Argumenten Avas Freunde reagieren, wenn ich meiner Süßen mal wieder wehgetan habe.

Unbeabsichtigt, versteht sich.

In Avas Umfeld scheint es echt niemanden zu interessieren, dass man im Zweifel auch mal den Angeklagten anhören könnte, bevor man auf ihn eindrischt.

„Sie wissen, wo Ava sich aufhält, richtig?“, fahre ich den Rotschopf an, der jetzt versucht, sich aus meinem eisernen Griff zu lösen.

„Lassen Sie mich auf der Stelle los, oder ich schreie!“

Warum glaube ich ihr das bloß aufs Wort?

„Sagen Sie mir einfach, wo ich Ava finden kann, dann bin ich auch schon wieder weg."

„Damit Sie sie erneut behandeln können wie ein Stück Scheiße. Nie im Leben!", spuckt sie mir die Worte geradezu ins Gesicht.

Okay, ich merke schon, das hier bringt nichts.

Daher lasse ich die zappelnde und tretende Furie los. Hastig springt sie ein paar Schritte nach hinten, um Abstand zwischen uns zu bringen.

„Beantworten Sie mir zumindest eine Frage, geht es Ava gut?"

„Natürlich nicht!"

Ich spüre, dass der Muskel an meinem Kinn zuckt. Diese Frau bringt mich zur Weißglut. „Ich wollte damit ausdrücken, sie ist weder tot noch entführt worden, richtig?"

Jetzt glotzt sie mich ungläubig an. „Meines Wissens nach nicht."

Erleichtert atme ich aus. „Gut, bitte richten Sie Ava aus, dass das mit den Scheidungspapieren ein riesengroßes Missverständnis war. Es wäre schön, wenn sie sich bei mir melden würde." Um weiteren Beschimpfungen zu entgehen, mache ich auf dem Absatz kehrt und verlasse rasch die Bar.

Auf der Straße angekommen, atme ich erst einmal tief durch. Wann bin ich eigentlich frauentechnisch derart verblödet, dass ich einfach alles falsch angehe? Vielleicht sollte ich zukünftig nicht mehr so viel Zeit vor meinen Computern verbringen. Diese virtuellen Welten scheinen einen gottverdammten Nerd aus mir gemacht zu haben.

Verdrossen wandere ich zum Penthouse zurück. Womöglich habe ich ja Glück und Ava taucht auf, nachdem sie ein wenig zur Ruhe gekommen ist.

Als das Stunden später immer noch nicht der Fall ist, verschiebe ich meinen Flug. Im Grunde genommen wollte ich Sonntagabend zurück nach San Francisco. Aber in Anbetracht der Situation muss Secur eben einmal mehr auf mich verzichten. Ava ist extrem dienstbeflissen, sie wird unter Garantie am Montag in der Bank auftauchen.

Doch Pustekuchen!

Als ich am Montagmorgen ihr Büro betrete, ist es leer. Zu meiner großen Verwunderung informiert mich ihre Assistentin darüber, dass Ava in den nächsten Tagen von zu Hause aus arbeiten wird.

Aber wo zur Hölle ist zu Hause? Und warum treibt mich diese störrische Frau so langsam, aber sicher in den Wahnsinn?

Kapitel 31

Ava

Ich funktioniere. Ähnlich einem Roboter. Tagein, tagaus stehe ich auf und erledige meine Aufgaben. Doch innerlich bin ich gestorben. Erics Verhalten hat mein Herz in tausend winzige Splitter zerbersten lassen. Die Flut von Sprachnachrichten, die er mir hinterlassen hat, habe ich nicht einmal abgehört. Dass er obendrein versucht hat, Emma unter Druck zu setzen, ist ja wohl die Krönung jeglichen Fehlverhaltens.

Zwar vertrat meine Freundin die Meinung, er hätte einen überaus leidenden Eindruck erweckt, doch das ist mir gleich.

Wir haben uns nichts mehr zu sagen. Er hat mich wiederholt benutzt und gedemütigt, und wenngleich ich nicht nachtragend bin, kann ich ihm kein weiteres Mal verzeihen.

Ich weiß, dass er inzwischen wieder in San Francisco weilt, daher habe ich mich endlich zurück in die Bank getraut. Nun kann ich bloß hoffen, dass er es nicht wagen sollte, erneut dort aufzutauchen, denn ich will diesem Mann niemals mehr gegenübertreten. Meiner Assistentin habe ich strikte Anweisung erteilt, ihm keinen Zugang zu meinem Büro zu gewähren.

Natürlich hat die Sache einen Haken: Er ist mein Chef. Doch lieber lasse ich mich feuern, als mich noch einmal mit ihm auseinandersetzen zu müssen.

Ich war so dumm!

Wie konnte ich ihm nur mein Herz schenken? Er

hat mich gewarnt, wieder und wieder. Aber ich habe Erics Anziehungskraft unterschätzt. Ich bin außerstande die Erinnerungen an unsere gemeinsamen Tage abzuschütteln, jetzt kann ich bloß hoffen, dass die Zeit diese Wunden heilen wird.

Nach vier Wochen stellt Eric den Telefonterror schließlich ein. Hin und wieder bin ich allerdings gezwungen, mit ihm auf geschäftlicher Ebene zu kommunizieren. Doch ich wickle alles per Mail ab und weigere mich standhaft, mit ihm zu sprechen. Falls das auf Dauer funktionieren sollte, kann ich meinen Job eventuell behalten.

Es verwundert mich, noch nicht offiziell über unsere Scheidung informiert worden zu sein. Aber vielleicht dauert das mit dem Papierkram ja prinzipiell so lange.

Ich wohne jetzt wieder in meinem kleinen Apartment, denn hierfür besitzt Eric keinen Schlüssel. Zudem hätte ich mich in dem riesigen Penthouse, in dem mich alles an Paul und Eric erinnert, ohnehin nicht mehr wohlgefühlt. Diese zwei Männer haben sich ganz tief in mein Herz geschlichen, jeder auf seine Art. Doch schlussendlich habe ich sie beide verloren. Was habe ich bloß verbrochen, dass das Schicksal es derart Böse mit mir meint?

Neugierig überfliege ich eines Morgens die Einladung, die Ted mir geschickt hat. Der Umbau des Trailerparks ist beendet und er lädt mich und meinen Ehemann zur Eröffnungsfeier ein.

Gedankenverloren lasse ich den Brief sinken. Gerne würde ich Ted und die anderen Bekannten wiedersehen. Und eine kurze Auszeit würde mir sicher guttun. Aber werde ich mich dort wohlfühlen, nach der gemeinsamen Zeit mit Eric?

Letztendlich entscheide ich, kein Hasenfuß zu sein und nehme die Einladung an, erkläre Ted jedoch gleich, dass Eric aus geschäftlichen Gründen verhindert ist.

Als ich am Tag der Eröffnungsfeier meinen Wagen in den Trailerpark steuere, fällt mir vor Überraschung die Kinnlade herunter. Die Location ist kaum wiederzuerkennen. Die Einfahrt wird jetzt von hübschen Bäumchen gesäumt, ist betoniert und mit einer automatischen Schranke versehen. Doch vor allem die vielen nagelneuen Trailer verwundern mich. Niemals hätte ich mich der Vermutung hingegeben, Ted könne sich etwas Derartiges leisten.

Dieser läuft mir bereits freudestrahlend entgegen, als ich aus dem Wagen steige, und schließt mich prompt in seine Arme. „Ava, Kleines, ich freue mich so, dass du kommen konntest."

Nachdem ich mich aus seiner eisernen Umklammerung gelöst habe, ringe ich um Luft. „Dieses Fest konnte ich mir doch unmöglich entgehen lassen. Aber Ted, ich bin verwundert. Diese teuren Trailer … Hast du im Lotto gewonnen?"

Er schmunzelt. „Nein, ich habe einen Sponsor gefunden. Er war dermaßen von dem Park fasziniert, dass er sich finanziell daran beteiligen wollte. Es ist richtig toll geworden, nicht wahr?"

„Oh, ja. Darf ich mal in einen der neuen Wohnwagen hineinspähen?"

Er schüttelt den Kopf. „Nein, Süße, du wirst in einem dieser Trailer übernachten."

Meine Laune verbessert sich schlagartig um ein Weiteres. Suchend lasse ich meinen Blick über die Umgebung schweifen. „Wo ist eigentlich Trixie?"

„Oh, ich denke, sie schläft."

Meine Augen heften sich auf die Stelle, an der die Hundedame grundsätzlich lag und die jetzt von gähnender Leere beherrscht wird. „Hat der Umbau sie von ihrem üblichen Platz vertrieben?"

„Allerdings, hier war ihr offensichtlich zu viel Trubel."

Ich registriere, dass Ted meinem Blick ausweicht. Ein schlechtes Gefühl überkommt mich. Ob das arme Tier gestorben ist und er verschweigt es, um mir nicht die Laune zu verderben?

Vorsichtshalber verfolge ich das Thema nicht weiter. „Okay, Ted, gib mir den Schlüssel zu dem Trailer, ehe ich noch vor Neugier platze!"

Als könne er gar nicht schnell genug das Weite suchen, hastet er davon und schürt damit mein Misstrauen erneut.

Als ich den Wohnwagen kurz darauf betrete, bin ich auf Anhieb begeistert von dem Interieur. Sanfte Brauntöne mischen sich mit Beige und lassen alles ausnehmend gemütlich wirken. Frische Blumen zieren den Tisch und verbreiten einen angenehmen Geruch. Die Küche und das Badezimmer sind topmodern, die Klimaanlage brummt kaum vernehmlich vor sich hin und die Beleuchtung lässt sich dimmen.

Glücklich seufzend falle ich auf das bequeme Bett und bin froh, mich zu dieser kleinen Auszeit durchgerungen zu haben.

Am Abend genieße ich voller Wonne die Eröffnungsfeier. Auf einer Bierbank sitzend verdrücke ich ein leckeres Steak mit einer gigantischen Baked Potatoe und trinke Bier vom Fass. Ted hat sich mächtig ins Zeug gelegt und alles mit bunten Bändern und Blumen geschmückt, was den rustikalen Aufbauten und Sitzgelegenheiten eine festliche Atmosphäre verleiht.

Den Auftakt bildet eine Tombola, bei der Übernachtungen im Park verlost werden. Danach bringen eine Dixie-Band sowie ein paar leicht bekleidete Tänzerinnen, die Stimmung fast zum Überkochen. Viele Bekannte aus meiner Jugend sind hier und ich fühle mich ein wenig wie zu Hause. Die Menschen im Süden sind so anders als die New Yorker: zugänglich, aufgeschlossen und überaus herzlich. Vielleicht sollte ich zukünftig wieder häufiger hierherkommen.

Doch als einer der hiesigen Farmer neben mir Platz nimmt, mich anbaggert und mir währenddessen pausenlos von seinen Rindern erzählt, begreife ich, dass ich mit einem solchen Mann nur bedingt etwas anfangen könnte. Zu sehr haben mein Studium und mein Job mich verändert. Zugegeben, ich würde mich hier im Süden wohlfühlen. Aber ich bräuchte einen Mann, den nicht nur Rodeos und das Begatten von Kühen interessieren. Ein leises Seufzen entfährt mir. Um ein Haar hätte ich einen solchen Mann gefunden, doch es sollte offenbar nicht sein.

In diesem Moment betritt Ted die Bühne und reißt mich aus meinen Tagträumen. „Liebe Anwesende, ich bin glücklich, dass ihr so zahlreich erschienen seid, um mit mir diese sensationelle Neueröffnung zu feiern. Und ganz besonders freue ich mich, euch heute meinen neuen Geschäftspartner vorstellen zu können, ohne den vieles nicht durchführbar gewesen wäre. Bitte begrüßt mit mir ganz herzlich, Eric Carpenter!“

Durch das laute Grölen der Menge vernimmt niemand das Klirren, als mir mein Bierglas aus der Hand rutscht und am Boden in tausend Teile zerschellt. Wie gebannt starre ich den Mann an, der in diesem Moment mit dynamischen Schritten die Bühne betritt.

Eric lag richtig: Er benötigt keinen dunklen Anzug, um Macht und Souveränität auszustrahlen. Selbst in Jeans und schwarzem Hemd stellt er eine Respektsperson dar.

In meinem Kopf fahren die Gedanken Karussell.

Was geschieht hier gerade?

Ein Zufall ist das sicher nicht, denn ein Mann wie Eric Carpenter überlässt rein gar nichts dem Zufall. Aber was verspricht er sich davon?

Jetzt ist mir auch klar, warum Ted sich nicht nach ihm erkundigt hat. Er war von Anfang an in die Sache eingeweiht. Ich spüre unterdrückten Zorn in mir aufsteigen. Ich hasse es, derart vorgeführt zu werden. Als ich neben der Bühne Trixie erblicke, die Eric keine Sekunde aus den Augen lässt, bin ich erst recht angepisst.

Während ich noch überlege, ob ich mich still und leise verkrümeln soll, richtet Eric ein paar Worte an die Anwesenden. Er lobt die Umgebung, die vielen kleinen Helferlein, die den Umbau unterstützt haben, und Ted. Floskeln, die ein Geschäftsmann wie er vermutlich schon hundertmal zum Besten gegeben hat.

Aber dann werde ich hellhörig.

„Doch all das hier wäre niemals in dieser Form zustande gekommen, wenn diese eine Frau nicht wäre, die völlig unverhofft in mein Leben getreten ist. Viele von euch kennen sie bereits. Sie ist ein wahrer Engel und das Beste, was mir jemals passieren konnte." Eric legt eine theatralische Pause ein, während mein Puls plötzlich zu rasen beginnt. „Meine bezaubernde Ehefrau, Ava Turner!" Er blickt in meine Richtung. „Ava, komm doch bitte zu uns nach oben!"

Ich bin wie erstarrt. Ein Fluchtinstinkt macht sich in mir breit, doch was sollen die ganzen Menschen von mir denken, wenn ich jetzt davonstürme, als würde mich ein wild gewordener Bulle verfolgen.

„Du bist verheiratet?", reißt mich die Stimme des Farmers zu meiner Rechten aus meinen Gedanken, der sichtlich verschnupft ist.

„Wenn ich das nur selbst wüsste", murmle ich.

Mittlerweile werden Ava-Rufe laut.

Verdammt, die Leute feuern mich auch noch an!

Als wären meine Glieder zentnerschwer, erhebe ich mich schließlich und schreite auf die Bühne zu. Während ich die drei Stufen hochsteige, zwinkert Ted mir verschmitzt zu. Am liebsten würde ich ihm den Hals umdrehen. Schnurstracks steuere ich Eric an.

Mit einem Siegerlächeln im Gesicht streckt er mir eine Hand entgegen.

Ich lege meine Finger in seine, denn ich werde ihm ganz sicher nicht vor all den Leuten eine Szene machen. Aber danach zieht er sich am besten warm an.

„Das ist die Frau, der ihr alles zu verdanken habt“, ruft er ins Publikum und zerrt mich näher an sich.

Begeisterte Pfiffe und Applaus erschallen. Ich ringe mir ein Lächeln ab und schaue nun ebenfalls in die Menge. „Du spielst mit deinem Leben“, flüstere ich währenddessen.

Eric grinst, geht jedoch nicht auf meine Drohung ein. „Findet ihr nicht auch, dass Ava hierfür einen besonderen Dank verdient?“

Erneut erfolgt lautes Grölen.

„Eric, lass es einfach gut sein!“, zische ich in seine Richtung.

„Ava, Darling würdest du mich bitte ansehen?“

Dieser Mistkerl will es echt wissen!

Widerwillig wende ich mich ihm zu. Die Giftpfeile, die meine Augen gerade auf ihn abschießen, ignoriert er geflissentlich und schenkt mir sein schönstes Lächeln.

„Ava Turner, wenn wir nicht bereits verheiratet wären, würde ich dir hier und jetzt einen Heiratsantrag machen.“ Die Worte kommen laut und deutlich aus seinem Mund und schweben wie eine Barriere zwischen uns.

Plötzlich schweigt die Menge, gespannt darauf, was jetzt geschehen wird. Auch ich hole tief Luft, um mich für Erics nächste Worte zu wappnen. Er soll ja nicht denken, diese billige Show würde mich beeindrucken.

„Das mit unserer Trauung ging damals relativ schnell, und aus beruflichen Gründen hatten wir nicht einmal die Zeit für ausgiebige Flitterwochen. Daher bitte ich dich jetzt darum, unser Ehegelübde zu erneuern. Dir steht eine prächtige Hochzeit zu und die möchte ich dir bieten." Er sucht nach meinem Blick. „Bitte, sag ja."

„Eric, was soll der Scheiß?", zische ich leise. „Wir sind doch längst geschieden."

Er schüttelt leicht den Kopf. „Ich habe die Scheidungspapiere niemals unterschrieben", flüstert er zurück.

„Nun sag schon ja, Ava!", ertönt eine Aufforderung aus dem Publikum. Andere Stimmen schließen sich an.

Heilige Scheiße, was geschieht hier gerade?

„Ava, bitte, ich will dich nicht verlieren", äußert Eric mit eindringlichem Unterton. Die Wärme in seinen Augen packt mich, ernüchtert mich vollends und macht mir klar, dass das hier kein Spiel ist.

„Warum?", forme ich die Frage mit den Lippen.

„Später", haucht er.

Die Rufe werden lauter.

Ich unterdrücke einen Fluch. „Ja." Ich lasse mich jetzt einfach einmal darauf ein. Alles andere werden wir unter vier Augen klären.

Eric seufzt vor Erleichterung, während die Menschenmenge in tosenden Applaus verfällt.

„Küssen! Küssen!", erschallt es aus allen Ecken.

Och nein, auch das noch!

Eric schlingt mir einen Arm um die Taille und zieht mich mit einer kraftvollen Bewegung an sich. Ich bin so verdattert, dass ich gegen seinen harten Brustkorb stolpere.

„Wow, du hast es aber eilig!" In seinen Augen blitzt der Schalk auf. „Ich finde, wir sollten den Leuten geben, was sie verlangen. Nicht wahr, Darling?"

Ehe ich noch antworten kann, liegen seine Lippen

bereits auf meinen.

„Du bist so gut wie tot“, nuschle ich, doch er lacht lediglich und küsst mich härter. Sekunden später kann ich mich nicht länger gegen seine Zärtlichkeiten zur Wehr setzen, zu sehr habe ich mich danach gesehnt. Meine Verkrampfung löst sich, ich lehne mich an meinen Ehemann und lasse zu, dass seine Lippen mich mit Haut und Haaren verschlingen.

Das Publikum verwandelt sich in verschwommene Gestalten und das Grölen verblasst zu einem konstanten Gemurmel. Für den Moment gibt es nur noch Eric, der mich mit festem Griff hält und mir ein Gefühl von Geborgenheit und Liebe vermittelt. All meine Probleme fliegen davon wie die Schirmchen einer Pusteblume.

Erics Kuss gleicht einer sinnlichen Aufforderung, mich ihm hinzugeben, ihm erneut mein Vertrauen zu schenken. Doch das, was er mir angetan hat, kann man nicht mit einem Kuss aus der Welt schaffen. Vollkommen gleich, wie leidenschaftlich dieser auch sein mag.

Als wir uns nach einer gefühlten Ewigkeit voneinander lösen und die Augen öffnen, herrscht um uns herum Dunkelheit. Ted hat offenbar die Scheinwerfer ausgeschaltet, um uns ein wenig Privatsphäre zu gönnen.

Eric greift nach meiner Hand und zerrt mich von der Bühne herab, in Richtung des Sees. Wortlos stolpere ich hinter ihm her. Mein Gehirn ist noch völlig vernebelt von dem Kuss, daher nehme ich bloß am Rande wahr, dass Trixie uns folgen will, jedoch von Ted zurückgehalten wird, was der Hündin ein verärgertes Kläffen entlockt.

An der Stelle angekommen, wo wir uns zum ersten Mal richtig geküsst haben, sinkt Eric ins Gras und zieht mich mit sich. Bereitwillig lasse ich es geschehen.

Der Mond beleuchtet ihn von der Seite, lässt sein dunkles Haar schimmern und seine Augen glitzern. Der Mann ist so verboten schön, dass es schon fast schmerzt. Dieses Bild wird mir sicher für alle Ewigkeit im Gedächtnis haften bleiben.

Ich kann noch so sehr versuchen, ihn zu hassen, doch es gelingt mir einfach nicht. Ich liebe Eric Carpenter mit jeder Faser meines dummen Herzens.

„Nicht weinen, Darling", flüstert er und wischt mir zärtlich mit dem Daumen eine Träne von der Wange. „Alles wird gut."

„Du schuldest mir eine Erklärung." Ich habe die Tränen nicht einmal bemerkt, denn dieser Mann hat mich erneut in meinen Grundfesten erschüttert.

„Ava, du weißt, seit dem Tod meiner Mutter bin ich außerstande, tiefer gehende Gefühle für einen anderen Menschen zuzulassen. Und ehrlich gesagt, fällt es mir auch jetzt noch schwer. Doch ich habe begriffen, dass ich nicht mehr ohne dich sein will. Du hast meine Welt völlig auf den Kopf gestellt. Bitte, gib uns noch eine Chance. Wir hatten einen verdammt schlechten Start, lass uns noch einmal ganz von vorne beginnen."

„Aber warum dann die Scheidungspapiere?"

Er seufzt. „Catwick ahnte, dass wir ihm etwas vorspielen. Daraufhin habe ich ihm alles gestanden. Da er dir mittlerweile vertraut, genehmigte er die Scheidung. Ohne lange nachzudenken, habe ich ihn darum gebeten, die Papiere auszustellen. Doch als ich sie dann in Händen hielt, kamen mir Bedenken."

Eric greift nach meinen Fingern. „In der Nacht der Preisverleihung wurde mir klar, dass das zwischen uns viel mehr ist als reiner Sex. Du bist ungelogen die einzige Person auf dieser Welt, der ich voll und ganz vertraue. Ich fühle mich unsagbar von dir angezogen, obendrein bringst du mich zum Lachen, das gelingt nicht vielen Menschen."

Zärtlich drückt er meine Hand. „Ich traf mich am Morgen danach mit Brandon Quest, den ich vor ein paar Tagen in den Circle aufgenommen habe, kaufte dir auf dem Heimweg Blumen und beabsichtigte, mit dir über die Zukunft zu reden. Doch als ich das Penthouse betrat, warst du verschwunden. Und meine neue heile Welt brach krachend in sich zusammen."

„Kannst du dir eigentlich vorstellen, was für ein Schock das für mich war? Ich war glücklich, als ich an diesem Morgen erwachte. So glücklich, wie schon lange nicht mehr. Ich habe dich gesucht, sah nach meiner Pflanze im Büro und wischte dabei aus Versehen ein paar Blätter vom Tisch. Beim Aufheben fiel mein Blick auf die Scheidungspapiere. Am liebsten wäre ich in dieser Sekunde tot umgefallen. Ich dachte …"

„Du dachtest, ich wäre einzig darauf aus gewesen, dich ein letztes Mal zu vögeln, bevor wir uns trennen …", fällt er mir ins Wort.

„Korrekt."

Er greift nun noch nach meiner zweiten Hand. „Es tut mir so leid, Ava. So hätte das nicht laufen sollen. Aber du gabst mir keine Chance, es zu erklären, also musste ich mir etwas einfallen lassen. Ich redete mit Ted, gestand ihm alles und recht schnell kamen wir ins Geschäft. Er war obendrein froh, von mir zu hören, denn Trixie hat mich vermisst. Wir werden wahrscheinlich niemals Kinder haben, denkst du, wir könnten stattdessen eine Hundedame adoptieren?"

„Das soll ja wohl das geringste Problem sein. Du hast Ted vom Circle erzählt?"

„Herrje, nein, da könnte ich mir auch gleich eine geladene Pistole an den Kopf halten. Ich sagte ihm, wir hätten heiraten müssen, um an das Erbe meines Vaters zu kommen."

„Warum hast du in den Trailerpark investiert?"

Er grinst. „Weil es mir inzwischen hier gefällt und ich hoffe, dass wir zukünftig häufiger herkommen werden. Aus Gründen der Sicherheit ziehe ich jedoch einen Trailer vor, der nicht schon beim Betreten beinahe auseinanderbricht. Der Wohnwagen am See ist übrigens einzig für uns reserviert, denn ich bin nicht scharf darauf mir mit irgendwelchen ungewaschenen Farmern die Matratzen zu teilen."

Lächelnd schüttle ich den Kopf. „Allein, dass du freiwillig in einem engen Trailer übernachten willst, ist bereits ein Fortschritt."

Ich mustere ihn gedankenverloren. Mein Herz schlägt wie wild und scheint vor Glück zu schmelzen. Doch die Stimme der Vernunft rät mir weiterhin zur Vorsicht.

„Aber was ist mit Josie? Ich dachte, du liebst sie."

„Nein. Wir hätten niemals zusammengepasst. Josie war nicht ehrlich zu mir. Sie hätte mir sagen müssen, was sie für mich empfand und dass sie darauf spekuliert hat, meine Frau zu werden. Sie hat nicht mit offenen Karten gespielt, da sie mich ansonsten verloren hätte. Doch ich benötige eine Frau, die ihr eigenes Leben lebt und sich nicht damit zufriedengibt, teure Geschenke zu erhalten und ewig in meinem Schatten zu stehen. Um es auf den Punkt zu bringen, ich brauche eine Frau, die mir auf Augenhöhe begegnet, so wie du."

Überrascht betrachte ich ihn. „Du denkst, ich begegne dir auf Augenhöhe?"

„Ava, ich versichere dir, du bist mir mehr als ebenbürtig."

„War das dein Ernst mit dem erneuten Ehegelübde?"

„Es gab selten etwas, mit dem es mir ernster war."

„Woher willst du wissen, dass das mit uns beiden funktionieren wird? Und wie stellst du dir die Zukunft vor? Du lebst und arbeitest an der West- und ich an der Ostküste – klingt nicht gerade romantisch."

„Wer weiß schon im Vorfeld, ob eine Ehe für die Ewigkeit bestimmt sein wird. Aber ich denke, wir sollten es versuchen. Ich werde zukünftig häufiger in New York sein. Mein Vater hat mir Anteile an einer Ölfirma vermacht, die ich ein wenig genauer unter die Lupe nehmen möchte. Obendrein will ich den Circle ausbauen. Ich habe einen Manager eingestellt, der sich verstärkt um Secur kümmern wird, sodass ich nur noch gelegentlich dort benötigt werde."

„Ich habe Angst, Eric! Angst, dass du mich einmal mehr verletzt."

„Darling, bitte, vertrau mir. Ich werde niemals wieder einen solchen Blödsinn verzapfen. Du kannst alles von mir haben, was du willst, aber bitte bleib bei mir."

„Das Einzige, was ich von dir will, ist deine Liebe. Leider hast du mir bisher nicht gesagt, dass du mich liebst, und das hat sicher einen guten Grund."

„Gott, Ava, du glaubst gar nicht, wie sehr es mich immer noch belastet, meinem Vater und Josie niemals mitgeteilt zu haben, wie wichtig sie mir waren. Ich werde bei dir sicher nicht den gleichen Fehler begehen. Gib mir noch ein wenig Zeit, dann werde ich dir alles sagen, was du hören willst. Aber eine Sache habe ich mittlerweile begriffen. Es gibt etwas, das ich mit all meinem Geld nicht kaufen kann: dein Herz." Er legt den Kopf schief. „Daher bitte ich dich, es mir zu schenken."

„Ach, Eric, du besitzt es doch längst." Ich zögere einen Moment, ehe ich den Sprung ins kalte Wasser wage. „Einverstanden. Ich werde uns eine weitere Chance einräumen. Unter einer Voraussetzung: Wir werden unser Ehegelübde erst erneuern, wenn du dir sicher bist, mich bedingungslos lieben zu können."

Er atmet erleichtert aus. „Das klingt fair." Rasch beugt er sich zu mir herüber und küsst mich voller Zärtlichkeit. „Dann würde ich sagen, wir weihen jetzt unseren neuen Trailer ein." Mit einer fließenden Bewegung springt Eric auf, packt mich seitlich unter Schultern und Beinen und hebt mich auf seine Arme.

„Sag mir, dass du mich liebst, Dornröschen", fordert er, während er mich auf den Trailer zuträgt, „und ich werde dich zukünftig jeden Morgen mit einem Kuss zum Leben erwecken."

Ich suche nach seinem Blick. „Ich liebe dich, Eric Carpenter."

Ein glückliches Lächeln huscht über sein Gesicht, bevor er mich erneut küsst. Als er von meinen Lippen ablässt, blickt er gen Himmel. „Ich danke dir,

Dad“, verkündet er ehrfurchtsvoll. „Du hast mir das schönste Geschenk meines Lebens gemacht. Auch wenn ich vermute, dass du alter Gauner bereits bei der Testamentserstellung darauf gehofft hast.“

Schmunzelnd blicke nun auch ich nach oben. Ich werde Eric unter gar keinen Umständen verraten, wie gerne Paul mich schon zu Lebzeiten mit seinem Sohn bekannt gemacht hätte.

Epilog – 6 Monate später

Eric

„Ich liebe dich“, hauche ich gegen Avas Lippen, bevor ich sie in der New Yorker Kirche, unter der sich die Geheimräume des Secret Circle befinden, küsse.

Ava sieht in dem weißen Brautkleid einfach entzückend aus und raubt mir den Atem. Nachdem ich mich endlich durchringen konnte, ihr meine Liebe zu gestehen, war es ihr Wunsch unser erneutes Gelübde in einer Kirche abzulegen. Was das Drumherum und die Flitterwochen betrifft, ist meine mir angetraute Ehefrau nicht sonderlich anspruchsvoll. Eher hat sie Angst, durch eine zu lange Abwesenheit ihre Arbeit zu vernachlässigen.

Sie hätte sich sogar mit einem Aufenthalt im Trailerpark zufriedengegeben, doch das kann ich nicht zulassen. Ich weiß, dass Ava insgeheim von Europa träumt und genau dorthin werde ich sie entführen. Der Jet steht vollgetankt am Flughafen bereit. Sobald wir uns umgezogen haben, heben wir ab.

Als wir Hand in Hand die Kirche verlassen, jubeln uns die Hochzeitsgäste zu. In erster Linie sind es Angestellte von uns sowie ein paar Freunde. Aber auch Catwick und einige weitere Mitglieder des Circle geben uns die Ehre. Emma hat glücklicherweise inzwischen mit mir Frieden geschlossen und wird sich während unserer Flitterwochen um Trixie kümmern. Denn wir haben die Hündin mit nach New York genommen, da ich offenbar der einzige Mensch bin, zu dem sie Zutrauen gefasst hat.

Wir schütteln viele Hände, werden geküsst, geherzt und nehmen Glückwünsche entgegen. Catwick drückt mir einen Briefumschlag in die Hand, den ich gedankenverloren ergreife und in der Innentasche meines Smokings verschwinden lasse.

Erst als ich die Smokingjacke später ausziehe, fällt mir der Brief wieder in die Finger. Glückwünsche vom Secret Circle nehme ich an.

Ich reiße den Umschlag auf und spähe hinein.

Hm, wie eine Karte sieht das nicht aus.

Nun neugierig geworden, ziehe ich das Papier heraus, auf dem der silberne Oktopus prangt. Heute weiß ich, warum dieses Symbol ausgewählt wurde. Diese Tiere sind schnell, wendig, hochintelligent und Meister der Tarnung – genau die Attribute, die die Mitglieder des Secret Circle innehaben müssen.

Bei dem Brief handelt es sich um ein von Hand verfasstes Schreiben von Catwick. Nachdem ich es überflogen habe, lasse ich es sinken und schließe für einen Moment die Augen.

Mit sofortiger Wirkung hat Catwick mir den alleinigen Vorsitz des Secret Circle übertragen. In Anbetracht der weltweiten politischen und wirtschaftlichen Spannungen weiß ich, dass zukünftig eine Menge Arbeit auf mich zukommen wird.

Doch damit werde ich mich zu gegebener Zeit beschäftigen, zuerst entführe ich jetzt meine entzückende Braut nach Paris, in die Stadt der Liebe.

Secret Circle - Teil 2:

Gefährliche Sehnsucht – Schon bald!

Diese Männer sind reich, mächtig und haben sich zusammengetan, um die Welt zu beherrschen. Kein Außenstehender darf jemals von ihrer Existenz erfahren. Aber was, wenn man sich plötzlich zwischen Liebe und Pflichterfüllung entscheiden muss?

Seitdem der einflussreiche Medienmogul, Brandon Quest, dem Secret Circle angehört, sind seine Pressemitteilungen noch spektakulärer als zuvor. Immerhin verfügt er jetzt über Informationsquellen, von denen die Konkurrenz nur träumen kann - eine Tatsache, die auch dem FBI nicht entgeht.

Als er Cassandra Andrews kennenlernt, ahnt er nicht, dass sie undercover gegen ihn ermittelt. Doch nicht nur er ist von der hochintelligenten, belesenen Frau beeindruckt, auch Cassandra verfällt in einen Taumel aus Leidenschaft und Gefahr.

Ehe die beiden noch richtig begreifen, was geschieht, sind sie auch schon ins Fadenkreuz des Circle und des FBI geraten. Und im Endeffekt stellt sich ihnen die alles entscheidende Frage: Sein oder Nichtsein?

Wenn ihr ab sofort keine Neuveröffentlichung mehr verpassen möchtet, dann registriert euch unter der Rubrik News für meinen Newsletter.

http://www.amandafrost.de/

Weitere Bücher der Autorin:

S.T.A.R.S. – Shadow

Als ob CIA-Agent Ethan Parker nicht schon genug Probleme am Hals hätte, wird der komplette Flugverkehr über dem nordamerikanischen Kontinent aufgrund eines Vulkanausbruchs eingestellt. Da Ethan dringend von San Diego nach Chicago muss, teilt er sich notgedrungen den letzten vorhandenen Mietwagen mit der Polizistin Madison Delano. Eine Odyssee quer durch die Vereinigten Staaten beginnt. Über eine der aufregendsten Straßen der Welt: die Route 66.

Zwei eiskalte Profis, die mehr als einmal in hitzige Situationen geraten, und sich zuerst so gar nichts zu sagen haben. Bis sie in Erfahrung bringen, dass beide etwas voreinander verbergen.

Ein Wettlauf gegen die Zeit, der die Gefühle zweier Menschen ordentlich durcheinanderwirbelt.

S.T.A.R.S. – Summer

Nach einem verheerenden Zwischenfall ist die Karriere der aufstrebenden Secret Service Agentin Keira Summer zerstört. Sie verfällt in eine tiefe Depression. Erst die Sicherheitsfirma S.T.A.R.S. gibt ihr eine zweite Chance.

Als der egozentrische Millionär Christopher Fleming beinahe einem Attentat zum Opfer fällt, übernimmt Keira die Rolle seiner Leibwächterin. Ohne auch nur zu ahnen, dass sie nicht nur gegen skrupellose Gegner kämpft, sondern obendrein gegen die Anziehungskraft ihres Schützlings.

Ein Mann, der alles auf der Welt als käuflich erachtet – bis er Keira kennenlernt.

Liebesromane voller Action und prickelnder Leidenschaft.

Dreams - Zauber einer Nacht (Teil 1)

Diamonds are a girl's best friend? Von wegen! In Wirklichkeit gibt es nichts, was die Heidelbergerin Sophie mehr verabscheut als Juwelen. Und den Schmuckkonzern ihres Vaters übernehmen? Niemals!

So flüchtet sie kurzerhand in die USA, wo sie die Bekanntschaft des unnahbaren Hotelbesitzers Oliver macht. Dummerweise entspricht die liebenswerte Chaotin jedoch so gar nicht seinem bevorzugten Frauenbild. Mehr als eine heiße Affäre ist daher für ihn nicht drin. Ihr bleibt nur eins übrig: Um Olivers Herz zu erobern, muss sie endlich ihr Leben in den Griff bekommen.

Eine aufregende Reise durch Amerikas Westen beginnt – geprägt von Spannung und prickelnder Leidenschaft.

Eine junge Frau auf der Suche nach sich selbst – und der großen Liebe.

Dreams – Eines Nachts in Quebec (Teil 2)

Zwei Menschen - zwei Leben! Getrennt durch einen Ozean ahnen sie nichts voneinander, bis das Schicksal sie zusammenführt. Ryan ist einer der populärsten Eishockeyspieler Kanadas und ein richtiger Bad Boy, Samantha hingegen eine aufstrebende Heidelberger Anwältin.

Ihre erste Begegnung gleicht einem Vulkanausbruch. Heiß und explosiv! Doch schnell holt sie der Alltag ein, denn für beide steht die Karriere im Vordergrund.

So muss zuerst ein Unglück geschehen, und es bedarf eines Richterspruchs, damit die Liebe eine Chance bekommt.

Aber kann eine Romanze über zwei Kontinente hinweg überhaupt funktionieren?

Dreams – Nacht über Miami (Teil 3)

Sie könnten unterschiedlicher nicht sein. Dennoch haben sie eine Gemeinsamkeit: Sie kämpfen beide um die IndyCar-Meisterschaft.

Ginger ist die erfolgreichste Frau im amerikanischen Rennsport und der Liebling der Nation. Aufgewachsen im Sunshine-State Florida, führt sie mit ihrem langjährigen Freund Charly ein zufriedenes Leben.

Nick hingegen hat gerade einen aufsehenerregenden Prozess gegen seine Exfrau verloren, woraufhin er Deutschland den Rücken gekehrt hat.

Doch die Faszination und Hitze des Motorsports ist allgegenwärtig, und plötzlich sprühen nicht nur auf der Rennstrecke die Funken.

Eine junge Frau zwischen zwei Männern. Für wen wird sie sich entscheiden?

Endless – In einem anderen Leben (Teil 1)

Mein Name ist Audrey Keen, geboren wurde ich 1766 als Emily Beauchamp im kanadischen Quebec. Ach, was ich noch erwähnen sollte: Ich bin unsterblich!

Alle, die ich je geliebt habe, sind tot. So habe ich mich schweren Herzens entschieden, keinen Menschen mehr an mich heranzulassen. Stattdessen habe ich mein Leben der Forschung gewidmet.

Bei einer Routineüberprüfung tritt eines Tages dieser junge, ehrgeizige FBI-Agent in mein Leben. Er muss wohl von Anfang an geahnt haben, dass ich etwas zu verbergen habe.

Während er nichts unversucht lässt, mein Geheimnis ans Licht zu bringen, vergesse ich in seiner Nähe ab und an, dass ich mich nie wieder verlieben wollte.

Aber kann ich ihm vertrauen?

Endless – Kein Leben ohne dich (Teil 2)

Mein Name ist Kyle Edwards. Mit meinen dreiunddreißig Jahren bin ich einer der jüngsten Special Agents des FBI.

Ein halbes Jahrzehnt ist vergangen, seit mir das Wichtigste genommen wurde, was ich jemals besessen habe: meine geliebte Audrey. Ich habe diesen Verlust nie ganz überwunden. Mein Job war daher während der letzten Jahre mein Ein und Alles. Doch als endlich Frieden in mein Privatleben einzukehren scheint, werde ich auf das Überwachungsfoto einer Kamera in Südafrika aufmerksam. Ich kann nicht glauben, was ich sehe und beschließe, der Sache auf den Grund zu gehen.

Göttliche Verführung

Gott wird mit einem nicht zu unterschätzenden Problem konfrontiert: Ein mächtiges Wesen scheint das Ende der Menschheit heraufzubeschwören. Als er in Erfahrung bringt, dass eine dunkle Göttin hierfür verantwortlich sein könnte, holt er sich gezwungenermaßen Hilfe bei dem Mann, der sich am besten mit teuflischen Machenschaften auskennt: Luzifer.

Wird es diesem außergewöhnlichen Duo gelingen, die Menschheit zu retten? Und warum muss ausgerechnet diese Göttin so unsagbar sexy sein, dass Gott in ihrer Nähe unentwegt in Versuchung gerät?

Packende Fantasy, prickelnde Leidenschaft und eine Liebe, die alle irdischen Grenzen sprengt.

Impressum

1. Auflage 2019

c/o Markus Trottnow, Blumenstraße 35,
85774 Unterföhring

Lektorat: MT Books

Umschlaggestaltung: MT Design Cover-Art

Bildnachweis: ©KireevArt, www.shutterstock.com
©Sean Pavone, www.shutterstock.com
©Zsschreiner, www.shutterstock.com

Print: KDP

E-Mail: Amanda.Frost@aol.com
Homepage: http://amandafrost.de
Twitter: http://twitter.com/frostamanda
Facebook:
https://www.facebook.com/amandafrostautor/?pnref=lhc
Instagram:
https://www.instagram.com/amandafrost2/?hl=de